DAS KELTENRITUAL

Christof Weiglein, geboren 1964 bei Deutschlands höchsten Wasserfällen, hat Maschinenbau studiert. Seit einem schweren Unfall ist er auf Rollstuhl und Aufzüge angewiesen. Er konstruiert Werkzeuge, schreibt Romane und wundert sich, wie das zusammenpasst.

CHRISTOF WEIGLEIN

DAS KELTENRITUAL

Kriminalroman

emons:

Bibliografische Information der Deutschen Nationalbibliothek
Die Deutsche Nationalbibliothek verzeichnet diese Publikation in der Deutschen Nationalbibliografie; detaillierte bibliografische Daten sind im Internet über http://dnb.d-nb.de abrufbar.

FSC
www.fsc.org
MIX
Papier aus verantwortungsvollen Quellen
FSC® C083411

Umschlagmotiv: shutterstock.com/James Nesbit
Umschlaggestaltung: Nina Schäfer, nach einem Konzept von Leonardo Magrelli und Nina Schäfer
Umsetzung: Tobias Doetsch
Gestaltung Innenteil: César Satz & Grafik GmbH, Köln
Lektorat: Carlos Westerkamp
Druck und Bindung: CPI – Clausen & Bosse, Leck
Printed in Germany 2018
ISBN 978-3-7408-0472-5
Originalausgabe

Für meine Familie

Birth/School/Work/Death

Godfathers

Beide waren sie auf der Flucht. Beide suchten nach einem Neuanfang. Beide nach Normalität und – natürlich – auch nach Glück.

Der eine war sich schon immer selbst ein Rätsel. Seine Beziehung war gescheitert, und es stellte sich die Frage, wie er weitermachen sollte, wer er wirklich war. Ein grundsolides Leben mit Frau, Kindern und Haus führen? Oder dem Traum eines alternativen Daseins folgen? Einfach aussteigen, alles hinter sich lassen? Er entschied sich für das Erstere und ging zurück in seine Heimatstadt, wo er jeden Stein kannte und Menschen wohnten, die er seine Freunde nannte. Solide und sicher, so sollte es sein, sein Leben.

Die andere hatte ihren Traum gelebt, gezwungenermaßen. Sie wurde verfolgt und musste untertauchen. Die Insel war ihr Glück, das Meer ihre Heimat. Doch zu viel Ruhe schadet einem unruhigen Geist. Es fehlte die Herausforderung, der Kitzel ihres Berufes. Dennoch durfte es keine Großstadt sein, dort würde er sie zuerst suchen. Deshalb die Provinz. Weniger spektakulär, nicht die ganz großen Verbrechen. Dafür überschaubar und nicht so bedrohlich.

Beide glaubten, die richtige Entscheidung getroffen zu haben, und beide hatten sich geirrt.

Prolog

Regenprasseln.

Laut. Viel zu laut.

Dunkelheit.

Ein Blitz – mehrere Gestalten über ihm. Der Donner – gefährlich nah.

Wieder Dunkelheit. Kopfschmerzen – unerträglich. Keine Erinnerung, keine Worte – nur ein Stammeln. Alles fremd. Sein Verstand sucht nach Halt, sucht nach Orientierung. Was ist mit ihm?

Sein Körper ist nackt. Seine Hände sind gefesselt. Seine Beine sind taub. Der Regen ist kalt. Jeder Tropfen ein Nadelstich.

Dann ein gewaltiges Rauschen, selbst den Regen übertreffend. Wieder ein Blitz. Tannen wachsen in das Schwarz, krümmen sich. Die Gestalten, was tun sie? Kehlige Laute – eine fremde Sprache. Der Donner lässt ihn zusammenzucken. Er zieht die Knie an, dreht sich zur Seite. Nackte Füße in Sandalen. Knöchellange Kutten, die Hände erhoben, die Gesichter nicht zu erkennen. Nur diese seltsamen Laute. Er versucht zu sprechen, wieder nur das Stammeln – seine Zunge ein unförmiger Klumpen.

Der nächste Blitz. Ein Gesicht, männlich, fanatische Augen. Darauf das Donnergrollen – immer noch zu nah. Dann ein Rufen, unverhofft. Eine menschliche Stimme, vom Wind verzerrt: »Was macht ihr hier?«

Bewegung unter den Gestalten. Ein Fluch, diesmal gut verständlich. Einer wendet sich ab, in Richtung der Stimme, die anderen folgen.

Er – allein gelassen – richtet sich mühsam zur Hälfte auf. Er sieht ein Licht, sieht die Gestalten, sieht den Rufer flüchten, sieht, wie dieser eingeholt wird, sieht einen Gegenstand aufblitzen und hört einen Schrei, der abrupt abbricht.

»Weg hier«, befiehlt er sich und versucht, auf die Beine zu

kommen. Doch seine Beine gehorchen nicht, sie knicken ein, sie sind nutzlos. Deshalb kriecht er. Er wühlt sich durch Gras und Schlamm, panisch, unkoordiniert. Die Fesseln schneiden in sein Fleisch, seine Ellbogen finden keinen Halt, seine Beine sind nur Ballast. Fußtritte nähern sich, ereilen ihn mühelos. Er wird an der Schulter gepackt und hochgerissen. Einer zwängt ihm bitter schmeckende Blätter in den Mund, ein anderer spricht beschwörende Worte. Sein Widerstand ist gebrochen. Nicht einmal um Gnade fleht er, als die Axt gehoben wird und alles beendet.

EINS

Ein Jahr später, im August

Dr. Ernst Reuther, Archäologe vom Franziskanermuseum Villingen, wischte sich den Schweiß von der Stirn und kontrollierte die Position der Stange auf dem Gesamtplan. »Das ist die richtige Stelle«, rief er.

Seine wissenschaftliche Mitarbeiterin Karin Kroll hob ihre Hand und trieb dann die Holzstange in den Boden.

Reuther stand auf dem Magdalenenberg, dem größten keltischen Grabhügel Mitteleuropas, zwei Kilometer vom Zentrum der historischen Altstadt Villingens gelegen. Hier oben, siebenhundertsiebzig Meter über dem Meeresspiegel, ging in der Regel ein erfrischender Wind, doch heute, trotz der frühen Stunde, kannte der Sommer kein Erbarmen. Reuther wandte sich gen Südosten und zog den Strohhut tiefer ins schmale Gesicht. Bei guter Sicht konnte man von hier aus die Alpen sehen. Grund genug für die Kelten, diesen Ort als ihre letzte Ruhestätte zu wählen. Jedoch standen die Alpen dabei nicht im Mittelpunkt ihres Interesses, vielmehr eignete sich der freie Blick ideal zur Beobachtung nächtlicher Himmelserscheinungen. Ein Vorteil, den dieses verkannte Volk schon vor über zweitausendsechshundert Jahren zu nutzen wusste – sie richteten ihre Gräber nach Sternbildern aus: Der Grabhügel war ein Abbild des damaligen Sternenhimmels, er war eine riesige Sternenkarte, und er zeigte die Mondwenden an!

Eine sensationelle Entdeckung, die in Fachkreisen große Wellen schlug. Eine Entdeckung, die Ergebnis seiner Forschungen war. Viele Wissenschaftler meldeten Zweifel an, stellten seine Theorie in Frage. Dennoch wurde sie vom Museum berücksichtigt, zu gewichtig waren seine Argumente. Geplant war eine öffentlichkeitswirksame Nutzung der Anlage, was auch seine Anwesenheit begründete. Er sollte die damaligen

Stangensetzungen, die seiner Ansicht nach die Mondwenden markierten, nachstellen. Damit wollte man zukünftigen Besuchern ein möglichst authentisches Bild der Grabstätte bieten, eventuell angereichert durch eine indirekte Beleuchtung, worüber aber noch zu reden war – Reuther wollte kein Disneyland.

Karin Kroll hatte inzwischen den Schatten der hohen Tannen aufgesucht, die zum an den Grabhügel angrenzenden Wald gehörten.

»Die Richtung ist nicht schlecht«, rief Reuther. »Hier beginnt die fünfte Stangensetzung.«

»Weiß ich doch«, entgegnete Kroll gereizt. Sie besaß ebenfalls eine Karte und ging zu der Stelle, wo die Stange gesetzt werden sollte. Ernst Reuther peilte mit dem Messgerät die Stange an und korrigierte die Position, bis sie dem Plan entsprach, dann setzte er sich ins Gras und beobachtete, wie seine Assistentin sich mit der Stange abmühte. Ihre mangelnde Begeisterung war selbst aus der Entfernung sichtbar. Reuther fragte sich, ob sie den richtigen Beruf anstrebte.

»Die Stange geht nicht rein«, rief sie.

»Dann eben ein paar Zentimeter mehr rechts oder links. So viel Spielraum haben wir.«

Missmutig versuchte sie sich an mehreren Stellen, dann hob sie entnervt ihre Schultern.

»Bin schon auf dem Weg.« Reuther war froh, der Sonne für einen Moment zu entrinnen.

»Da ist eine Platte oder ein Stein«, sagte Kroll und stützte die Hände auf ihre Oberschenkel. Sie war eine hübsche junge Frau, der ein paar blonde Haare im geröteten Gesicht klebten. Die Hitze setzte auch ihr zu.

Ernst Reuther stocherte mit der Stange im Boden, um die Größe des Hindernisses abzuschätzen. Nach einer Weile sagte er: »Da müssen wir wohl graben.« Kroll seufzte und ging schicksalsergeben die Schaufeln holen.

»Graben ist die Meditation des Archäologen.« Reuther lächelte – er liebte seine Arbeit.

Bald war in einer Tiefe von dreißig bis vierzig Zentimetern der Deckel einer Holzkiste freigelegt.

»Sehen Sie diese Ornamente?«, fragte Reuther und deutete auf Schnitzereien im Holz. Seine Assistentin nickte.

Reuther fuhr mit der Fingerkuppe über die Zeichen. »Erinnert an keltische Kunst.«

»Sie meinen …?«

»Nein, nicht was Sie denken. Keltischen Ursprungs ist das garantiert nicht, dafür ist das Holz viel zu gut erhalten. Vielmehr hat da jemand versucht, keltische Kunst zu imitieren.«

»Und was soll das dann?«

»Wenn Sie mich so fragen, für mich sieht das aus wie ein Sarg. Ein Sarg mit keltischen Ornamenten, der vor nicht allzu langer Zeit hier vergraben wurde.«

Kroll zuckte zurück. »Sollten wir dann nicht besser die Polizei rufen?«

»Jetzt, wo es spannend wird? Wo bleibt denn Ihr Forschergeist?«

Minuten später setzte Reuther das Stemmeisen an und hebelte den Deckel auf. Seine Assistentin wahrte einen gewissen Sicherheitsabstand. Nur widerwillig lösten sich die einzelnen Nägel. Der Deckel knarrte und sprang dann auf. Eine halb verweste Leiche starrte die beiden an. Ihr Schädel war eingeschlagen, um ihren Hals ein Seil geschlungen.

»Jetzt sollten wir doch die Polizei rufen«, sagte Reuther nüchtern, während Kroll sich abwandte.

***

Große Kreisstadt Villingen-Schwenningen

Für einige war es ein Binde-, für andere ein Trennungsstrich. Mark Panther verzog sein Gesicht, als er das Ortsschild passierte. Hier das badische Villingen, dort das württembergische Schwenningen. Grund für endlose Sticheleien – die meisten scherzhaft, andere ernst gemeint. Panther war in Villingen geboren und vertrat eine gemäßigte Linie, er glaubte an den Bindestrich.

Villingens Altstadt kam in Sicht: die historische Stadtmauer, das nördliche Tor und die beiden Türme des Münsters. Panther liebte diesen Anblick, aber freuen konnte er sich nicht. Denn er kehrte zurück, nach acht Jahren kehrte er zurück, und seine Rückkehr war eine Niederlage, denn seine Lebensplanung war eine andere gewesen. Eigentlich sollte er jetzt in Stuttgart sein, in der Altbauwohnung mit den hohen Fenstern und dem verträumten Garten. Eigentlich sollte Su jetzt im Türrahmen stehen, ihn mit einer ihrer verrückten Ideen konfrontieren, ihn in den Wahnsinn treiben und dann mit einem Lächeln besänftigen. Su mit ihren kurzen Haaren, die in alle Richtungen abstanden, noch nass vom Duschen. Ihre goldbraune Haut, das ärmellose T-Shirt, die knappen Shorts. In ihrer Hand eine Rispe Trauben, von der sie abbiss. Su, wie sie ihn auffordernd ansah, mit ihren großen Augen, schwarz wie Kohle, wie sie ihn fragte: »Hast du Hunger?«

Panther schüttelte seinen Kopf. Nicht schon wieder, hör auf. Immer die gleichen Bilder, die gleichen Erinnerungen. Das ist Vergangenheit, es ist vorbei, vergiss sie endlich. Du hast dich für Villingen entschieden, steh zu deiner Entscheidung.

Mechanisch fuhr er durch seine dunklen Haare, die schon zu lang waren, leichte Locken bildeten. Unrasiert war er, was ihn verwegen aussehen ließ. »Wie ein Rockstar, du musst das so lassen«, hörte er Su sagen, während sie seine Haare zerzauste. Seit sie ihn verlassen hatte, pflegte Panther dieses Image. Er wusste, warum.

Auf dem Parkplatz in der Waldstraße stieg er aus. Die Sonne brannte, die Luft war flirrend heiß. Panther schaute auf seine Uhr – er war spät dran. Schlechte Voraussetzungen für den ersten Arbeitstag, auch wenn man ihm einige Zeit eingeräumt hatte, um in Stuttgart Behördengänge zu erledigen. Zeit, die er unnütz im Bett hatte verstreichen lassen, weil er nicht fähig war aufzustehen.

Panther straffte sich, überquerte den Parkplatz und betrat

ein ehemaliges Industriegebäude, das heute Sitz der Polizeidirektion Villingen-Schwenningen war.

Hauptkommissar Mark Panther, fünfunddreißig Jahre alt, neuer Gruppenleiter der Kriminalinspektion 1, zuständig für Kapitalverbrechen und Delikte am Menschen, trat seinen Dienst an.

Die Büroräume seiner neuen Abteilung waren verlassen, nur eine junge Polizeimeisterin mit rotem Kopf saß hinter einem Berg Akten und kämpfte mit Papier und Hitze.

»Mark Panther«, stellte er sich vor, »eigentlich habe ich mit einem Empfangskomitee gerechnet.«

Die Polizeimeisterin sprang auf und reichte ihm die Hand, ihr Uniformhemd war frisch gestärkt. »Silvia Ursprung. Sie sind der neue Gruppenleiter?«

»Ja, sehr erfreut. Wo sind die anderen?«

»Ein Leichenfund am Magdalenenberg, wahrscheinlich ein Gewaltverbrechen. Alle Wichtigen sind vor Ort.«

»Alle Wichtigen?«, fragte Panther.

»Ich meine die, die etwas zu sagen haben.«

»Sie sind auch neu hier?«

»Ist mein dritter Tag. Merkt man, oder?«

»Ein bisschen.« Panther wandte sich zum Gehen. »Dann werde ich mal sehen, was die Kollegen so machen.«

»Sie finden den Weg?«

»Ich kenne jeden Stein hier.«

***

Der Stadtteil Villingen hatte circa achtunddreißigtausend Einwohner – hier lag alles recht nah beisammen. Nach kurzer Fahrt stellte Panther seinen Wagen im Warenbachtal ab. Ein Spaziergang würde ihn zum Magdalenenberg bringen. Ein weiterer Zeitverlust, den er sich eigentlich nicht leisten konnte – man wartete sicher schon auf ihn. Doch seit der Sache mit Su war ihm vieles gefährlich gleichgültig geworden. Statt sich seiner

Verantwortung zu stellen, hing er lieber alten Zeiten nach. Der Gang zum Magdalenenberg lud dazu ein, denn der war mit Erinnerungen gepflastert.

Panther hob den Kopf. Vereinzelte Wolken unterbrachen das endlose Blau und warfen ihre Schatten auf saftige Wiesen, die, durchzogen von landwirtschaftlichen Wegen, bis zum Waldrand anstiegen. Die Warenbergschule, seine ehemalige Grundschule, lag einen Steinwurf von diesem Wald entfernt. Wie oft war er im Winter auf einer Plastiktüte den verschneiten Berg hinabgerutscht, um verspätet und total durchgefroren zum Mittagessen zu erscheinen. Wie oft hatte ihn seine Mutter kopfschüttelnd getadelt und ihm dann einen heißen Kakao auf den Tisch gestellt, der Hände und Magen wärmte.

Panther wandte sich nach rechts. Sein Weg führte an der Junghans-Villa vorbei, in der er sich früher, in kindlicher Naivität, immer wohnen sah. Danach das kleine Wäldchen, Licht und Schatten im ständigen Wechsel. Links der Hundeplatz, rechts dichte Büsche, altes Wurzelwerk. Bilder einer Nachtwanderung, von einem plötzlich einsetzenden Regen und der Schutzsuche in diesem Wäldchen, holten ihn ein. Bilder von dem Mädchen mit den braunen Haaren, von dem ersten Kuss unter der schmutzigen Plastikplane. Bilder von späteren Treffen am selben Ort. Treffen, die zu mehr führten.

Weiter oben, das Wäldchen öffnete sich, die Getreidefelder: Weizen, Gerste, Roggen. Die Ähren standen hoch, bereit für die Ernte. Zur rechten Hand eine Blumenwiese. Ein Windstoß, angenehm frisch, trug Blumensamen in Richtung Magdalenenberg – ein begrünter Hügel, der einhundert Meter durchmaß. Mehrere Stangen, scheinbar wahllos angeordnet, ragten aus seiner Erde. Einsatz- und Zivilfahrzeuge drängten sich an seinem Fuß. Dazwischen Verantwortliche, die sich besprachen oder das Gelände absuchten. Davor Schaulustige, die nach Sensationellem spähten und durch ein rot-weißes Absperrband zurückgehalten wurden.

Panther drehte sich weg, sah eine Libelle in allen Farben schillern und verfolgte ihren Flug. Sah sie im Gegenlicht, ihre vier Flügel einem Kleeblatt gleichend. Panther schritt ihr nach, watete durch kniehohe Wiesen und verlor das Insekt aus den Augen. Einem spontanen Impuls folgend, ließ er sich rücklings ins Gras fallen. Sein Bett war weich, Löwenzahnsamen stiegen auf, der Himmel war endlos. Panther verlor sich darin. Einfach liegen, einfach atmen, einfach nichts denken.

Schon seit geraumer Zeit hatte Oberkommissar Jens Haller seinen Freund Mark beobachtet. Es wunderte ihn nicht, dass Mark sich so viel Zeit ließ, dass er im Gras lag, sich vor der Wirklichkeit versteckte. Mark sollte nicht hier sein, er sollte diesen neuen, verantwortungsvollen Job nicht antreten. Seit Su ihn verlassen hatte, war er ein anderer. Er hing ständig alten Zeiten nach, er trank zu viel, und er hatte Mühe, sich zu konzentrieren. Haller hatte versucht, Mark die leitende Position auszureden, er hätte es in Stuttgart leichter gehabt. Doch Mark wollte sich die berufliche Chance nicht entgehen lassen, obwohl es ein persönlicher Rückschritt war. Sosehr Mark auch an seiner Heimat hing, sie war zu klein für ihn.

»Unser neuer Chef liebt wohl die Natur.« Oberkommissarin Marion Tesic hatte sich unbemerkt zu ihm gesellt. Haller wandte seinen Kopf und sah in zwei wache blaue Augen, in denen leichter Spott lag. Tesic trug ihre langen braunen Haare zu einem Zopf gebunden und strahlte eine angenehme Frische aus – die Hitze schien ihr nichts auszumachen.

»Dem Tatort muss man sich mit Bedacht nähern«, konterte Haller, auf dessen Stirn Schweißperlen standen. Er war ein kräftiger Typ mit Bürstenhaarschnitt und freundlichem Lächeln.

»Man sagt, ihr seid gute Freunde.«

»So, sagt man das?«

»Ja. Die Stille Post funktioniert in Villingen-Schwenningen vortrefflich.«

»Na ja. Ist ja auch kein Geheimnis. Mark und ich kennen uns seit Sandkastenzeiten. Aber das hat die Stille Post sicher auch schon erzählt.«

»Ja, ich bin bestens informiert.« Tesic lächelte. »Hast du eigentlich keine Bedenken, dass die neue Konstellation – er Chef, du Mitarbeiter – eurer alten Freundschaft schadet?«

»Mark wird den Vorgesetzten nicht heraushängen lassen, denke ich. Ansonsten könnte es schon schwer werden.«

Inzwischen hatte Panther sich aufgerichtet. Er klopfte seine Kleidung ab und kam auf die beiden zu.

»Woher weißt du eigentlich, wie Mark aussieht?«

»Facebook. Dort gibt es ein paar nette Fotos von ihm.«

»Mark auf Facebook? Ich fass es nicht.«

Panther raffte sich auf. Genug geträumt. Gerade mal hundert Meter hatten ihn von der Realität getrennt. Jetzt näherte er sich ihr zügig. Vermutlich war sein seltsames Verhalten einigen aufgefallen, hoffentlich fragte ihn niemand danach. Panther zwängte sich zwischen den Schaulustigen durch und zeigte am Absperrband seine Marke. Jens Haller und eine äußerst attraktive Frau, vermutlich eine Kollegin, kamen auf ihn zu. Unbeholfen streckte Panther seinem Freund die Hand entgegen, er war sich nicht sicher, wie er ihn in offizieller Funktion begrüßen sollte. Haller ignorierte die Hand und drückte Panther an sich.

»Willkommen im Team, Alter«, sagte Haller und schaute ihm tief in die Augen. »Du hast dir einen aufregenden Tag für deinen Dienstantritt ausgesucht.« Dann wies er auf Tesic. »Das ist Oberkommissarin Marion Tesic, sie kommt aus Berlin und arbeitet seit einem halben Jahr in unserer Abteilung. Sie hättest du übrigens als Erste begrüßen sollen, das schreibt der gute Knigge so vor.«

»Natürlich, entschuldigen Sie bitte.« Panther gab ihr die Hand. »Mark Panther, auf eine gute Zusammenarbeit.«

Sie hatte einen festen Händedruck und war für eine unproblematische Arbeitsbeziehung eindeutig zu hübsch. Ihr Blick verriet Neugier. Vermutlich war sie gerade dabei, ihren neuen Vorgesetzten einzuordnen. Panther suchte nach den richtigen Worten. »Ich bin sehr umgänglich, wenn man meinen Anweisungen folgt«, sagte er und bereute es sofort. Was für eine dämliche Begrüßung.

»Natürlich«, entgegnete Tesic irritiert und blickte dann zu Haller.

»Jetzt, nachdem alles geklärt ist«, sagte dieser süffisant, »können wir dich endlich mit der Lage vertraut machen. Du bist nämlich ziemlich spät dran.«

»In Stuttgart gab es einige Verzögerungen«, verteidigte sich Panther.

»Schon klar«, entgegnete Haller und zupfte Gras von dessen T-Shirt. Ertappt verzog Panther sein Gesicht.

Die drei gingen ein Stück um den Hügel herum, während Haller die Umstände des Leichenfunds erläuterte. Dort, wo der Wald angrenzte, sondierte die Spurensicherung den Boden um eine Grube – der Leichenfundort.

Ein hagerer Mann kniete davor und entledigte sich gerade seiner Handschuhe. Haller stellte ihn als Gerichtsmediziner Dr. Warringer vor. Dieser kam umgehend zur Sache: »Eine männliche Leiche, mittelgroß, Identität unbekannt. Angaben zum Alter kann ich erst in der Rechtsmedizin machen. Der Verwesungsgrad lässt ganz grob darauf schließen, dass die Leiche vor zehn bis zwölf Monaten hier begraben wurde. Sie liegt in einem Sarg oder besser gesagt in einer grob gezimmerten Kiste. Da der Sarg kaum Luft durchließ, ist die Leiche noch recht gut erhalten. Sie ist nackt, ihre Hände sind vor dem Bauch gefesselt. Im Sarg haben wir viele Blutspuren gefunden. Der Mann hat also geblutet, als er hineingelegt wurde, vielleicht ist er sogar erst im Sarg gestorben. Ob der Fundort der Tatort ist, lässt sich nicht mit Sicherheit sagen, da wir nach der langen Zeit außerhalb des Sarges keine Blutspuren mehr finden können.«

»Dann war es ein Gewaltverbrechen?«, fragte Panther.

»Ja, eindeutig. Weniger eindeutig ist die Todesursache, vermutlich kann sie nie geklärt werden.«

»Warum nicht?«

»Weil der oder die Täter wohl auf Nummer sicher gehen wollten. Der Kopf des Mannes ist eingeschlagen, um seinen

Hals ist eine Schlinge gelegt. Außerdem weist eine Verletzung am Kehlkopf auf eine Stichwunde hin. Plakativ formuliert: Der Mann wurde erschlagen, erdrosselt und erstochen.«

Panther verzog sein Gesicht. »Was soll das? Weshalb bringt man einen Menschen auf drei Arten um?«

Warringer zuckte mit den Schultern. »Dafür seid ihr zuständig.«

Panther blickte in die Runde.

»Wut«, schlug Haller vor.

»Eher nicht«, entgegnete Panther. »Dann wären die Verletzungen alle gleich. In einem Wutanfall wechselst du nicht die Waffe.«

»Verschiedene Täter«, warf Tesic ein.

»Ein bisschen Agatha Christie: ›Mord im Orient-Express‹?«

»Eine Möglichkeit wäre es. Mehrere Personen üben Rache. Jede auf ihre Art.«

Panther neigte skeptisch den Kopf und beugte sich über die Grube. Eine halb verweste Leiche war ein unangenehmer Anblick. Panther zwang sich, genau hinzusehen. Die Kopfverletzung und die Schlinge waren nicht zu übersehen. »Seltsam ist die geringe Tiefe der Grube«, sagte er. »Hätte man tiefer gegraben, wäre die Leiche wohl niemals entdeckt worden. Außerdem müssen wir uns fragen, wie man an einem öffentlichen Ort, der auch noch recht gut einsehbar ist, eine Leiche vergraben kann, ohne bemerkt zu werden. Und vor allen Dingen: Warum begräbt man sie gerade hier?«

»Die Tiefe lässt sich vielleicht mit Eile erklären«, warf Haller ein. »Man hatte Angst, überrascht zu werden.«

Panther nickte.

»Die Lage des Grabes kann ich mir allerdings auch nicht erklären. Wäre es ein Mord im Affekt gewesen, gäbe es keinen Sarg. Und selbst dann hätte sich der angrenzende Wald angeboten.«

Marion Tesic griff Hallers Gedanken auf. »Daraus kann man nur eines schließen: Es war ein geplantes Verbrechen. Der Magdalenenberg wurde bewusst ausgewählt. Die Leiche musste, aus welchen Gründen auch immer, hier begraben werden. Selbst auf die Gefahr hin, entdeckt zu werden.«

»Wir haben also einen vorsätzlichen Mord, durchgeführt von irgendwelchen Spinnern, die die Leiche an historischer Stätte verscharren«, stellte Panther fest. »Und das an meinem ersten Tag – ich dachte, hier würde es ruhiger zugehen.«

»Die Provinz ist auch nicht mehr das, was sie mal war, stimmt's, Mark?«, spottete Haller.

Panther warf seinem Freund einen missbilligenden Blick zu, ihm war nicht nach Scherzen zumute. »Die Tatumstände sprechen für mehrere Täter«, sagte er gedehnt. »Einer allein kann die Leiche und den Sarg nicht hierhergeschleppt und vergraben haben. Außerdem muss es Nacht gewesen sein, nur so konnten die Täter unentdeckt bleiben.«

»Hier sind immer mal wieder Menschen unterwegs, selbst in der Nacht«, gab Tesic zu bedenken.

»Richtig. Es braucht mehr, um ungestört zu sein.« Panther überlegte. »Gehen wir von einem Unwetter aus. Ein Gewitter mit allem, was dazugehört. Wenn es blitzt, ist es hier oben lebensgefährlich.«

»So könnte es gewesen sein«, bestätigte Tesic. »Die Täter nutzten Dunkelheit und ein Unwetter, um ihr Opfer zu beseitigen. Dass sie dabei ihr Leben aufs Spiel setzten, kann als Notsituation oder als Fanatismus gewertet werden.«

»Fanatismus?«

»Ja. Ich finde, das trifft es ganz gut. Die Täter nahmen für das Begräbnis enorme Risiken auf sich. Risiken, die nur Fanatiker eingehen. Dazu fällt mir auch die Frage des Transports der Leiche ein. Als einzig sinnvolle Lösung bietet sich hier ein Kombi oder ein Bus an – ein weiteres Risiko. Ab dem Hundeplatz ist der Weg nur für landwirtschaftliche Fahrzeuge zugelassen – ein normaler Pkw hier oben ist bei Nacht sehr auffällig. Daraus ergibt sich ein Ermittlungsansatz. Die Frage nach einem Auto sollten wir in unsere Arbeit einfließen lassen.«

»Ein Auto – natürlich. Gut, Frau Tesic. Jetzt hängt es an der Rechtsmedizin. Je schneller und präziser die uns einen Todeszeitpunkt nennen können, desto gezielter können wir vorgehen.« Panther lächelte Dr. Warringer an. Der verzog keine Miene.

»Wir werden unser Möglichstes tun, Herr Panther, wie immer. Haben Sie sonst noch Fragen? Die Spurensicherung würde jetzt gerne Leiche und Sarg bergen.«

»Nein, im Moment nicht.« Panther und seine Kollegen traten zur Seite. Mehrere Personen machten sich an der Grube zu schaffen.

Panther wandte sich an Tesic. »Eine Sache stört mich bei unserer Theorie jedoch noch.«

»Und die wäre?«

»Nun ja. Der Hügel ist komplett begrünt. Wie konnten die Täter eine Grube ausheben, ohne Spuren zu hinterlassen? Der umgepflügte Boden hätte doch auffallen müssen.«

»Nicht unbedingt.« Haller meldete sich wieder zu Wort. »Vor ungefähr einem Jahr haben hier junge Leute ein größeres Fest veranstaltet. Ein paar sind mit ihren Autos gekommen – die kümmern sich nicht um Fahrverbote. Irgendwann ist die Sache eskaliert. Es fing an zu regnen, und einer hat versucht, mit seinem Auto auf den Hügel zu fahren – war wohl eine Wette. Der Versuch misslang, trotz mehrerer Anläufe. Am Schluss blieb seine Karre stecken und musste mit einem Traktor abgeschleppt werden. Der Flurschaden war immens – da fällt ein Stück umgegrabener Boden nicht auf.«

»Wann war das genau?«

»Irgendwann im Juni. Das exakte Datum weiß ich nicht mehr. Die Sache stand aber in der Zeitung, und Kollegen von der Streife waren vor Ort. Ich werde mich darum kümmern.«

»Gut. Damit können wir den Tatzeitpunkt einschränken. Jetzt würde ich gerne noch die Archäologen sprechen, die die Leiche gefunden haben.«

»Lassen Sie mich raten«, sagte Dr. Ernst Reuther, bevor Panther irgendetwas fragen konnte. Der Doktor und seine Assistentin Karin Kroll hatten sich von zwei Campingstühlen erhoben, die bei ihrem Auto standen. Unverhohlene Neugier lag in Reuthers Blick. »Der Mann wurde auf drei Arten getötet: erschlagen, erdrosselt, erstochen.«

Misstrauisch musterte Panther den Archäologen. »Sie haben sich die Leiche näher angeschaut?«

»Nicht so nah, um sicher zu sein. Außerdem überlasse ich das in einem solchen Fall lieber dem Gerichtsmediziner.«

»Wie kommen Sie dann darauf?«

»Es stimmt also. Das ist absolut faszinierend, nicht wahr, Frau Kroll?«

Die Angesprochene verzog nur ihr Gesicht – ihr schien das Ganze unangenehm zu sein.

»Was ist an einem Mord faszinierend?«, fragte Panther scharf.

»Entschuldigen Sie bitte meine Wortwahl.« Reuther nahm seinen Strohhut ab und fächerte sich Luft zu. »Ich bedaure es sehr, dass hier jemand gewaltsam zu Tode kam. Jedoch haben die Todesumstände direkt mit meinem Fachgebiet zu tun, und das ist nun mal faszinierend.«

»Und was ist Ihr Fachgebiet?«

»Ich arbeite für das Franziskanermuseum Villingen-Schwenningen und bin Astroarchäologe und ein Spezialist auf dem Gebiet der Kultur der Kelten zur Hallstattzeit.«

»Aha.«

»Natürlich geht mein Grundwissen weit darüber hinaus.«

»Natürlich. Und was hat das mit dem Toten zu tun?«

»Kennen Sie den Lindow-Mann?«

»Nein.«

»Der Lindow-Mann ist unter Archäologen eine Berühmtheit, gleichzusetzen mit dem Ötzi.«

»Schön, und weiter?«

»1984 entdeckten Torfstecher in Lindow Moss, das ist ein Moor im Nordwesten Englands, eine mumifizierte männliche Leiche. Die Leiche war fast zweitausend Jahre alt – man datierte sie auf das erste Jahrhundert nach Christus. Der Mann war nackt und keines natürlichen Todes gestorben, und …«,

Reuther legte eine vielsagende Pause ein, »... sein Kopf war eingeschlagen, eine Schlinge lag um seinen Hals und seine Kehle war durchschnitten!«

»Sie meinen, der Lindow-Mann und der heute gefundene Tote starben auf die gleiche Weise?«

»Exakt.«

Panther sah eine Menge Probleme auf sich zukommen. Er suchte den Blick Hallers. Der zuckte nur mit seinen Schultern.

»Warum wurde der Lindow-Mann auf diese Weise getötet?«, fragte Panther.

»Darüber gehen die Expertenmeinungen auseinander. Die einen sehen in der Mehrfachtötung eine Strafe für ein abscheuliches Verbrechen, die anderen ein Menschenopfer zu Ehren der keltischen Götter. Sicher ist, dass es sich um eine rituelle Hinrichtung handelte. Und das Gleiche widerfuhr dem Toten.«

»Ein Ritualmord?« Panther schaute skeptisch. »Gehen Sie da nicht zu weit? Sie wollen mich tatsächlich glauben machen, dass hier ein Ritualmord nach einem zweitausend Jahre alten Vorbild begangen worden ist?«

»Nun ja, vieles deutet darauf hin. Die Todesumstände, die Tatsache, dass die Leiche nackt ist. Es würde mich auch nicht wundern, wenn Ihre Leute Reste von Misteln im Mundraum oder im Mageninhalt des Toten finden würden.«

»Warum Misteln?«

»Das Verabreichen von Misteln war ein Teil der druidischen Zeremonie. Druiden bekleideten einen hohen Rang in der keltischen Gesellschaft. Sie leiteten die rituellen Handlungen.«

Panther versuchte, Ordnung in seine Gedanken zu bringen. »Sie sagten: Vieles würde auf einen keltischen Ritualmord hindeuten. Was nicht?«

»Die Örtlichkeit. Wir befinden uns auf einem keltischen Grabhügel. Vordergründig spricht das zwar für die Annahme eines Mordes nach keltischen Riten, dagegen spricht aber, dass dies ein Fürstengrab ist. Hier begraben zu werden war eine Ehre. Verbrecher und Menschenopfer wurden dort nicht bestattet. Außerdem die Lage der Leiche: Die Gräber der Kelten waren kreisförmig um das Zentralgrab ihres Fürsten angeordnet, wobei Kopf oder Füße in Kreisrichtung zeigen. Die Ausrichtung des Mordopfers hingegen ist willkürlich. Ein krasser Verstoß gegen die Friedhofsordnung, wenn Sie so wollen.«

»Dann könnte der Mord also auch einen anderen Hintergrund haben?«

»Wenn ich in Ihrem Metier arbeiten würde, würde ich sagen: Die Indizien sprechen für einen Ritualmord, der an keltische Traditionen angelehnt ist, ohne diese exakt zu befolgen. Vielleicht waren den Tätern ihre Fehler gar nicht bewusst, oder die Details waren ihnen nicht so wichtig. Vielleicht ging es ihnen einfach auch darum, ihr Opfer an einem mystischen Ort zu töten.«

»Der Magdalenenberg ein mystischer Ort? Übertreiben Sie da nicht ein bisschen?«

»Durchaus nicht. Hier reichen sich verbürgte Geschichten und Legenden die Hand. Lange galt der Berg als Geisterort und Hexentreff. Während des Dreißigjährigen Kriegs zum Beispiel hatte ein Mädchen unter Folter gestanden, hier mit dem Teufel getanzt zu haben. Und in den Walpurgisnächten verschreckten Lichterscheinungen und seltsame Schatten die unbescholtenen Bürger. Außerdem hielt sich sehr lange das Gerücht vom Geist des Keltenfürsten, der seinen Schatz bewacht. Die Aussicht auf Abenteuer und unermesslichen Reichtum zog Glücksritter und zwielichtige Gestalten an, die die Gegend verunsicherten und deren Geschichten den Ruf des Berges als verwunschener Ort mehrten. Die Hoffnung auf den Fürstenschatz war – nebenbei bemerkt – vergebens, das Grab wurde schon fünfhundert vor Christus geplündert.«

»Sie scheinen ebenfalls der Anziehung des Berges zu unterliegen.«

»Wundert Sie das? Mit meiner Arbeit untermauere ich die Bedeutung des Keltengrabs. Sie haben sicher schon davon gehört.« Erwartungsvoll schaute Reuther in die Runde, erntete aber bei Panther und Tesic kein Verständnis. Nur Haller konnte mit der Bemerkung etwas anfangen.

»Sie meinen die Aufwertung zum ›Schwarzwälder Stonehenge‹?«, fragte er.

»Na ja, das ist vielleicht etwas hoch gegriffen«, entgegnete Reuther, »trifft die Sache aber im Kern. Mit den Stangensetzungen, die wir hier vorgenommen haben, kann man zum Beispiel die Mondwenden nachvollziehen, so wie es damals die Kelten taten.«

Panther hatte von Reuthers Entdeckung noch nie gehört – sie war wohl eher für Fachleute interessant. »Wofür soll das gut sein?«, fragte er.

»Die Menschen hatten damals keinen Kalender, wie wir ihn kennen. Dennoch brauchten sie eine Orientierung für Winter- und Sommeranfang, um die bestmöglichen Zeiten für Aussaat und Ernte vorherzusagen und um ihre heiligen Feste zum richtigen Zeitpunkt zu feiern.«

Panther wandte den Kopf und betrachtete die in den Hügel gerammten Stangen. Eine richtige Ordnung mochte er nicht erkennen. Wie damit die Jahreszeiten bestimmt werden konnten, war ihm ein Rätsel. Ebenso rätselhaft war die Vorstellung, sich am Mond zu orientieren – war die Sonne nicht naheliegender? Sein Blick wanderte den Hügel hinauf. Oben standen zwei Männer und unterhielten sich. Einer davon war Polizeidirektor Gerd Soreck, Leiter der zuständigen Dienststelle, sein Vorgesetzter. Unvermittelt wurde Panther mit seiner neuen Verantwortung konfrontiert – sein Herz schlug schneller. Soreck würde ihn gleich nach einer Einschätzung fragen, nach der weiteren Vorgehensweise, nach einer ersten Spur.

Panther schloss die Augen. Reuther sprach weiter. Seine Stimme erreichte ihn kaum. Versagensängste bedrängten ihn. Was machte er nur hier? Was hatte ihn geritten, diesen Job anzunehmen? Warum glaubte er, dieser Aufgabe gewachsen zu sein? Wie sollte er Führungsqualitäten zeigen, wo es ihm schon schwerfiel, sich morgens für passende Schuhe zu entscheiden?

Panther kannte diese Panikattacken. Wie konnte ihm die

Trennung von Su nur so zusetzen? Das durfte er nicht zulassen! Er rief die bisher gesammelten Informationen ab und formulierte Antworten auf Fragen, die Soreck stellen könnte. Doch seine Antworten waren keine, sie hatten keine Substanz, sie würden seine komplette Inkompetenz entlarven. Schweiß schoss aus all seinen Poren, er konnte es nicht aufhalten. In diesem Moment legte sich eine Hand auf seine Schulter. Sie holte ihn zurück. Jens Haller lächelte ihn an.

»Verdammt heiß heute, nicht wahr, Mark?«

»Ja, setzt einem ganz schön zu«, stammelte er und registrierte Tesics besorgten Blick. Währenddessen nahm Reuther seinen Hut ab und wischte sich mit dem Ärmel über die Stirn. »Mach ich auch öfters«, sagte er. »Einfach mal die Gedanken schweifen lassen und auf eine Eingebung hoffen.«

Panther wusste nichts zu erwidern. Eine unangenehme Pause folgte, dann sprang Haller für Panther ein. »Haben Sie eine Idee, Herr Dr. Reuther, wer für so eine Tat, die ja Wissen über die keltische Kultur voraussetzt, in Frage käme?«

Reuther setzte seinen Hut wieder auf. »Natürlich habe ich mir dazu schon einige Gedanken gemacht. Die Kelten inspirieren viele. Man ist fasziniert von ihrem archaischen Leben, den Bräuchen, den Geheimnissen. Man idealisiert ihre Gesellschaft: Die Druiden gelten als Zauberer, als weise Männer, die die Zukunft vorhersagen konnten. Die Krieger als unerschrockene, furchteinflößende Kämpfer, die kaum zu besiegen waren. Die Frauen als rein, stolz und unabhängig. Und der Fürst als eine uneingeschränkte Autorität. Hart, aber gerecht – sein Wort ist Gesetz. Eine Welt, in der Ordnung herrscht, aber auch eine Welt, in der unerklärliche Dinge geschehen, eine Welt des Aberglaubens und des Kampfes. Eine Welt der Tier- und Menschenopfer. Diese Welt zieht Personen an, die Abstand vom Alltag suchen oder die in diesen modernen Zeiten nicht zurechtkommen. Diese Personen organisieren sich in verschiedenen Gruppen und leben, wenn es die Umstände zulassen, wie Kelten.«

»Sie denken an Rollenspieler?«, fragte Haller.

»Ja. Aber ich will darauf hinweisen, dass diese Verdächtigung weit hergeholt ist, denn diese Leute sind eigentlich harmlos. Die einen treffen sich, um nach bestimmten Regeln eine Aufgabe zu erledigen, ein Abenteuer zu bestehen, die anderen, um der keltischen Lebensweise so gut es geht gerecht zu werden. Vor allem in der zweiten Gruppe finden sich viele Experten, die uns in Sachfragen unterstützen. Manche sind sogar selbst Wissenschaftler.«

»Sie können uns sicher Namen nennen.«

»Ja, aber natürlich unter dem Vorbehalt, den ich eingangs schon geäußert habe. Diese Leute sind zwar zum Teil recht skurril, Verbrecher sind sie jedoch nicht. Vielleicht können sie aber Hinweise geben, vielleicht gibt es in ihrem Dunstkreis auffällige Personen.«

»Sie brauchen sich keine Sorgen zu machen, Dr. Reuther. Wir stehen hier ganz am Anfang. Was wir brauchen, sind Informationen.«

»Gut.« Reuther atmete hörbar aus. »Versuchen Sie es zuerst bei Alan Catarius – ein ehemaliger Studienkollege, der zuletzt beim Römisch-Germanischen Zentralmuseum Mainz angestellt war. Alan ist sehr speziell. Er lebt in einer Hütte in der Nähe des Linacher Stausees.«

»Sie meinen den Stausee bei Vöhrenbach?«

»Ja, im tiefsten Schwarzwald. Der Weg zur Hütte ist etwas beschwerlich, ein strammer Fußmarsch durch den Wald – das Auto müssen Sie zurücklassen. Alan lebt dort allein. Er ist der Prototyp eines Kelten, wenn Sie so wollen. Ein Mann, der aus der Zeit gefallen ist. Bei ihm gibt es kein modernes technisches Gerät. Kein Handy, kein Telefon, kein fließend Wasser. Für Rollenspieler ist er der Messias, und wenn man ihm gegenübertritt, zieht man unwillkürlich den Kopf ein. Also: Fürchtet euch nicht!« Reuther lachte meckernd.

Inzwischen hatte Polizeidirektor Soreck sein Gespräch beendet und schritt auf die Gruppe zu. Die Jacke seiner Uniform hatte er ausgezogen. Er war ein großer, stattlicher Mann, dem nicht anzusehen war, dass er kurz vor der Pensionierung stand.

Soreck schüttelte jedem die Hand und verlangte dann, Panther allein zu sprechen.

»Mir scheint, Dr. Reuther wäre gerne noch hier geblieben«, sagte er.

»Er ist ein ziemlich neugieriger Mensch, bringt wohl sein Beruf mit«, entgegnete Panther.

»Neugier ist eine gute Eigenschaft. Wo stünden wir ohne sie?« Soreck straffte sich. »Nun, Herr Panther, gleich an Ihrem ersten Tag ein Tötungsdelikt. Das ist kein einfacher Anfang. Da sind Sie sofort gefragt.«

»Ich …« Panther rieb sich die Stirn. Er glaubte, in der Stimme des Polizeidirektors einen leichten Vorwurf gehört zu haben. »Es ist nicht meine Art, mich in den Vordergrund zu drängen, und OK Haller und OK Tesic sind mit Personen und Abläufen vertraut. Als Team und mit solider Polizeiarbeit werden wir die besten Chancen haben. Im Übrigen braucht jeder eine gewisse Einarbeitungszeit, auch ich.«

»Gegen eine überlegte Herangehensweise ist nichts einzuwenden, da bin ich ganz bei Ihnen. Jedoch befinden wir uns gerade in einer außergewöhnlichen Situation. Dieser Fall wird zweifellos große Wellen schlagen. Die Boulevardpresse hat schon Erkundigungen eingezogen und ihre Journalisten losgeschickt. Auch das Fernsehen wird bald eintreffen. Wir stehen also etwas unter Zugzwang. Es gibt leider keine Schonfrist, Herr Panther.« Soreck fixierte Panther, bis dieser seinen Blick senkte. »Was haben Sie denn bisher in Erfahrung gebracht, was können wir an die Presse weitergeben?«

»Nun …« Panther räusperte sich. Fieberhaft ging er abermals Aussagen und seine eigenen Eindrücke durch. Um irgendwelche Verdächtigungen in Richtung Rollenspieler auszusprechen, war es zu früh. Das Beste war, sich an die Fakten zu halten und die Spekulation der Öffentlichkeit zu überlassen.

Gerade als Panther sich seine Stellungnahme zurechtgelegt hatte, erweckten Rufe seine und Sorecks Aufmerksamkeit. Sie kamen vom Tatort. Mehrere Männer der Spurensicherung hatten den Sarg geborgen und hievten ihn zur Seite. Dr. Warringer starrte kopfschüttelnd in die Grube.

Eine zweite Leiche – bisher unter dem Sarg verborgen. Der Verwesungsprozess weiter fortgeschritten als bei der ersten, nur noch wenig ledrige Haut war zu erkennen. Außerdem war die Leiche bekleidet: schwarzer Regenmantel, Jeans, Gummistiefel und ein zerrissenes Hemd. Der Gerichtsmediziner und Panther wechselten Blicke. »Fragen Sie mich nicht«, sagte Dr. Warringer, fügte aber hinzu: »Sieht ganz nach einem Genickbruch aus.«

Soreck stand neben Panther. »Zwei Leichen, was hat sich hier nur für eine Tragödie abgespielt?« Das Gesicht des Polizeidirektors war versteinert. »Das macht es nicht gerade leichter, Herr Panther. Sie bekommen natürlich jede erdenkliche Unterstützung. In diesem Fall sind wir alle gefragt.«

Panther nickte müde. Wieder wünschte er sich weit weg.

Unter den Umstehenden erkannte er Dr. Reuther. Eigentlich hatte der Archäologe hier nichts zu suchen, aber das war Panther jetzt egal. So egal wie der Mann, der von einer Tanne aus Fotos schoss. Anscheinend war er nur Panther aufgefallen, niemand regte sich. Wie der Fotograf wohl da raufgekommen war? Eine wahre Meisterleistung. Panther schaute auf seine Uhr. Inzwischen war es nach vier. Sein T-Shirt klebte, seine Haut brannte, er fühlte sich unwohl. Ein Filter legte sich über seine Umgebung, machte ihn zum Zuschauer.

Er hörte Tesic und Haller sich unterhalten. Der Polizeidirektor drängte ins Bild und verabschiedete sich – sagte etwas von einem Termin. Darauf folgte Reuther, er redete auf ihn ein. Der Polizeidirektor kam zurück. Unterbrach Reuther. Verlangte einen Bericht – spätestens am Abend.

Das Handy des Gerichtsmediziners klingelte.

Der Polizeidirektor klopfte Panther auf die Schulter.

Tesic zeigte in Richtung Wald.

Der Fotograf wurde entdeckt.

Ein Hase hoppelte über das Feld.
Eine Glocke ertönte.
Ein Mann pries kalte Getränke an.
Eine Fliege landete in Panthers Gesicht.

Panther löste sich aus seiner Erstarrung. Er wandte sich an Haller. »Gibt es eigentlich noch den guten Dönerstand in der Innenstadt? Ich muss hier weg.«

ZWEI

Am selben Tag

Neunhundertdreiundsechzig Meter über Normalnull. Rechts die Friedrichshöhe, links das Tal, durchzogen vom Glasbach. Die Landstraße wies den Weg. Einhundertachtzig-Grad-Kehren, freier Blick, Postkartenidylle. Panther war satt und zufrieden. Das Bier machte ihn schläfrig. Jens Haller hatte gesagt: »Doch nicht im Dienst«, und Marion Tesic hatte nur wissend gelächelt. Panther hatte ihr das Du angeboten, was sie mit dem gleichen Lächeln annahm. Vermutlich hielt sie ihn für einen kompletten Idioten.

Beim Türken hatte man sich abgesprochen. Tesics Aufgabe war es nun, Recherchen zu den Rollenspielern und ihren Gruppierungen anzustellen. Der Archäologe, Dr. Reuther, hatte widerwillig einige weitere Namen genannt. Haller und Panther kümmerten sich um Alan Catarius, beide waren auf den »Vorzeige-Kelten« gespannt. Außerdem hatten sie versucht, die zweite Leiche einzuordnen. Es gab zwei Theorien. Die erste, eher unwahrscheinliche: Der Mann gehörte zu den Tätern und war verunfallt oder im Streit getötet worden. Die zweite und bessere: Der Mann hatte die Täter überrascht und musste das mit seinem Leben bezahlen. Sie gerieten in Zeitnot und begruben ihn zusammen mit dem Ritualopfer. Die Zeit war so knapp bemessen, dass sie nicht einmal mehr die Kleidung beseitigen konnten – ein großer Vorteil für die Ermittler. Anhand der Kleidungsstücke hoffte man, den Toten schneller identifizieren zu können.

Genau so hatte es Panther auch telefonisch an den Polizeidirektor weitergegeben. Außerdem hatte er ihn über den Lindow-Mann und die Annahme eines Ritualmordes informiert. Beide waren sich einig, dies vorerst nicht zu veröffentlichen. Was an die Presse ging, waren Bilder der Kleidung der zweiten Leiche, ebenso des Sarges, der eigentlich eine Kiste aus grob behauenem Holz war. Vermutlich hatte sie dem Transport des zuerst gefundenen Opfers gedient – ob lebendig oder tot, war nicht klar. Für Hinweise aus der Bevölkerung wurde eine Telefonleitung eingerichtet. Wer im Zeitraum Mai bis September des letzten Jahres am Magdalenenberg bei einem nächtlichen Gewitter Verdächtiges beobachtet hatte, sollte sich melden.

Panther streckte sich und stellte seine Rückenlehne steiler. Haller beschleunigte den Wagen, das Städtchen Vöhrenbach lag hinter ihnen. Rechter Hand durchzog die Breg das nach ihr benannte Tal. Kinder befuhren den Fluss mit Autoreifen und spritzten sich gegenseitig nass, eine Gruppe Wanderer suchte den Schatten einer Fichte. Fast zu schön, um wahr zu sein, dachte Panther und ging mit seinem Smartphone online.

Zu Alan Catarius gab es viele Einträge, nur einen eigenen Internetauftritt hatte er nicht. Ungewöhnlich für jemanden, der seinen Lebensunterhalt mit dem Verkauf keltischer Produkte bestritt. Catarius wurde in einschlägigen Kreisen für seine Handwerkskunst gefeiert. Er war Gold- und Waffenschmied. Seine Dolche und Schwerter besaßen Kultstatus – ihnen wurden magische Kräfte nachgesagt. Ihn zu treffen galt als Ehre, nur wie man zu Catarius gelangte, daraus wurde ein Geheimnis gemacht. Die einzige konkrete Beschreibung endete abseits der befahrbaren Straßen in einem Waldweg, von wo aus man sich mit gutem Schuhwerk bergan begeben sollte. Wer den Kontakt zur Natur noch nicht verloren hätte, so hieß es, würde den Meister finden, wenn er gefunden werden wollte.

»Su steht auch auf Esoterik«, sagte Panther zu Haller, nachdem er ihm den Beitrag vorgelesen hatte.

»Weiß ich doch«, entgegnete Haller. »Das ist mit ein Grund, warum ihr euch getrennt habt.«

»Hab ich schon oft erzählt, oder?«

»Sehr oft.«

Jens konnte mit wenigen Worten viel sagen.

Irgendwann wies der Routenplaner sie an, die Landstraße zu verlassen, den Linacher Stausee hatten sie schon passiert. Sie folgten einem abenteuerlichen Weg, bis sie das Auto abstellen mussten. Der Wald war dicht, die Luft angenehm kühl.

»Ab hier kein Handyempfang mehr«, stellte Panther fest.

»Aber schön ist es«, sagte Haller.

»Stimmt. Ich war schon ewig nicht mehr im Wald, eigentlich schade.«

***

Die Eindringlinge waren angekündigt. Der Fürst hatte ihr Kommen prophezeit. Obwohl die weltliche Gerichtsbarkeit für Catarius nicht zuständig war, musste er sie achten. Er kannte ihre Regeln, oh ja, er kannte sie. Viel zu lange hatte er in der falschen Welt gelebt, viel zu lange musste er ihre Heuchelei ertragen, viel zu lange ihrem zerstörerischen Treiben zusehen. Doch noch war seine Zeit nicht gekommen, noch war die Grenze durchlässig. Also spielte er ihr Spiel und verstellte sich, so gut es ging. Er ließ sie sein Reich betreten. Sein Reich, das er eigentlich nur mit den Auserwählten teilen wollte.

Seit geraumer Zeit folgte er den beiden Männern und belauschte sie. Der Untersetzte, der Jens genannt wurde, bewegte sich geschmeidig – ihn durfte man nicht unterschätzen. Der andere namens Mark wirkte unsicher, stolperte. Doch je weiter die beiden kamen, desto sicherer wurde sein Gang. Es schien, als ob er zurückkehren würde. Nur als was? Freund oder Feind?

***

Panther lehnte an einer Tanne, er atmete schwer. »Mann, ist das anstrengend«, keuchte er.

»Soll ich dir ein Taxi rufen?« Haller grinste spöttisch, ihm war nichts anzumerken. Seit zehn Minuten ging es steil bergauf, die Sonne zauberte Inseln aus Licht auf grünes Moos, nur die Geräusche des Waldes waren zu vernehmen.

»Hoffentlich war das Ganze nicht umsonst. Was, wenn wir diesen Alan Catarius nicht antreffen?«, fragte Panther.

»Erst mal müssen wir sein Haus finden«, entgegnete Haller und setzte den Aufstieg fort.

Endlich eine Lichtung. Nicht groß. Vielleicht ein Viertel eines Fußballfeldes. Darauf eine Hütte und ein Stall. Die Hütte länglich, mit Strohdach, das fast bis zum Boden reichte. Die Mauern aus Holz und Lehm. Keine Fenster, nur kleine Luken, deren Läden offen standen. Aus dem Stall drangen Tiergeräusche, in einem Verschlag gackerten Hühner.

»Sieht aus wie ein Freilichtmuseum«, bemerkte Haller.

»Nur, dass dort mehr Ordnung herrscht.« Panther stieß mit dem Fuß gegen einen Eimer. Übel riechende Abfälle fanden sich darin. Werkzeuge lagen vor der Hütte, ein Tierfell war über ein Gerüst gespannt. »Ob das alles legal ist?«

Haller hob die Schultern und klopfte gegen eine Tür, die schief in den Angeln hing. Diese gab knarrend nach. »Herr Catarius, sind Sie zu Hause?« Keine Antwort. »Wir sind von der Polizei und hätten ein paar Fragen.«

Die beiden Polizisten betraten die Hütte. Es roch nach kaltem Rauch, das Licht war spärlich – die Augen mussten sich erst daran gewöhnen. Ein einfacher Tisch, Holzbänke, keine Stühle. Werkzeuge an den Wänden, in einer Ecke eine Art Bett, gegenüber eine Feuerstelle, eingekreist von Töpfen und Schüsseln. Über der Feuerstelle ein Kessel, mit Flüssigkeit gefüllt, darin schwamm Undefinierbares. Eine verschlossene Tür grenzte einen weiteren Raum ab.

»So haben also die Kelten gehaust.« Haller nahm eine Schüssel in die Hand, Panther untersuchte die Wände. Nichtssagende Zeichen waren darin eingeritzt. Dazwischen aber ein Wort: »Nichneven«.

Ein Geräusch ließ Panther und Haller herumfahren. Im Eingang stand ein kräftiger Mann. Er füllte den gesamten Türrahmen. Sein Oberkörper war frei, sein langes Haar nach hinten gekämmt. Ein weißer, kalkartiger Film lag darüber. In der Hand hielt er ein Schwert.

Das Tasten nach der Dienstwaffe war eine instinktive Reaktion, beide Polizisten handelten gleich.

»Die Kelten sind Träger einer hoch entwickelten Kultur.« Die Stimme des Mannes verriet keinerlei Aufregung. »Man sollte den Römern nicht allzu viel Glauben schenken.« Der Mann betrat die Hütte und legte das Schwert auf den Tisch. Sein Oberkörper war mit fremdartigen Zeichen verziert, sie glichen denen an den Wänden.

»Alan Catarius?«, fragte Panther.

Der Mann nickte und schritt auf die Polizisten zu, die unweigerlich zurückwichen. Er überragte beide um Haupteslänge. Sein Blick war klar und strahlte eine gewisse Verachtung aus. Tiefe Furchen zeichneten sein Gesicht, dennoch wirkte er nicht alt.

»Es liegt im Interesse der Römer, die keltische Kultur kleinzuhalten, sie als barbarisch darzustellen. Nur so können sie ihre teuren Feldzüge vor dem Senat rechtfertigen. Die Römer haben eigene Schriftzeichen, sie können lesen und schreiben. Das sind mächtige Waffen, mit denen sie ein falsches Bild prägen. Man sollte ihnen diese Waffen nicht allein überlassen.«

Fasziniert musterte Panther Catarius. Der Mann spielte seine Rolle sehr gut. Kein Wunder, dass Sinnsuchende und Sonderlinge zu ihm pilgerten. Gerne wäre Panther auf das Spiel eingegangen, nur leider war er nicht zum Vergnügen hier. »Das klingt alles sehr schlüssig, Herr Catarius. Aber die Chance ist vertan. Römer und Kelten sind Geschichte.«

Ein Schatten legte sich über Catarius' Gesicht. »Natürlich«, entgegnete er langsam. Panthers Bemerkung schien ihn zu verwirren. »Wissen Sie«, sagte er nachdenklich, »wenn man sein Leben hier oben verbringt, abseits der Zivilisation, dann verändert sich der Blickwinkel. Vergangenes wird gegenwärtig, und Gegenwärtiges verliert an Bedeutung.«

Allmählich verschwand der Schatten. Aus zusammengekniffenen Augen betrachtete Catarius Panther. »Wer weiß schon, was wahr ist? Wer sieht, wie die Welt wirklich ist? Um uns ein Bild von ihr zu machen, sind wir auf unsere Sinne angewiesen. Doch diese sind beschränkt. Tiere nehmen die Welt anders wahr. Sie sehen andere Farben, hören andere Töne, registrieren Dinge, für die wir nicht einmal einen Namen haben. Nichts ist gewiss, und alles ist möglich. Die Zeit muss nicht linear verlaufen. Sie muss keine chronologische Abfolge von Ereignissen sein. Vielleicht existieren Vergangenheit, Gegenwart und Zukunft gleichzeitig, vielleicht gibt es gar keine Vergangenheit und keine Zukunft, sondern nur eine Gegenwart, und diese in unendlich vielen Variationen. Vielleicht kann man zwischen den Gegenwarten wechseln, vielleicht ist manch einer in der falschen Gegenwart gestrandet.« Catarius lächelte. Seine Erläuterungen schienen ihn zufriedenzustellen. Dann verhärtete sich seine Miene. »Aber das wird Sie nicht interessieren. Was wollen Sie eigentlich von mir?«

»Wir sind von der Kripo Villingen-Schwenningen. Das ist Oberkommissar Haller, und ich bin Hauptkommissar Panther. Wir –«

»Panther?« Catarius spuckte den Namen förmlich aus. Seine Haltung veränderte sich. Er nahm den Polizisten genau in Augenschein. Ganz so, wie man einen potenziellen Gegner mustert. »Der Panther ist ein Jäger, schnell und kräftig. Geduld ist seine Stärke.«

»Ja, kann schon sein«, entgegnete der Hauptkommissar unbeholfen. Catarius spielte den Krieger nicht. Ganz offensichtlich hatte er zu viel Zeit im Wald verbracht. »Wir sind hier, weil Sie als Experte in Fragen zur keltischen Kultur gelten und weil Sie sich mit Gruppierungen auskennen, die die keltische Lebensart auch heute noch praktizieren.«

Noch immer fixierte Catarius sein Gegenüber. Seine Entgegnung ließ lange auf sich warten.

»›Experte‹.« Wieder eine Pause. »Wer behauptet das?«

»Das ist nicht von Belang.«

»Für mich schon.«

»Wir werden Ihnen den Namen nicht nennen.«

»Gut.« Es hatte den Anschein, als sei das Gespräch für Catarius beendet.

Langsam verlor Panther die Geduld. »Sie haben da draußen ein Tierfell gespannt – eine Jagdtrophäe? Außerdem halten Sie Tiere. Ich glaube nicht, dass das alles genehmigt ist.«

»Ich habe hier ein großes Stück Wald von einem Privatmann gepachtet. Geld dazu habe ich aus meinem vorherigen Leben. Was angemeldet sein muss, ist angemeldet. Sie können mich nicht einschüchtern.« Catarius lächelte selbstbewusst. »Das müssen Sie allerdings auch nicht. Mich interessiert, warum Sie hier sind.«

Catarius war für Panther schwer einzuschätzen. Er zeigte zwei Gesichter. Das eine Mal war er unberechenbarer Krieger, das andere Mal nüchterner Realist.

»Am Magdalenenberg in Villingen wurden zwei Leichen gefunden. Beide kamen bei einem Gewaltverbrechen um. Ein Opfer weist besondere Merkmale auf: Es wurde auf drei Arten getötet.«

»Muss mir das etwas sagen?«

»Einem Fachmann auf dem Gebiet der Kelten schon.«

»Sie denken an den Lindow-Mann?«

»Ja.«

»Und der Betreffende wurde auf die gleiche Art getötet?«

»Ja.«

»Das ist äußerst interessant.« Catarius' Gesichtsausdruck war nicht zu deuten. »Wissen Sie, die Mehrfachtötung war damals nicht unüblich. Nur warum sie durchgeführt wurde, ist nicht klar. Man streitet sich, ob es sich um ein Menschenopfer zu Ehren der Götter oder um eine Exekution als Sühne für ein schweres Verbrechen handelte. Das hätte Ihnen aber auch Ernst Reuther, von dem Sie sicher meinen Namen haben, sagen können.«

»Wie kommen Sie auf Dr. Reuther?«

»Ernst entdeckt Großes am Magdalenenberg. Seine Arbeit ist mir natürlich geläufig – wir waren Studienkollegen.«

»Dr. Reuther betonte, dass Sie über jeden Zweifel erhaben seien.«

»Werde ich denn verdächtigt?«

»Verdächtige gibt es bisher nicht. Aber wenn ich ehrlich bin, wecken Ihr Äußeres und Ihre Lebensumstände schon meine Neugier.«

»Die Auffälligen sind immer verdächtig. Wollen Sie von mir ein Alibi?«

»Wenn wir die Tatzeit hätten, gerne. Im Moment ist alles in der Schwebe. Wir suchen nach Personen und Gruppen, die zu solch einer Tat fähig wären.«

»Die Leute, mit denen ich zu tun habe, sind harmlos. Viele sind Anhänger von Naturreligionen. Sie sind Druiden und achten die Natur und das Leben. Wenn alle Menschen so wären, müssten wir uns keine Sorge um unseren Planeten machen.«

»Was ist mit Rollenspielern?«

»Auch die sind alle harmlos.«

»Alle harmlos, klar. Das kann ich Ihnen nicht abnehmen. Die archaischen Strukturen, das Mystische, das muss doch auch fragwürdige Personen anlocken. Personen, die spezielle Wünsche und Vorstellungen haben, Personen, die gewaltbereit sind.«

»Solche Menschen gibt es überall, nicht nur bei Rollenspielern.«

»Das ist zweifellos richtig, ändert aber nichts an der Tatsache, dass Rollenspiele eine Plattform bilden, die auch einen fragwürdigen Menschenschlag anzieht. Ein Blick ins Internet reicht, um auf die übelsten Gestalten zu stoßen.«

»Das Internet ist ein Moloch. Es beschleunigt den Tod dieser Welt. Ich bin froh, es nicht nutzen zu müssen. Warum befragen Sie nicht einfach den Gott Ihrer Zeit?«

»Natürlich ermitteln wir auch dort, doch schnelle, konkrete Informationen erhoffen wir uns von Ihnen. Also, können Sie uns weiterhelfen?«

Catarius seufzte. »Die Hallstätter. Eine Vereinigung im Landkreis Sigmaringen. Ihre Versammlungsorte liegen in der Nähe der Heuneburg, einem frühkeltischen Fürstensitz. Sie sind eine spezielle Gemeinschaft. Für einige habe ich Waffen gefertigt. Tieropfer scheinen denen nicht fremd zu sein.«

»Gut.« Panther notierte den Namen. »Sonst noch was?«

»Nein.« Das Nein kam prompt – Panther glaubte Catarius nicht.

»Jetzt würde mich noch Ihre Schmiede interessieren.«

»Warum?«

»Waffen und Verbrechen, das liegt beides recht nah zusammen.«

In Catarius' Gesicht arbeitete es. »Ich kenne meine Rechte. Ich muss Ihnen die Schmiede nicht zeigen, aber …«, ein kurzes Zögern, »… ich habe nichts zu verbergen. Kommen Sie.«

Die beiden Polizisten folgten Catarius in den anderen Raum. Auch hier herrschte nur diffuses Licht. Catarius stieß ein Tor auf. Sommerhitze und Licht fluteten die Schmiede. In der Mitte stand auf einem Holzblock ein Amboss, an dem ein Hammer lehnte. Zwei Blasebälge zeigten auf eine kleine Esse. Kisten mit verschiedenen Rohlingen standen auf dem Boden, die Decke war rußgeschwärzt.

»Ein keltisches Schwert ist eine begehrte Waffe. Selbst die Römer nutzen es. Die Kunst ist es, das Metall mehrmals zu falten, um Verunreinigungen herauszutreiben. Nur reines Eisen, vermengt mit dem Kohlenstoff der Holzkohle, lässt die Klinge hart und zugleich elastisch werden.«

Panther fiel auf, dass Catarius von den Römern immer in Gegenwartsform sprach, ganz so, als ob sie gleich ins Haus marschieren könnten. »Machen Sie mit den Römern noch Geschäfte?«, warf er ein.

»Wenn es sich nicht …« Catarius hielt inne. »Was stellen Sie für seltsame Fragen, Herr Hauptkommissar?«

»Ist mir nur so herausgerutscht, entschuldigen Sie.« Panther ließ seinen Blick über die Wände gleiten. »Können wir uns die mal genauer ansehen?«, fragte er. Auch sie waren mit Zeichen übersät. Catarius nickte. Abermals stieß Panther auf das Wort »Nichneven«. »Hat das was zu bedeuten?«

»Der Name einer gewöhnlichen Frau, nichts weiter«, antwortete Catarius eine Spur zu scharf. »Sie will eine Priesterin sein, doch ihr fehlt die Ernsthaftigkeit. Sie hat die Weihen nicht verdient.«

»Und was haben Sie mit ihr zu tun?«

»Ich habe ihr einen Dolch geschmiedet. Die Wartezeit war

lang. Sie verkürzte sie, indem sie ihren Namen im Holz verewigte. Wie ein ungezogenes Gör – einfach unwürdig.«

»Hat die Frau auch einen richtigen Namen?«

»Ich kenne sie nur als Nichneven – die Göttliche. Welch ein Hohn.«

Die Erwähnung Nichnevens beendete Catarius' Auskunftsbereitschaft, er antwortete nur noch einsilbig oder gar nicht. Mit seinem Einverständnis schoss Haller noch ein paar Fotos. Eines von Catarius – heimlich, nahm er an. »Sie gehen jetzt besser«, war Catarius' Reaktion.

Draußen dämmerte es. »Wir sollten beim Auto sein, solange man noch etwas sieht«, drängte Panther und schritt voran. Haller warf noch einmal einen Blick auf die Lichtung. Der Krieger stand vor seiner Hütte. Er trug jetzt einen Umhang, gehalten von einer goldenen Spange. Ein Bild wie aus einer vergangenen Zeit. Beinahe friedlich, aber nur beinahe. Irgendetwas störte Haller. Er schoss noch ein paar weitere Bilder. Hoffentlich reicht das Licht, dachte er.

Der Waldweg war schmal, Haller fuhr schnell, für Panther zu schnell. »Wenn uns jetzt einer entgegenkommt, können wir einpacken.«

»Nur keine Panik, Mark. Ich sehe es an den Lichtern.«

»Aber nur, wenn sie an sind.«

»Ohne Lichter sieht hier keiner was.« Haller fräste durch eine Rechtskurve, er hatte sichtlich Spaß. Panther hielt sich krampfhaft fest und war froh, als sie die Hauptstraße erreichten. »Wie früher«, sagte er kopfschüttelnd.

»Manchmal muss das eben sein«, entgegnete Haller und fuhr wieder normal.

Panther starrte aus dem Fenster. Bäume, Felder und Ortschaften zogen an ihm vorbei. Vereinzelte Häuser waren erleuchtet, die Bewohner waren zu erkennen. Wie so oft fragte er sich, was diese Menschen antrieb, warum sie gerade hier lebten.

Auf eine gewisse Art stimmten ihn diese Gedanken traurig, warum, wusste er nicht. War es die unermessliche Zahl der Einzelschicksale, war es die Einsamkeit, die Verlorenheit, die er beim Betrachten der Unbekannten empfand? Haftete allem Handeln nicht eine Sinnlosigkeit an? Wofür strampelte man sich ab? Für das lächerlich wenige Glück, das ein Leben bereithielt?

Wozu dieser Aufwand? Waren doch die Stationen, die dieser Kampf, den man Leben nannte, für alle gleich:

Geburt – Schule – Arbeit – Tod.

Panther verdrängte seine Gedanken, zu groß war die Gefahr, in ein Loch zu fallen. Mit belegter Stimme wandte er sich an Haller. »Was hältst du von Catarius?«

»Interessanter Typ«, antwortete dieser prompt, ganz so, als hätte er auf die Frage gewartet. »Hat aber nicht mehr alle Latten am Zaun. Allein, wie der deinen Namen ausgesprochen hat. Wenn jemand in der Sache verdächtig ist, dann der.«

»Sehe ich auch so. Wir sollten uns bei ihm genauer umschauen.«

»Mit Durchsuchungsbeschluss?«

»Schön wäre es, aber beim jetzigen Stand bekommen wir keinen.«

Haller nickte. »Als wir gegangen sind, hat mich irgendetwas auf der Lichtung gestört, ich kann nur nicht genau sagen, was. Vielleicht helfen die Fotos weiter.«

»Diese Priesterin, die Nichneven, scheint auch interessant zu sein. Ich werde Tesic darauf ansetzen. Unter Umständen haben auch ihre Recherchen schon etwas gebracht. Das Internet kann schnell zur Falle werden – in einschlägigen Blogs hat sich schon mancher verraten.«

»Wenn jemand was findet, dann Marion. Sie ist sehr gut. Auf die kannst du dich verlassen.«

»Was macht sie eigentlich privat?«

»Schöne Frau, also nichts für dich.« Haller grinste. »Aber mal im Ernst. Sie ist Single und kann sich vor Angeboten kaum retten – kein Wunder bei ihrem Aussehen. Nur landen konnte noch keiner bei ihr, soweit ich weiß. Sie erzählt nicht viel von sich.«

»Sie wechselt von der Hauptstadt in die Provinz. Warum?«

»Ich kenne nur Gerüchte von Kollegen. Es muss mit ihrem letzten Fall in Berlin zu tun haben. Sie wurde von einem Mörder und Entführer bis in ihr Privatleben verfolgt. Die Sache muss für sie sehr schlimm gewesen sein. So schlimm, dass sie ein Jahr Auszeit auf einer Insel genommen hatte. Die Brücken zu ihrem früheren Leben hat sie anscheinend alle abgebrochen, deshalb ist sie wohl auch bei uns gelandet.«

»Hast du sie mal danach gefragt?«

»Ja, war aber keine gute Idee. Sie will nicht darüber reden.«

»Morgen ist Wochenende«, wechselte Panther das Thema. »Wird sie da arbeiten?«

»Solange es nicht nötig ist, nein.«

»Und ist es nötig?«

»Mark. Du bist der Chef. Das musst du doch wissen.«

»Na ja, der Fahndungsdruck ist nicht so hoch wie bei einem aktuellen Mord. Außerdem wird Dr. Warringer noch nicht so weit sein. Ich denke, wir machen alle am Montag weiter.«

»Schön zu hören, und im Prinzip hast du recht, es gibt keinen Grund zur Eile. Aber vergiss Polizeidirektor Soreck nicht. Der erwartet Ergebnisse, schon allein wegen des öffentlichen Interesses. Du hast die Nachrichten doch auch gehört.«

»Also gut. Ich zeige mich morgen, muss sowieso meinen Schreibtisch noch einräumen.«

»Und Soreck einen exakten Bericht liefern. Der arbeitet morgen garantiert.«

»Klar. Den Bericht hätte ich fast vergessen«, stöhnte Panther.

»Mensch, Mark. Du hast eine neue Stelle angetreten, und du bist Gruppenleiter. Du musst mehr Engagement zeigen.«

»War das eine Kritik?«

»Nein. Ein gut gemeinter Rat.«

***

Alan Catarius hatte den Eindringlingen nachgeschaut, bis es dunkel geworden war. Jetzt leuchtete über ihm Ursa Major und wies den Weg zu Polaris. Es war eine klare und mondlose Nacht, wie geschaffen für den schwarzen Jäger. Ein Zufall war das Auftauchen des Panthers nicht, konnte es nicht sein. Es war ein Zeichen, das es zu deuten galt.

»Sie werden wiederkommen.«

Catarius fuhr herum. Der Fürst stand hinter ihm. Catarius senkte den Blick. Niemand durfte dem Fürsten in die Augen sehen.

»Du musst diesen Ort verlassen. Sie werden dich einkerkern. Einmal in ihren Händen, ist alles verloren.«

»Und die Weissagungen? Noch ist der Weg verschwommen.«

»Du wirst die Rituale allein durchführen.«

»Aber der Druide ...«

»Der Druide betet zu den falschen Göttern. Er hat das Grab geschändet. Er ist der Priesterin hörig.«

»Ich darf sie nicht wiedersehen?«

»Sie ist das Verderben aller. Wenn die Zeit gekommen ist, muss sie sterben.«

»Ich fürchte ihren Fluch.«

»Sie hat keine Macht über dich. Du bist stark, Alan Catarius. Du bist der erste Krieger.«

»Ich bin der erste Krieger.«

»Du bist der Auserwählte.«

»Ich bin der Auserwählte.«

»Du wirst die Zeichen deuten.«

»Ich werde die Zeichen deuten.«

»Du wirst das Tor finden.«

»Ich werde das Tor finden.«

Ein Rabe krächzte. Catarius sah ihn auf einem Baum sitzen. Der Rabe flog davon. Catarius wandte den Kopf. Der Fürst war verschwunden.

DREI

Samstagabend, Villingen, Färberstraße – Kneipenmeile

Warm war es. Die Mauern der alten Häuser strahlten noch die Hitze der Sonne ab. Eine tropische Nacht sollte es werden, eine tropische Nacht in Villingen!

Panther wartete beim Irish Pub. Er hatte einen guten Platz auf der Terrasse ergattert. Das Pils eiskalt in der Tulpe, der Blick auf Passanten. Alle in Sommerstimmung. Die Frauen leicht bekleidet, einige erschreckend jung. Manch eine zeigte zu viel. Auf der Straße smarte Cabriolets, dröhnende Harleys, zu schnelle Audis. Panther war froh um diesen Abend, um die Ablenkung. Heute zu Hause, in seiner Behelfsunterkunft in der Kellerwohnung – nur für den Übergang gedacht, weil er sich viel zu spät gekümmert hatte –, wäre er gestorben, hätte ihn die Einsamkeit, das Selbstmitleid erdrückt – und für Selbstmitleid gab es genügend Anlass: Soreck hatte ordentlich Druck gemacht. Er hatte die Abwesenheit der restlichen Abteilung bemängelt und einen Vortrag über Arbeitsethos gehalten und Ergebnisse angemahnt und einen täglichen Rapport verlangt. Zum Glück hatte Panther etwas in der Hand, konnte von Catarius und aussichtsreichen Ermittlungsansätzen berichten.

Jens kam. Herzliche Umarmung, sein Pils stand, bevor er sich setzte. Prima Service. Zwanglose Gespräche, das nächste Bier, großes Gelächter über einen verwirrten Cabrioletfahrer. Wollte glänzen in seinem weißen MG, die schlanke Begleiterin in dem luftigen Sommerkleid beeindrucken. Leider in die falsche Richtung gefahren – Einbahnstraße – beinahe Unfall – Strafzettel – Streit mit der Schlanken. Sie stakste davon auf High Heels. Gute Figur zu schlechtem Abgang.

Kneipenwechsel. Am Mexikaner vorbei zum »Ott«. Zwei Bier im Stehen. Jens grüßte endlos, kannte die halbe Stadt, wusste zu jedem eine Geschichte. Panther sah Anne, hatte sie erst auf den zweiten Blick erkannt. Dick war sie geworden, seine Jugendliebe. Panther machte ein paar lockere Sprüche. Sie prallten an Anne ab – scheinbar. Ein Panzer umgab sie, der sie nicht schützen konnte. Panther war froh, als sie ging. Ihre Verlorenheit war auch seine. Nur nicht zu viel nachdenken – das nächste Bier, dann beim Spanier Tapas und ein Schnaps. Dunkel war es inzwischen.

Weiter ging's. Quer über die Rietstraße durch eine enge Gasse. Der Münsterplatz öffnete sich. Keine Menschenseele zu sehen – betörende Stille. Die beiden Türme angestrahlt, die angrenzenden Häuser im Schatten. Nur noch bedächtige Schritte – ein Gefühl von Geborgenheit. Mit den Händen die Mauern entlanggleiten, das Portal berühren, den Blick nach oben richten, die Sterne zählen, den Augenblick genießen.

Nächste Station: der Grieche. Verträumter Biergarten beim Nordtor, innerhalb der Stadtmauer unter Kastanien gelegen. Dimos in bester Laune. Große Runde an kleinem Tisch. Die Ouzoflasche für jeden greifbar. Gespräche ohne Sinn, alle durcheinander, Gelächter, Tränen in den Augen. Viel zu früh das Ende: Sperrstunde für Außenbewirtung.

Keiner wollte gehen, die Nacht verlangte nach mehr. Letzte Chance: Schlösslegasse. Panther und Haller steuerten auf den Marktplatz zu. Ein paar Jugendliche saßen beim Brunnen, spielten Gitarre: »Thirteen« von Johnny Cash – noch war die Welt nicht verloren.

In der Gasse Bier aus Flaschen, der letzte Döner vom Türken, Gedränge auf Holzbänken, Musik, wenn die Tür zur Kneipe aufging. Drinnen war es stickig, draußen sollte man nicht sein, niemanden kümmerte es, nur den Wirt, aber was sollte er machen? Die Zeit verflog, Panther spielte Mundharmonika, konnte es nicht, hatte es nie gelernt, wusste nicht, woher die Mundharmonika stammte. Die Reihen lichteten sich – Aufbruchsstimmung. Panther entdeckte ein Fahrrad, machte sich am Schloss zu schaffen, hatte eine große Idee: Freibad.

Haller wurde ungehalten, wegen des Fahrrads. Panther gab nicht auf, zerrte am Schloss, hatte ein Lied im Kopf, summte es, suchte nach dem Text. Autoscheinwerfer störten ihn – ein Taxi. Haller winkte, öffnete die Tür – Panther stieg ein.

Wohin? Freibad. Der Taxifahrer grinste, fuhr an. Panther hatte den Text, begann lauthals zu singen. Der Taxifahrer nickte und fingerte am Radio, verschiedene Namen im Display, beim Gesuchten die Bestätigung. Panthers Lied lief. Volle Lautstärke. Zeitreise in die Achtziger. Drei Männer im Taxi. Sie alle sangen das Lied von der Polizei, die Tag und Nacht bei einem war.

Das Tor war verschlossen – natürlich. Ein Bauarbeiter kam von der anderen Seite, überwand es ohne Probleme. War auf dem Weg nach Hause, sagte, dass er einer von den Letzten sei, sagte, dass er schon seit Feierabend hier sei, sagte, dass er sich einfach hinten im Wald versteckt habe. Würde er öfters so machen – Essen und Trinken habe er in der Ledertasche, die er unterm Arm trug. Würde die Zeit verkürzen, bis die anderen kämen. Wie denn sein Name sei, fragte Haller. »Bob«, lautete die Antwort. Lachkrämpfe bei Haller und Panther. Bob den Baumeister traf man nicht alle Tage.

Das Wasser war warm, die Sterne funkelten. Panther und Haller lagen am Beckenrand. Bei den Tischtennisplatten entkleideten sich ein paar Jugendliche. Das Mondlicht zeichnete ihre Silhouetten. Versteckte Blicke der Jungs, perlendes Gelächter der Mädchen.

Panther kannte die Szene, hatte sie vor einer Ewigkeit selbst erlebt. Jens stimmte zu. Beide genossen die Erinnerung. Jens erzählte von seiner Frau, wie sehr er sie liebe, was für ein Glück er habe, dass es immer so weitergehen solle. Panther wollte auch erzählen, kam ins Stocken, seine Stimme brach. »Su redet nicht mehr mit mir«, sagte er. »Sie erträgt mich nicht: meine Unentschlossenheit, meine Zerrissenheit, meine Sehnsucht nach der großen Freiheit und meine Ablehnung ihrer Lebensweise, die ich im Grunde bewundere. Sie lässt sich treiben, sie kümmert sich nicht um morgen, sie erfindet sich jeden Tag neu, sie ist konsequent inkonsequent. Ich hingegen will alles haben: Abenteuer und Sicherheit, große Welt und kleines Zuhause, überschäumende Gefühle und strenge Disziplin. Ich will überall und nirgends sein, will Gesellschaft und Einsamkeit, will Trubel und Ruhe.«

Haller setzte zu einer Erwiderung an, blieb aber stumm. Die Jugendlichen sprangen aufgekratzt ins Wasser, Panther starrte in den Himmel. Er hatte Mühe, seine Tränen zu verbergen. »Meine Zeit ist längst abgelaufen, Jens. Ich will nicht mehr. Ich will nicht mehr funktionieren, will nicht mehr denken, mich sorgen, will nicht mehr kämpfen. Glücklich bin ich nur, wenn ich mich nicht spüre. Am liebsten würde ich schlafen, für immer schlafen, nie mehr wieder aufstehen.«

VIER

Montagmorgen, Polizeidirektion Villingen-Schwenningen

»Brigach und Breg bringen die Donau zuweg.« Wenn Panther aus seinem Bürofenster schaute, holte ihn immer dieser Spruch ein. Enten schwammen auf der Brigach, die an dem Polizeigebäude vorbeizog. Die Trockenheit der letzten Monate hatte dem Fluss zugesetzt und ließ ihn zu einem dünnen Rinnsal werden, dennoch war das Blätterwerk der angrenzenden Bäume dicht gewachsen und nahm Panther zum Teil die Sicht. Zu gerne hätte er den Namen der Bäume gewusst. Die Frage auf der Zunge, wandte er sich Tesic und Haller zu, die an ihren Schreibtischen saßen. Tesic band ihre Haare zu einem Zopf und schaute ihm offen in die Augen, was ihn seine Frage vergessen ließ.

»Wird heute ziemlich heiß werden«, sagte er stattdessen.

»Ja.« Tesic lächelte und vertiefte sich wieder in ihre Arbeit.

Panthers Blick blieb einen Moment zu lang an ihr haften, er zwang sich, wegzusehen. Auf seinem Schreibtisch lagen etliche Zeitungen – Belege einer unguten Entwicklung. Hatten samstags nur die lokalen Zeitungen auf ihren Titelseiten über den Fall berichtet, so war jetzt ein wahrer Pressesturm ausgebrochen, dessen Aufmacher nur ein Thema kannte: den Doppelmord am Magdalenenberg – mal mehr, mal weniger reißerisch aufbereitet. Vorneweg natürlich die »Bild«-Zeitung:

Ritualmorde beim Schwarzwälder Stonehenge!
Kaum hat Dr. Ernst Reuther das Geheimnis des 2600 Jahre alten Keltengrabes enthüllt, schon erschüttern grausame Morde die einstmals so friedliche Stätte. Wurden die Täter von der Stellung des Mondes angetrieben? Sind Spaziergänger noch sicher? Muss das Grab überwacht werden? Lesen Sie das Exklusivinterview mit Dr. Reuther.

Ja, Reuther hatte mit der »Bild« geredet, aber nicht nur mit ihr, sondern mit allen Zeitungen, die interessiert waren. Die Öffentlichkeit war nun vollständig über die bisherigen Ermittlungsergebnisse, die zum Teil nicht einmal gesichert waren, informiert, angereichert mit esoterischen Halbwahrheiten und Panikmache. Den Mund konnte man dem Archäologen nicht verbieten, aber der Ermittlungsarbeit hatte er einen Bärendienst erwiesen – darüber würde mit ihm noch zu reden sein. Jetzt musste man mit dem Anfragesturm fertigwerden und die Neugierigen abweisen, die sich ein Bild von dem noch nicht freigegebenen Tatort und der Kultstätte machen wollten. Wenn Reuther für sich und sein Projekt Popularität erhofft hatte, dann hatte er dies erreicht.

Den Bericht der »Bild«-Zeitung zierte ein Foto vom Tatort, das zeigte, wie die zweite Leiche geborgen wurde. Im Vordergrund der Gerichtsmediziner Dr. Warringer und die menschlichen Überreste der Leiche, im Hintergrund Panther und Dr. Reuther. Panther machte auf dem Bild eine gute Figur. Anscheinend ist das alles, was dich interessiert, dachte er.

Marion Tesic legte den Telefonhörer auf. »Ich habe jetzt alles zusammen«, rief sie in den Raum.

Panther und Haller schenkten ihr Aufmerksamkeit.

»Der eine Tote konnte anhand seiner Zähne identifiziert werden. Er war in unserer Vermisstendatei gespeichert. Sein Name lautet: Rudolf Habt.«

»*Der* Rudolf Habt?«, fragte Haller.

»Genau der. Survival-Experte und Lebenskünstler. Wohnhaft in Lübeck und seit über einem Jahr vermisst.«

»Ist er die Leiche im Sarg oder die darunter?«

»Die darunter. Ich habe bereits mit den Kollegen in Lübeck telefoniert. Sie werden der Familie die traurige Nachricht überbringen. Oberkommissar Martens, mit dem ich gesprochen habe, war über die Vermisstenanzeige sehr gut informiert. Mit seiner Hilfe konnte ich die Tatzeit ziemlich genau bestimmen.«

»Jetzt bin ich aber gespannt.«

»Habt rief seine Frau am 20. Juni des letzten Jahres an. Sie war nicht zu Hause, also hinterließ er auf dem Anrufbeantworter eine Nachricht. Er würde sich am nächsten Tag noch einmal melden – es sei wichtig, sagte er. Der zweite Anruf blieb aber aus, und Frau Habt hatte seitdem nichts mehr von ihrem Mann gehört. Daher können wir von einer Tatzeit zwischen dem 20. und 21. Juni ausgehen.«

Haller kontrollierte seine Aufzeichnungen. »Das deckt sich mit der Verwüstung der Grasnarbe des Magdalenenbergs. Die jungen Leute haben dort zehn Tage zuvor gefeiert.«

»Und was ist mit dem Wetter?«, fragte Panther.

»Gewitter, Sturm und sintflutartiger Regen in der Nacht vom 20. auf den 21.«, antwortete Tesic.

»Sehr gut. Damit können wir die Hinweise aus der Bevölkerung besser filtern. Wie sieht es da bisher aus, Marion?«

»Die Leitung ist seit drei Tagen geschaltet und seit heute Morgen hoffnungslos überlastet, Reuther sei Dank. Es sind schon etliche Hinweise eingegangen. Die meisten allerdings unbrauchbar, weil einige glauben, ihrem Ärger über jugendliche Unruhestifter und sonstige Gestalten, die am Magdalenenberg verkehren, Luft machen zu können. Wenn ich jetzt noch die Tatzeit berücksichtige«, Tesic nahm ein paar Eintragungen an ihrem Rechner vor, »dann bleibt von den seriösen Hinweisen keiner mehr übrig.«

»Das war fast zu erwarten«, stellte Panther fest. »Kannst du dennoch dafür sorgen, dass die Tatzeit an die Öffentlichkeit weitergegeben wird? Vielleicht haben wir ja noch Glück.«

Tesic nickte und machte sich eine Notiz.

»Und wenn unsere ganze Theorie nicht stimmt?«, warf Haller ein. »Wenn es zum Zeitpunkt des Mordes gar kein Unwetter gab und wenn Habt seine Frau aus nichtigem Grund angerufen hatte und er einen zweiten Anruf gar nicht für nötig hielt und er deshalb vielleicht später ums Leben kam?«

»Ich denke, das sind zu viele Wenns«, erwiderte Panther. »Alles deutet auf den 20., 21. Juni hin. Es bleibt dabei.«

Haller neigte anerkennend den Kopf. Ob er nur Panthers Entschlussfähigkeit testen wollte?

»Um noch einmal auf Rudolf Habt zurückzukommen …« Tesic rückte ihre Tastatur zurecht. »Ich habe dem Lübecker Kollegen unseren Fall geschildert. Man wird prüfen, ob Habt Verbindungen zu Keltengruppen oder Rollenspielern hatte. Außerdem natürlich alles andere, was mit seinem gewaltsamen Tod zu tun haben könnte.«

»Dann ist es im Moment nicht nötig, nach Lübeck zu fahren?«, fragte Panther.

»Ich denke, nein. Da ist nichts, was unsere Anwesenheit erfordert.«

»Gut. Was gab es sonst noch Wichtiges, Marion?«

»Einiges.« Tesic blätterte in ihrem Notizblock. »Unser lieber Dr. Reuther hat sich noch einmal gemeldet. Von einer Kollegin, die engen Kontakt zu Alan Catarius hatte, hat er erfahren, dass Catarius sich schon seit Jahren in psychiatrischer Behandlung, zum Teil auch stationär, befindet. Der Name seines Arztes lautet Dr. Konrad. Er ist Oberarzt im Krankenhaus Rottenmünster in Rottweil. Die Kollegin heißt Konstanze Engelhardt und wohnt in Mainz.«

»Dem Oberarzt sollten wir einen Besuch abstatten und, falls es nötig ist, auch Kontakt zu Frau Engelhardt aufnehmen. Alan Catarius wird immer interessanter für uns.«

»Nur weil er die Hilfe eines Psychiaters braucht?«

»Nein. Wenn du ihn gesehen hättest, wüsstest du, warum.«

Tesic nahm das kommentarlos hin und fuhr fort: »Dann habe ich noch die Versammlungsstätte der Hallstätter ausfindig gemacht.«

»Die Keltengruppe mit den Tieropfern?«

»Genau die. War gar nicht einfach, weil man die nicht im Internet findet, dafür andere, die nicht gut auf diese Gruppierung zu sprechen sind. Wenn man bei denen den richtigen Ton trifft, erfährt man einiges.«

»Und das hast du?«

»Ich habe mich über Rollenspieler schlaugemacht. Was die so treiben, ist interessant, aber auch befremdlich. Die Veranstaltungen, auf denen sie sich treffen, werden LARP-Spiele oder

LARP-Cons genannt. LARP steht für ›*Life Action Role Playing*‹ und kommt ursprünglich aus England – deshalb der Name. Der Veranstalter gibt ein loses Drehbuch vor, meist mit historischem Hintergrund, das die Teilnehmer mit Leben füllen. In der Gestaltung der Rolle ist man frei, solange sie zum Thema passt. Das Ganze ist ein improvisiertes Theaterstück, das sich über mehrere Tage hinziehen kann. Es wird gekämpft, gefeiert, gelebt und manchmal auch geliebt – eine Flucht aus dem Alltag, aus dem reglementierten Leben. Man erfindet sich neu, ist erfolgreich, geheimnisvoll, mächtig oder einfach ein anderer. Aus dem Anwalt wird ein Zauberer, aus dem Schlosser ein Fürst, aus dem Unternehmer ein Einsiedler.«

»Das klingt doch gar nicht so schlecht.«

»Nun ja. Ich verstehe nicht, wie erwachsene Menschen mit diesen Spielen ihre Zeit verbringen können. Sie streifen sich ein Kostüm über und ziehen durch die Wälder, dabei unterhalten sie sich in einer gestelzten Sprache, die sie für authentisch halten. Auf mich wirkt das ein bisschen lächerlich. Dennoch gehen viele in diesen Rollenspielen auf, und wenn man mit ihnen spricht, machen sie einen durchaus vernünftigen Eindruck.« Tesic zuckte mit den Schultern. »Was soll's? Um auf die Hallstätter zurückzukommen: Roland Steck alias Asgeir Rolund ist ihr Chef. Er wurde wegen Körperverletzung verurteilt und ist der rechten Szene zuzuordnen.«

Panther verzog das Gesicht. »Hoffentlich bekommt unser Fall keine politische Dimension.«

»Das hoffe ich auch. Unabhängig davon sollte man Rolund und seine Hallstätter überprüfen.«

Panther nickte.

»Das war aber noch nicht alles.« Tesic blätterte um. »Über den Kontakt zu den Rollenspielern habe ich diese Nichneven aufgespürt oder zumindest jemanden, der unter diesem Namen in ihren Kreisen für Aufsehen gesorgt hat. Positiv wie negativ. Ihr Name lautet Sara Lorenz. Sie betreibt einen Friseurladen in Schwenningen.«

»Was bedeutet ›positiv wie negativ‹?«

»Nun, sie hat sich anscheinend nicht an die Regeln gehalten und dazu noch einen nachhaltigen Eindruck auf die Männer gemacht. Die Frauen sind allesamt nicht gut auf sie zu sprechen. Vor zwei Jahren muss es dann einen Zwischenfall gegeben haben, der zu ihrem Ausschluss geführt hat. Näheres wussten meine Informanten nicht. Sie meinten, eine Keltengruppe im Taunus und die Hallstätter wüssten da eher Bescheid.«

»Ein Grund mehr, den Hallstättern und Nichneven einen Besuch abzustatten«, sagte Panther und nickte anerkennend. »Gute Arbeit, Marion. Nur, wann hast du das alles gemacht? Etwa am Sonntag?«

»Es hat sich so ergeben.« Die Frage schien ihr peinlich zu sein.

***

Das Schloss Sigmaringen, auf einem Fels errichtet, leuchtete in der Sonne. Am Fuß des Felsens schlängelte sich die Donau. Marion Tesic hielt an und setzte sich auf eine Parkbank, die im Schatten einer Erle lag. Passanten fütterten Enten, am gegenüberliegenden Flussufer picknickte eine Familie. Friedliche Momente kannte Tesic wenige, dieser war einer davon. Seit einem halben Jahr wohnte sie im Süden Baden-Württembergs, nur gesehen hatte sie noch nicht viel davon. Anscheinend wollte ihr auch ihre zweite Flucht nicht gelingen. Die erste hatte sie nach Hiddensee geführt, die kleine Insel in der Ostsee, Sehnsuchtsort der Ruhesuchenden und Künstler. Meer und Insel hatten ihr viel gegeben, hatten sie beschützt vor ihren Ängsten, vor dem Mann namens Wilbur Arndt, der sie bis in ihre Träume verfolgte. Arndt war der hauptverantwortliche Täter in ihrem letzten Berliner Fall gewesen. Dort hatte sie beim LKA gearbeitet und Arndt ins Gefängnis gebracht, nachdem er einen ihrer Kollegen getötet und sich in ihr Leben eingeschlichen hatte.

Hiddensee war ihre Rettung, doch hatte sie dort keine Aufgabe, die sie erfüllte, und sie hatte ein Einkommen, das gerade mal für Wohnen und Essen reichte – zu wenig, um sie auf Dauer zufriedenzustellen. Also drängte sie zurück in ihren Beruf. Berlin konnte es aber nicht sein, schon allein, weil Arndt aus dem Gefängnis ausgebrochen war. Er hätte sie erwartet, um wieder sein Spiel zu spielen, um sie wieder zu seiner Schachfigur zu machen, einer Schachfigur, der er in krankhafter väterlicher Liebe nachstellte. Einer Liebe, für die er über Leichen ging. Deshalb war sie nach Villingen-Schwenningen gegangen, ihrer zweiten Zuflucht, fernab von ihrem geliebten Meer, aber auch fernab von Arndt – so hoffte sie zumindest.

Die Stelle hatte sich zum richtigen Zeitpunkt angeboten, also hatte sie zugegriffen. Beruflich war sie zufrieden, und auch Land und Leute gefielen ihr. Der Menschenschlag kam ihr entgegen: nicht überschwänglich, eher verschlossen, aber verlässlich, wenn gegenseitige Sympathie herrschte. Nur richtigen Kontakt hatte sie bisher nicht, was an ihr lag. Bei zu viel Nähe grenzte sie sich ab. Selbst einer harmlosen Einladung Jens Hallers und seiner Ehefrau war sie nicht nachgekommen. Sie wollte Fragen nach ihrem Privatleben, ihrer Geschichte aus dem Weg gehen. Sie schämte sich ihrer Ängste, die andere als Verfolgungswahn hätten auslegen können.

Wer mit so wenigen privaten Kontakten lebte wie sie, hatte viel Zeit. Zeit, die sie mit Arbeit füllte, um ihre Ängste zu bekämpfen. So wie am Sonntag, als sie die Schatten ihrer Vergangenheit einholten. Natürlich bewegte sie auch der interessante Fall: das Abgründige des Ritualmordes, die Skurrilität der Rollenspieler, die immerwährende Frage nach dem Motiv. Doch letztendlich verlangte es sie nach der Sicherheit, dass Arndt nicht hinter allem steckte – das war paranoid, Tesic war sich dessen bewusst. Aber solange sie keinen Hinweis auf Arndt fand, konnte sie besser schlafen.

Die entenfütternden Passanten zogen weiter, Tesic schaute auf ihre Uhr – genug der Pause. Sie musste zum Anwesen der Hallstätter, einem alten Bauernhof in der Nähe des Keltenmuseums Heuneburg. Panther hatte ihr die Aufgabe erteilt, sich ein Bild von den Hallstättern und ihrem Anführer zu machen, während Haller Alan Catarius' Psychiater befragen sollte. Panther selbst kümmerte sich um Nichneven. Dazu hatte Tesic sich ihren Teil gedacht, und Haller hatte es launig kommentiert.

Der Bauernhof lag einsam am Waldrand. Wild wuchernde Thujahecken verdeckten die Sicht, nur die Dächer von Haupthaus und Stall waren zu erkennen. Tesic parkte ihren Wagen an der Straße, ein massives Holztor verwehrte den Zugang. Kräftig klopfte sie mit dem dazu vorgesehenen Messingring an. Ein junger Mann mit langen Bartfusseln öffnete. Auf seinem Rücken trug er ein Schwert, seine Fellweste wurde durch einen Strick zusammengehalten. Tesic zeigte ihren Polizeiausweis.

Der Jüngling warf einen Blick darauf und sagte: »Asgeir Rolund, Meister der sieben Feuer, erwartet Sie.«

Das kann ja heiter werden, dachte Tesic und folgte dem jungen Mann, der wortlos voranschritt. Das Anwesen war heruntergekommen. Auf einem verrosteten Pflug saßen Hühner. In einem Gehege irrten dürre Ziegen umher. Nirgends modernes Gerät, dafür ein Brunnen mit Eimer und Seilwinde, daneben eine Feuerstelle und ein schwerer quaderförmiger Stein – ein Opferaltar? Quer über den Hof huschten einige ebenfalls abenteuerlich gekleidete Gestalten zum Stall. Sie verschlossen eiligst ein morsches Tor, bevor Tesic einen Blick hineinwerfen konnte – ihre Neugier war geweckt.

Der junge Mann brachte sie zum Haupthaus in einen länglichen Raum mit niedriger Decke, der von einem ausladenden Eichentisch beherrscht wurde. Am Kopfende stand Roland Steck alias Asgeir Rolund. Mittelgroß, kräftig. Ein Glatzkopf mit schmalem Kinnbart und Flammen-Tattoos, die an seinem Hals heraufzüngelten. Seine nackten Oberarme waren ebenfalls tätowiert – Runen, die mit ein wenig Phantasie ein Hakenkreuz ergaben.

»Da ist sie ja, die Oberkommissarin Marion Tesic, was für eine angenehme Überraschung.« Rolund musterte Marion ausgiebig, seine Augen tasteten ihren Körper ab – gerne hätte sie jetzt eine Jacke getragen. Mit einem Wink entließ Rolund den jungen Mann und setzte sich. Marion wählte den Stuhl gegenüber, der Tisch schaffte eine willkommene Distanz.

»Sie sind also wegen des Ritualmordes am Magdalenenberg hier.«

»Ja.«

»Und warum kommen Sie zu mir?«

»Ihre Gruppierung gilt in einschlägigen Kreisen als extrem.«

»Ein Verdacht gegen uns? Welch eine Ehre.«

»Es geht um Mord, da ist es mit der Ehre nicht weit hin.«

»Haben Sie die Leichen gesehen?«

»Die Fragen stelle ich.«

»Wissen Sie, dass man aus der Art, wie ein Opfer stirbt, die Zukunft weissagen kann?«

Offensichtlich wollte Rolund das Gespräch leiten. Tesic ließ sich darauf ein. »Ein Opfer? Wir sprechen hier von Menschen.«

»Jedem ist eine Rolle zugewiesen.«

»Das ist absolut zynisch. Haben Sie denn kein Mitleid?«

»Das Recht der Stärkeren herrscht. Da kann man sich Mitleid nicht leisten.«

»Ihre Vorstellungen sind ein bisschen überholt, denken Sie nicht?«

»Ich gebe Ihnen nur einen Einblick in die Aufgaben eines Druiden.«

»Zu denen gehört die Weissagung?«

»Ja.«

»Sind Sie ein Druide?«

»Ist das eine Fangfrage?«

»Sind Sie?«

Asgeir Rolund strich mit der Hand über seine Glatze. »Nein.«

»Und was treiben Sie dann auf Ihrem Anwesen? Man sagt, es gäbe Tieropfer.«

»Wer sagt das?«

»Dann stimmt es also?«

»Nein. Wir praktizieren zwar die alten Riten, halten uns aber an das Gesetz.«

»Das glaube ich Ihnen nicht, Herr Steck.«

»Ich heiße Asgeir Rolund.«

»Sie sind vorbestraft, unter anderem wegen schwerer Körperverletzung. Da wollen Sie doch keinen Ärger. Auch könnten unangemeldete Besuche Ihr Idyll stören.«

»Was wollen Sie?«

»Wo waren Sie letztes Jahr in der Nacht vom 20. auf den 21. Juni?«

»Wann? Vor einem Jahr? Die Frage ist wohl ein Scherz. Ich habe keine Ahnung.«

»Denken Sie nach.«

»Ich weiß es nicht!«

»Sie wollen sich nicht erinnern, Herr Steck.«

»Ich heiße Asgeir Rolund!« Rolunds Wangenknochen traten deutlich hervor. Tesic durfte es nicht übertreiben.

»Vielleicht fällt es Ihnen ja noch ein. Hier meine Karte.« Rolund regte sich nicht, Tesic legte die Karte auf den Tisch. »Es ist sehr wichtig – auch für Sie. Bis dahin reicht es mir, wenn Sie mir jemanden nennen könnten, der zu einer solchen Tat fähig wäre.«

Rolund schwieg und strich sich wieder über die Glatze.

»Kennen Sie Nichneven?«

Rolund hielt inne. »Nichneven? Sind Sie ihr schon einmal begegnet?«

»Nein. Ein Kollege wird sie befragen.«

Ein verächtliches Grinsen, fast schon obszön, huschte über sein Gesicht. »Er wird es nicht bereuen. Sie ist eine außergewöhnliche Priesterin. An sie reicht keine heran.«

»Wie soll ich das verstehen?«

»Fragen Sie Ihren Kollegen, er wird es Ihnen erklären.«

»Und wie sieht es mit Alan Catarius aus? Kennen Sie den auch?«

»Sie sind aber gut informiert.«

»Gibt es eine Verbindung zwischen den beiden?«

Rolund nahm die Visitenkarte und roch an ihr – wieder dieses Grinsen. »Was Sie alles wissen wollen. Außenstehende weihen wir nicht gerne ein, aber bei Ihnen mache ich eine Ausnahme.« Das Grinsen hielt an, während er mit der Karte über sein Gesicht strich, dann legte er sie beiseite und straffte sich. »Ja. Nichneven und Catarius gehören zu einer mächtigen Gruppe. Ihr Name lautet: Alator.«

»Und? Wäre diese Gruppe zu einem Ritualmord fähig?«

»Weiß ich nicht.«

»Kennen Sie weitere Mitglieder?«

»Ich bin ihnen nur einmal begegnet, ist schon Jahre her. Es war auf einer Kelten-Horrorcon im Taunus.«

»Einer was?«

»Einer Veranstaltung mit Kämpfen und Schlachten. Wir, die Hallstätter, und die Gruppe Alator hatten der Veranstaltung den Stempel aufgedrückt. Das war kein Kindergeburtstag mehr. Es floss richtig Blut, es gab Verletzte. Seitdem sind wir aus diesem Kreis ausgeschlossen, und das ist gut so.«

»Können Sie Namen nennen?«

»Sie verstehen nicht. Das war eine Schlacht, da stellt man sich nicht vor. Manche haben sich natürlich einen Namen gemacht, aber nicht die Art von Namen, die Sie erwarten. Vorneweg Alan Catarius, der erste Krieger, dann Blair vom Blutrain und Carney die Axt. Außerdem der Druide Ian, Nichneven und der Fürst.«

»Keine bürgerlichen Namen also.« Tesic machte sich Notizen. »Mehr haben Sie nicht?«

»Es war Nacht, nur einzelne Fackeln haben gebrannt. Die Lage war sehr unübersichtlich. Man musste sich im Kampf Mann gegen Mann bewähren, ein erhebendes Gefühl.«

»Nichneven hat auch gekämpft?«

»Ihre Waffen sind andere – kein Mann kann sich ihr entziehen.«

»Aha.« Tesic gewann eine Vorstellung.

»Sie sind eine mutige Frau.« Rolund fixierte Tesic. »Ihre Haut ist glatt, Ihr Fleisch ist fest. Eine Priesterin hat große Macht. Ich könnte Ihnen eine ganz andere Welt zeigen.«

Tesic erwiderte Rolunds Blick, sein Grinsen gefiel ihr nicht.

»Vielen Dank für Ihre Unterstützung«, beendete sie die Befragung – auf Anzüglichkeiten hatte sie keine Lust.

***

Marktplatz Schwenningen

Das Friseurstudio musste gut laufen. Panther zählte fünf Angestellte: zwei Herren, drei Damen, alle beschäftigt. Im eleganten Empfangsbereich saßen weitere Kunden, darunter Geschäftsleute, die sich einen Espresso servieren ließen.

»Die Chefin ist in ihrem Büro«, sagte die knabenhafte Frau mit dem Bubikopf am Empfang. »Dahinten durch die Tür, die Treppe rauf und dann die zweite rechts.«

Panther bedankte sich.

»Und bitte unbedingt anklopfen«, fügte sie mit einem verzagten Lächeln an.

»Schon klar«, entgegnete Panther.

Das Treppenhaus war gepflegt, Panther nahm zwei Stufen auf einmal. Oben sah er, wie eine Tür heftig zugezogen wurde, es gab einen lauten Knall. Die Tür führte zu einem zweiten Ausgang.

»Herein«, sagte eine dunkle Stimme, nachdem Panther angeklopft hatte. Sara Lorenz stand am Fenster und wandte sich Panther zu. Kupferfarbenes Haar, tiefblaue Augen, Mitte dreißig. Sie trug dunkelgraue Business-Kleidung und hätte jedem Aufsichtsrat gut zu Gesicht gestanden, wenn der Schlitz in ihrem Rock nicht zu lang und ihre Bluse nicht zu eng gewesen wären.

»Hauptkommissar Panther. Haben Sie Zeit für ein paar Fragen?« Panther zeigte seinen Ausweis.

»Für einen Hauptkommissar und dann noch gut aussehend – immer.«

Panther lächelte schief.

»Setzen Sie sich. Etwas zu trinken?«

»Nein, danke.«

Sara Lorenz schenkte sich ein Glas Wasser ein, ihre hochhackigen Schuhe waren mörderisch. Als sie Platz nahm, straffte sich ihre Seidenbluse – Panther bemühte sich, in ihre Augen zu sehen.

»Von den Leichenfunden am Magdalenenberg haben Sie sicher schon gehört. Wir sind bei unseren Ermittlungen mehrmals auf den Namen Nichneven gestoßen. Sie sind doch Nichneven?«

»Nichneven bedeutet ›die Göttliche‹. Halten Sie mich für göttlich?« Ihr Augenaufschlag war eindeutig. Panther bat jetzt doch um ein Glas Wasser. Sie schob ihm ihres hin. Panther zögerte und ignorierte es.

»Sie sind also Nichneven«, stellte er fest. »Und unter diesem Namen verkehren Sie als Priesterin in Rollenspielerkreisen. Richtig?«

»Rollenspiele? Nein. Das ist kein Spiel, das ist echt.« Wieder dieser Augenaufschlag. Panther blieb betont sachlich.

»Wenn Sie die Sache so ernst nehmen, dann gehören rituelle Opferungen auch dazu. Haben Sie an einer teilgenommen?«

»Tier- und Menschenopfer sind ein wichtiger Bestandteil der keltischen Kultur. Da haben Sie recht. Doch die Zeit bestimmt das Handeln. Kriege und Verzweiflung liegen weit zurück. Die Opferriten müssen derzeit nicht vollzogen werden. Friede ist eingekehrt. Wissen Sie, wir sind Anhänger einer Naturreligion, wir bejahen das Leben, wir sind eins mit der Welt, wir sind eins mit dem Kosmos.« Lorenz öffnete ihre Arme weit und verschränkte sie dann vor der Brust – ihr Ausschnitt war tief.

»Aha.« Panther versuchte, seine Gedanken zu ordnen, die Frau irritierte ihn sehr. »Dann fällt Ihnen auch niemand ein, der zu einem rituellen Mord fähig wäre?«

»Nein. Das, was wir tun, mag auf Sie befremdlich wirken, aber es hält die göttliche Ordnung aufrecht – und Gott ist Leben, ist Liebe und nicht Tod.«

Lorenz' Augen hingen an Panther, ihr Angebot war eindeutig. Was sie sagte, war zweitrangig, vermutlich sogar gelogen. Panther versuchte es auf direktem Weg.

»Kennen Sie Alan Catarius?«

»Ja, flüchtig«, antwortete sie vorsichtig.

»So flüchtig kann es nicht gewesen sein. Er hat Ihnen einen Dolch gefertigt, und Sie haben sich in seiner Hütte verewigt.«

»Wenn Sie es wissen, warum fragen Sie dann?«

»Trauen Sie ihm zu, mit dem Verbrechen am Magdalenenberg in Verbindung zu stehen?«

»Alan Catarius überschätzt sich. Er glaubt das alleinige Wissen über die Kelten zu haben, und wenn man nicht seiner Meinung ist, kann er sehr heftig werden – aber ein Ritualmord? Nein.«

»Auch nicht, wenn es sich um ein Verbrechen handelt, das ...«, Panther suchte nach den richtigen Worten, »... das unsere Gerichtsbarkeit nicht sühnen kann?«

»Ich verstehe nicht, was Sie meinen.«

»Nun ja. Die keltische Welt ist eine archaische. Vergehen werden anders beurteilt und verlangen andere, massivere Bestrafungen.«

»Und dazu gehören Menschenopfer?« Sara Lorenz stützte ihren Kopf auf ihre Hände und forschte in Panthers Augen. Er hielt ihrem Blick stand, verlor sich aber für einen Moment in ihrem Ausschnitt. Lorenz nickte und stand auf. Lächelnd ging sie auf ihn zu. Panther drehte sich in ihre Richtung.

»Sie haben eine abgründige Phantasie«, sagte sie und legte ihre Hand auf sein rechtes Knie. »Ich mag das.«

Erstaunt betrachtete er die Hand, spürte die Wärme und schob seinen Stuhl zurück. »Die Befragung nimmt jetzt einen nicht ganz vorgesehenen Verlauf«, versuchte er sich mit einem Scherz.

Lorenz lächelte und machte einen Schritt nach vorne. Langsam beugte sie sich zu Panther hinunter, ihre Hände fuhren über seine Oberschenkel.

Panther atmete hörbar aus. »Das ist keine gute Idee, Frau Lorenz. Ich bin nicht abgeneigt, aber jetzt bin ich im Dienst. Das geht nicht.«

»Aber das macht es doch gerade aus.« Lorenz setzte sich breitbeinig auf Panthers Schoß. Ihr Rock klaffte auf.

»Das geht nicht«, wiederholte Panther. Er umfasste ihre Schultern, die unerwartet kräftig waren, der Seidenstoff ihrer Bluse zerfloss unter seinen Fingern. Lorenz beugte sich vor, ihr Mund war halb geöffnet, sie roch gut – ein süßlich erdiger Geruch, ein Geruch, der ihn an seine Jugend, an seine ersten Erlebnisse erinnerte. Panther schloss die Augen, er wollte sein Gesicht in ihren Haaren verbergen, seinen Mund an ihren Nacken legen, sie riechen, sie spüren, doch er drückte sie erst zögerlich und dann entschlossen zurück. »Das geht nicht.« Seine Stimme klang heiser.

Lorenz neigte ihren Kopf. Sie lächelte vielsagend und stand aufreizend langsam auf. Ihre Hände hinterließen einen bleibenden Abdruck auf seinen Schenkeln.

»Manche Chancen kehren nicht wieder, Herr Hauptkommissar. Sie wissen nicht, was Sie versäumen.« Lorenz zog ihren Rock nach unten und setzte sich hinter ihren Schreibtisch, dabei ließ sie Panther keinen Moment aus den Augen.

»Ich glaube, es ist besser, wenn ich jetzt gehe.« Langsam stand Panther auf, eigentlich wäre er gerne geblieben. »Vielleicht können wir das ja zu einer anderen Zeit an einem anderen Ort fortsetzen.«

»Einen günstigeren Zeitpunkt als den jetzigen gibt es nicht.«

»Na dann ...« Panther ging zur Tür, dort wandte er sich noch einmal um. Lorenz' Augen ruhten noch immer auf ihm. Sie legte ihre Hände auf ihre Brüste und drückte sie. Panther schloss die Tür.

Er nahm den Weg über den Hintereingang. Draußen sog er die warme Luft ein und starrte in den wolkenlosen Himmel. Gerne hätte er jetzt eine geraucht, ein Gefühl, das schon Jahre zurücklag. Aufgewühlt schritt er über den Marktplatz, dem Geschehen um sich herum schenkte er keine Beachtung. Lorenz' Bild konnte er nicht verdrängen – ihre Hände auf ihren Brüsten.

In seinem Wagen war es heiß, Panther ließ die Fensterscheiben herunter und startete den Motor. Die Klimaanlage lief unter Volllast, ein kühler Luftzug stellte sich ein, Panther schloss die

Scheiben. Noch immer stand er auf dem Parkplatz. Er roch an seinen Händen, wilde Phantasien beherrschten sein Denken. Diese Frau erregte ihn aufs Äußerste. Wie lange hatte er schon keinen Sex mehr gehabt? Wie lange hatte er auf so eine Gelegenheit gewartet? Lorenz ist vulgär, versuchte er sich zu beruhigen. Sie ist billig, und es wäre Wahnsinn, sich auf so etwas einzulassen. Er war im Dienst! Wenn er sich schon nicht im Griff hatte, dann sollte er wenigstens bis zum Feierabend warten. »Aber das macht es doch gerade aus«, hatte sie gesagt und: »Einen günstigeren Zeitpunkt als den jetzigen gibt es nicht.« Was, wenn es die einzige Gelegenheit war? Was, wenn sie ihn später abwies? Panther atmete tief durch, ihr Geruch war überall. Die Seide, ihre Augen, ihre Brüste. Panther stellte den Motor ab.

»Ich habe noch etwas vergessen.« Panther stand wieder in Lorenz' Büro. Sie saß unverändert hinter ihrem Schreibtisch, sie schien ihn erwartet zu haben.

»Ich weiß«, antwortete sie.

Lorenz lehnte an dem Tisch, Panther küsste ihren Hals, sog ihren betörenden Duft ein. Seine Hände ertasteten ihre üppigen Formen, öffneten die Bluse, erfassten ihre Brüste, schoben den Rock nach oben, legten sich in ihren Schoß. Ihr Stöhnen an seinem Ohr, ihre Lippen auf seinen, ihre Zunge zugleich weich und fordernd, ihre Hand zwischen seinen Beinen, ihr Griff beinahe schmerzhaft fest. Lorenz lehnte sich zurück, ihr BH war verschoben, ihr Rock hing an den Hüften. Schwarze Strümpfe auf weißer Haut. Panther konnte sich nicht sattsehen. Sie öffnete ihre Beine, forschte in seinen Augen, schob ihr Höschen beiseite und zog ihn an sich heran. Kein Widerstand – warm und weich, Panther keuchte.

»Jetzt bist du in mir.« Ihre Stimme veränderte sich, kehlige, unverständliche Worte an seinem Ohr. Ihre Beine umschlangen seine Hüften, pressten ihn an sich.

Panther kam sofort.

Blaue Augen fixierten ihn, die Pupillen stecknadelgroß. Irgendetwas in ihrem Blick irritierte Panther, warnte ihn. Ein höhnischer Zug lag um ihren Mund. Sie öffnete ihre Lippen und fuhr an seinem Hals entlang. Ihre Hände krallten sich in seine Schultern. Sie näherte sich wieder seinem Ohr, wieder diese Worte, wieder diese fremden Töne. Die Zunge in seinem Ohr, an seinem Hals, eine Hand in seinem Nacken und dann:

Ein stechender Schmerz!

Panther zuckte zurück, doch Lorenz hing wie eine Klette an ihm. »Was machst du?«, schrie er und versuchte, sie wegzuschieben. Lorenz ließ nicht locker, der Schmerz wurde stärker – sie hatte sich in seinen Hals verbissen. »Bist du verrückt?« Panther riss an ihren Haaren, ohne Erfolg. Dann packte er sie an der Kehle. Er drückte zu, erst gehemmt, dann mit aller Gewalt. Endlich ließ sie von ihm ab. Er stieß sie weg.

Ihr Mund war blutverschmiert, mit der Hand fuhr sie über ihr Gesicht, verteilte das Blut. Sie lachte, sie lachte laut, und sie keuchte: »Du bist verflucht, Mark Panther. Du bist für immer verflucht.«

Panther zog seine Hose hoch. Die breite Fensterfront war ohne Sichtschutz, sie zeigte Wohnhäuser, jeder hatte Einsicht. Er fasste sich an den Hals, die Wunde blutete – Lorenz lachte –, er stürzte aus dem Büro.

***

Notaufnahme Zentralklinikum Villingen-Schwenningen

»Es war gut, dass Sie gleich zu uns gekommen sind«, sagte der ergraute Arzt. »Menschenbisse sind eine ernste Sache, das Infektionsrisiko ist höher als bei Tierbissen. Ich habe die Wunde desinfiziert und verbunden. Nähen kann ich erst in zwei, drei Tagen – je nach Heilungsverlauf. Vielleicht müssen wir auch einen plastischen Chirurgen hinzuziehen, ihre Partnerin hat ordentlich zugelangt.«

»Es war nicht meine Partnerin, es war ein Unfall.«

Der Arzt lächelte. »Erzählen Sie mir nichts, ich habe viel Erfahrung. Einen Liebesbiss erkenne ich sofort, selbst wenn er so tief ist.«

»Es war ein Unfall«, wiederholte Panther.

»Und wie soll das vonstattengegangen sein, Herr Panther?«

Dazu fiel Panther nichts ein, er schwieg.

»Sehen Sie. Vampire scheiden aus, und bei einem Kampf sind meist Hände oder Arme verletzt. Sie müssen sich auch nicht schämen, ich habe schon ganz andere Sachen gesehen. Wenn ich da nur an den Typ mit dem Staubsaugerrohr denke …« Der Arzt schüttelte den Kopf.

»Wie ist das mit der Versicherung?«, wechselte Panther das Thema.

»Es liegt Fremdeinwirkung vor. Sie werden von Ihrer Krankenkasse ein Schreiben bekommen – die wollen ihr Geld zurück.«

Entnervt verließ Panther die Klinik. In der Tasche ein Antibiotikum, das er bei Beschwerden nehmen sollte, dazu der Hinweis, in diesem Fall vor dem vereinbarten Termin vorstellig zu werden. Die Wunde pochte. Panther fühlte sich erniedrigt, schämte sich. Was sollte er seinen Kollegen sagen? »Ich bin bei einer Befragung von einer Verdächtigen gebissen worden, nachdem ich mit ihr Sex hatte?« Ging es schlimmer? Und dann noch der Ärger mit der Krankenkasse, der ihm bevorstand. Panther steuerte den nächsten Supermarkt an und kaufte einen Karton Rotwein. Dann fuhr er nach Hause, legte Johnny Cashs »Hurt« ein und öffnete die erste Flasche.

***

Tuttlingen, Königstraße

Der breite Geländewagen verursachte beinahe einen Unfall, als er rückwärts auf die Fahrbahn stieß – ein Kleinwagen hielt hupend an. Der Mann im Geländewagen zog seinen Kopf ein, dann fuhr er mit aufheulendem Motor los. Nichneven war wieder nicht erschienen. Seit über einem Jahr verweigerte sie sich. Sie versetzte, sie erniedrigte ihn. Und wenn sie sich sahen, waren die anderen zugegen. Dann kokettierte sie mit jedem, dann spielte sie mit ihren Reizen, dann versprach sie alles und gab nichts.

Es war wenig Verkehr, er fuhr zu schnell und erreichte Villingen in weniger als einer halben Stunde. Als er sein Fenster öffnete, um den Verkehrspoller zu senken, schlugen ihm Hitze und das Stimmengewirr der belebten Innenstadt entgegen. Ab jetzt nur noch Tempo zwanzig. Die Gassen innerhalb der Stadtmauer waren eng, ein Rollstuhlfahrer holperte über das Kopfsteinpflaster, hinderte ihn an der Weiterfahrt. Sein Fuß schwebte über dem Gaspedal – es war so leicht. Der Rollstuhlfahrer blieb hängen, hob hilflos seine Hände. Der Mann fluchte und lächelte zugleich. Er stellte den Motor ab und half dem Behinderten. In seinem Wagen wischte er sich die Hände ab und grüßte einen Passanten – man kannte ihn. Das Auto stellte er in der Tiefgarage ab, dann ging er ein Stück und betrat sein Haus.

Die Wände waren dick, dämpften alle Geräusche. Seine Frau wartete schon auf ihn. Ihre Stimme zitterte, als sie seine Wut sah. Sie entschuldigte sich sofort. Sie entschuldigte sich für die Unordnung in der aufgeräumten Wohnung, sie entschuldigte sich für den Schmutz in der blank geputzten Diele, sie entschuldigte sich für ihre Geschwätzigkeit. Er verlangte nach seinen Hausschuhen. Sie fügte sich, aber sie war langsam, viel zu langsam – ihr Hüftleiden hinderte sie.

Sein Schlag traf sie in die Magengrube. Er war ein großer Mann, sie klappte ächzend zusammen. Er fuhr durch sein zurückgekämmtes Haar und zog seine Hausschuhe an. Dann ging er in den Keller. Sie ließ er achtlos liegen. Die erste Tür öffnete er ohne Schlüssel, die zweite war gesichert. Er schloss hinter sich ab. Ein niedriges Gewölbe, unverputzte Mauern, drei Türen. Hinter einer der Computer. Er setzte sich und prüfte die Aktivitäten der anderen. Allmählich beruhigte er sich, er genoss seine Autorität. Sie hörten auf ihn, glaubten an seine Macht, vertrauten seinen Entscheidungen.

Irgendwann eine unverhoffte Nachricht. Nichneven hatte sich gemeldet. Sie hatte es wieder getan: Der Fluch war ausgesprochen. Jetzt brauchte sie seine Unterstützung – nur er konnte es zu Ende bringen. Der Mann atmete tief durch, es war gefährlich, gerade jetzt. Doch Nichneven war bereit, dafür zu bezahlen, jeden Preis. Und dafür war er bereit, jedes Risiko einzugehen – komme, was wolle.

Umgehend benachrichtigte er die anderen. Nur den ersten Krieger nicht. Alan Catarius war auf herkömmlichem Weg nicht zu erreichen. Alan Catarius musste man aufsuchen.

***

Jens Haller saß in der Cafeteria des Vinzenz-von-Paul-Hospitals in Rottweil, das allgemein als »Rottenmünster« bekannt war. Es war schon nach achtzehn Uhr, und er aß mit großem Appetit einen Teller Spaghetti, dazu trank er ein Glas Mineralwasser. Ab und zu schaute er auf. Der Krankenhauspark war weitläufig, an seiner Grenze zog der Neckar vorbei, Patienten und Besucher suchten Schatten und Zerstreuung. Vor Haller lag sein Smartphone. Es zeigte ein Bild von Alan Catarius' Hütte. Seiner Frau hatte er bereits mitgeteilt, dass es später werden würde. Halb im Scherz hatte sie geantwortet, dass sich das ändern müsse, wenn das Kleine auf der Welt sei.

Über Alan Catarius hatte Haller einiges erfahren, auch wenn sich dessen Psychiater, Dr. Konrad, bei manchen Fragen auf die ärztliche Schweigepflicht berufen hatte. Nennenswert war Catarius' Krankheit – er litt an Schizophrenie.

Nennenswert war auch, was Dr. Konrad zu dieser Krankheit zu sagen hatte: »Schizophrenie ist in allen Kulturen sehr weit verbreitet. Jeder Hundertste erkrankt im Laufe seines Lebens daran. Die Übersetzung ›Seelenspaltung‹ ist irreführend. Der Erkrankte ist kein Dr. Jekyll und Mr. Hyde – in so einem Fall träfe ›multiple Persönlichkeit‹ eher zu. Der Erkrankte leidet vielmehr unter dem Verlust der Realität und seines Ichs. Es gibt verschiedene Arten der Schizophrenie. Die häufigste Form ist die paranoide, unter der auch Herr Catarius leidet. Er hört Stimmen, die ihm Befehle erteilen, die manchmal sogar Gestalt annehmen. Seine Welt ist eine andere, er fühlt sich verfolgt.«

Auf Hallers Frage, ob Catarius noch in Behandlung sei, hatte Dr. Konrad geantwortet: »Catarius' Krankheit ist chronisch und wird mit Neuroleptika behandelt. Solange er die Medikamente nimmt, kann er einem normalen Leben nachgehen, jedoch sind die Nebenwirkungen beträchtlich: Häufig treten Müdigkeit, Konzentrationsstörungen und Krampfanfälle auf. Außerdem verliert er seine eingebildete Genialität oder seine Besonderheit – wer kann schon von sich behaupten, von Gott oder Napoleon oder Einstein Befehle zu erhalten? Damit hier aber kein falscher Eindruck entsteht: Schizophrenie ist eine furchtbare Krankheit. Sie erschüttert die Betroffenen existenziell, bis zu fünfzehn Prozent begehen Suizid. Dennoch gibt es seltene Augenblicke der scheinbar absoluten Klarheit, die mancher nicht missen will. Herr Catarius gehört, befürchte ich, auch dazu – er war schon seit Jahren nicht mehr bei mir vorstellig, obwohl regelmäßige Konsultationen wichtig sind.«

»Ist Catarius gefährlich?«, hatte Haller gefragt.

»Generell sind Schizophreniekranke nicht gefährlich, zumindest nicht gefährlicher als andere. Jedoch muss man immer den Kontext ihres Wahns berücksichtigen. Herr Catarius glaubt, ein Keltenkrieger zu sein, das kann in Akutphasen durchaus seine Gewaltbereitschaft erhöhen.«

Haller fühlte sich bestätigt. Er war von Catarius' Gefährlichkeit überzeugt, obwohl gegen ihn nichts vorlag, keine Vorstrafen, keine Polizeiakte, nichts.

Ein Kellner räumte den Teller ab, Haller bestellte ein weiteres Mineralwasser und nahm sein Smartphone zur Hand. Die Bilder hatte er schon etliche Male durchgeblättert und verschiedene Bereiche herausgezoomt – immer ohne Erfolg.

Haller ging ins Internet. Dort gab es einige ältere Aufnahmen, die Catarius' Hütte zeigten, eine das gesamte Grundstück. Die Qualität war gut, Haller vergrößerte einen Bereich rechts von der Hütte, und endlich sah er, was ihn die ganze Zeit irritiert hatte. Hohes Gras reichte bis zum Waldrand, der Boden war hügelig. Auf seinen eigenen Aufnahmen endete die Wiese einige Meter vor dem Waldrand, einer der Hügel war abgetragen, junge Büsche bedeckten den Boden. Hallers Schlussfolgerung war eindeutig: Catarius hatte dort etwas vergraben.

Aufgeregt wählte er Panthers Nummer, doch es meldete sich nur die Mailbox. In kurzen Worten schilderte er seine Entdeckung, dann rief er Marion Tesic an. Sie war irgendwo bei Tuttlingen, sagte, sie könne in einer Dreiviertelstunde bei dem beschriebenen Treffpunkt an der Linachstraße sein, und fragte, warum das Ganze nicht bis morgen warten könne. Haller überzeugte sie mit einer Mischung aus Dringlichkeit, Neugier und Jagdfieber. Es war achtzehn Uhr siebenundvierzig, als er losfuhr, die Sonne würde erst nach neun untergehen – genügend Zeit, sich bei Catarius noch einmal umzusehen.

***

Nichneven war nackt, aus ihrem halb geöffneten Mund lief Blut, ihre Finger bohrten in seiner Wunde. »Du bist verflucht«, höhnte sie. Der Schmerz lähmte seine Glieder, der Fluch wiederholte sich endlos. Immer wieder dieselben Worte, untermalt von einem ständigen Klingeln und Hämmern, von einem Schlagen und Vibrieren.

Mark Panther kam nur langsam zu sich. Er lag im Halbdunkeln auf seinem Bett, seine Wunde pochte, das Handy klingelte, gegen die Wohnungstür wurde gehämmert und sein Name gerufen. Er richtete sich auf, das Zimmer schwankte, er war noch immer betrunken. Gebückt tastete er sich zur Tür, die Uhr zeigte einundzwanzig Uhr zweiundfünfzig. Im Spion erkannte er Marion Tesic und öffnete.

»Endlich«, entfuhr es ihr, dabei musterte sie ihren Kollegen. »Wie siehst du denn aus?«

Panther murmelte etwas von einem Unfall und fuhr sich durch seine Haare.

»Jens ist verschwunden.«

»Was?« Panther ließ sich auf sein Bett fallen und nahm sich eine Flasche Mineralwasser.

»Ich hätte ihn bei dem Gasthaus Talsperre an der Linachstraße treffen sollen, dort war er nicht. Ich war zu spät dran, ich hatte einen Unfall – nichts Schlimmes, aber ich konnte nicht gleich weg. Zu erreichen war Jens nicht, also habe ich ihn gesucht: ergebnislos.«

»Ihr wolltet zu Alan Catarius?«

»Ja.«

»Warst du an seiner Hütte?«

»Nein, ich weiß nicht, wo die liegt. Jens hatte mir den Treffpunkt an der Linachstraße genannt, mehr nicht.«

»Und bei Jens zu Hause?«

»Da ist er nicht, deshalb bin ich ja hier.«

»Mist, verdammter Mist.« Panther leerte die Flasche. »Und warum kommst du erst jetzt?«

»Weil du nicht zu erreichen warst – ich versuche es schon seit über einer Stunde! Wenn ich dich so sehe, ist mir klar, warum.«

Panther überging den Vorwurf. »Was sagt seine Frau, Anke?«

»Sie ist sehr beunruhigt, vor allen Dingen, weil sein Handy ausgeschaltet ist.«

»War es das schon, als du ihn angerufen hast?«

»Beim ersten Mal, kurz nach dem Unfall, war die Mailbox dran, beim zweiten Mal war es aus.«

Panther rieb sich die Stirn. »Wir müssen was tun. Wir müssen zu Catarius.« Er stemmte sich hoch und suchte seine Jacke und seine Waffe. Auf dem Tisch standen eine leere und eine halb volle Flasche Wein.

»Geht das?«, fragte Tesic.

»Du fährst«, entgegnete Panther.

Es war eine klare, aber mondlose Nacht. Der Wetterdienst hatte für den nächsten Tag einen Temperatursturz und Gewitter vorhergesagt. Tesic und Panther prüften ihre Taschenlampen und Waffen. Sie standen dort, wo Panther vier Tage zuvor mit Jens Haller geparkt hatte.

»Keine Spur von Jens' Wagen«, sagte er. »Ich will das als gutes Zeichen deuten.«

Der Aufstieg war noch beschwerlicher als beim letzten Mal. »Wieso konnte Jens auch nicht bis morgen warten?«, fluchte er. »Nur weil er glaubte, eine Art Grab entdeckt zu haben?«

»Wir alle handeln nicht immer ganz rational«, entgegnete Tesic, während Panther sich gegen einen Baum lehnte – er brauchte eine Pause. Sein Magen rebellierte. Erst nachdem er sich übergeben hatte, ging es besser. Stumm schritten die beiden weiter. Die Geräusche der Nacht waren andere. Ein Rascheln ließ sie herumfahren. Ihre Lampen erfassten die Augen eines Fuchses, der ins Dickicht floh. Die beiden Polizisten sahen sich kurz an, sie waren aufs Äußerste angespannt.

Die Lichtung lag im Dunkeln, Catarius' Hütte war unbeleuchtet, außer einem leichten Wind war nichts zu hören. Panther klopfte gegen die Tür, Tesic sicherte. Niemand meldete sich. Panther rief Catarius' Namen, am Waldrand rührte sich etwas – der Fuchs war den beiden gefolgt –, ansonsten blieb es still. Vorsichtig öffnete Panther die Tür, sie war nur durch einen Balken gesichert. Abermals rief er Catarius' Namen, die Taschenlampe tastete den Raum ab. Auf Panthers Zeichen betraten sie die Hütte. Die Feuerstelle war kalt, auch in der Schmiede. Kleidung und Waffen fehlten, die Speisekammer war leer. »Catarius scheint ausgeflogen zu sein.«

Tesic stimmte zu, behielt die Waffe aber in ihrer Hand. Die beiden gingen nach draußen und umrundeten die Hütte. Auf der Rückseite war im Lichtkegel ein Hackstock zu erkennen, auf dem ein Eimer stand. Der Eimer war mit einem Tuch abgedeckt, unzählige Fliegen bevölkerten Eimer und Tuch. Je näher die beiden kamen, desto intensiver nahmen sie einen süßlichen Geruch war, einen Geruch, den sie nur allzu gut kannten. Überall klebte getrocknetes Blut. Tesic zog Handschuhe an und presste ihre Lippen zusammen, dann schlug sie das Tuch zurück. Im Eimer lagen drei abgeschlagene Hühnerköpfe und Eingeweide, der Gestank war kaum zu ertragen. Panther musste sich erneut übergeben. »Scheißalkohol«, fluchte er.

Auch der Stall war verlassen, vermutlich hatte Catarius die Tiere weggebracht. Nun suchten sie nach Hallers Entdeckung. Die von ihm beschriebene Fläche fanden sie bald. Der Boden war tatsächlich aufgelockert, frische Fußspuren waren zu erkennen. Sie führten an den Waldrand, zu aufgehäuften Zweigen und Ästen. Während Tesic leuchtete, schob Panther das Geäst weg und legte eine große, grob behauene Steinplatte frei, in deren Mitte wieder ein Hackstock stand, nur viel wuchtiger als der an der Hütte. Auch an diesem Hackstock fanden sie getrocknetes Blut. Ansonsten gab es nichts Auffälliges.

»Hoffentlich täuscht der Eindruck«, presste Panther hervor. Tesic nickte und sagte: »Jetzt weiterzusuchen macht keinen Sinn. Wir sollten morgen bei Tageslicht noch mal kommen, und zwar mit der Spurensicherung.«

FÜNF

Dienstagmorgen, Catarius' Hütte

Der Himmel war wie blank geputzt, die Sonne schien. Das Gewitter sollte erst am späten Abend kommen – der Wetterdienst hatte eine Unwetterwarnung ausgesprochen. Es war zehn Uhr morgens, und Panther und Tesic saßen vor Catarius' Hütte. Die Spurensicherung hatte die Fläche abgesperrt und verschiedene Proben genommen, jetzt fingen sie an zu graben.

»Der Tag ist zu schön für schlechte Nachrichten.« Panther sah übernächtigt aus, seine Wunde schmerzte, Fieber hatte er jedoch keines.

Tesic nahm einen Schluck von ihrem mitgebrachten Kaffee. Ihr fiel wenig Passendes dazu ein – sie hatte kaum Hoffnung. Alle umliegenden Polizeistationen und Krankenhäuser waren benachrichtigt. Nirgends eine Spur. »Jens wird wohl kaum seine Frau verlassen haben.«

»Ausgeschlossen. Er liebt Anke, er war glücklich.«

»Manchmal machen Menschen verrückte Dinge.«

»Ich wünschte, es wäre so. Aber Jens? Beim besten Willen nicht.«

»Wir sollten die gestrigen Geschehnisse aufarbeiten.« Tesic zog ihren Laptop hervor.

»Du hast recht«, seufzte Panther.

Der Laptop fuhr nur langsam hoch. »Ist nicht mehr das Neueste«, entschuldigte sich Tesic. Panther starrte teilnahmslos in den Himmel. Endlich konnte sie die Datei öffnen.

»Also, gestern habe ich Roland Steck alias Asgeir Rolund von den Hallstättern befragt. Mein persönlicher Eindruck ist ein schlechter. Er ist ein unangenehmer Typ, dem ich so ziemlich alles zutraue. Auch seine Truppe ist nicht gerade vertrauenerweckend. Wo er letztes Jahr in der Tatnacht am Magdalenenberg war, weiß er nicht mehr – er hat also momentan kein Alibi. Ist aber auch verständlich, da das Ganze schon über ein Jahr zurückliegt. Erst muss er sich mal richtig erinnern und dann Zeugen finden, falls es welche gibt. Nach Catarius und Nichneven habe ich mich auch erkundigt. Er kennt die beiden. Sie gehören zu einer Keltengruppe namens Alator, die einen ähnlichen Ruf wie die Hallstätter hat – harmlos sind die nicht. Bezeichnenderweise ist Alator der Name eines keltischen Kriegsgottes. Von den weiteren Mitgliedern sind mir nur die Tarnnamen bekannt, die bürgerlichen müssen noch herausgefunden werden. Nichneven hat Steck besonders beeindruckt, von ihr hat er beinahe bewundernd gesprochen – sie muss so eine Art Femme fatale sein, aber dazu kannst du sicher Näheres beisteuern.«

»Nichneven …«, Panther räusperte sich und fasste sich an den Hals, »… besser gesagt: Sara Lorenz. Eine hübsche Frau, wirkt aber etwas billig. Sie hat ein gut gehendes Friseurgeschäft. Alan Catarius' Bekanntschaft gibt sie zu. Das Verhältnis zu ihm würde ich als angespannt bezeichnen, die beiden sind sich in Keltenfragen uneins. Ein Verbrechen oder gar einen Mord traut sie ihm allerdings nicht zu. Sie selbst weist natürlich auch jeden Verdacht von sich. Zu ihrem Alibi in der Tatnacht muss sie nochmals befragt werden – sie erinnert sich genauso wenig wie Roland Steck.«

»Also keine Femme fatale?«

»Wer darauf steht … Ich jedenfalls nicht.« Panther schaute an Tesic vorbei und strich über das Wundpflaster an seinem Hals. »Die Sache mit meinem Unfall und warum ich nicht zu erreichen war, wollte ich noch klären.« Seine Stimme klang spröde, er suchte Tesics Blick, die ihn mit entwaffnender Offenheit musterte. »Ich war also in Schwenningen, und nach Nichnevens Befragung bin ich über den Marktplatz gegangen. Es war eine Menge los, ich musste jemandem ausweichen, und irgendwie habe ich mich dann an einer Stange eines Gemüsestandes gestoßen – der Stand wurde gerade abgebaut. Der Zusammenstoß war heftig, die Verletzung musste im Klinikum behandelt werden. Danach bin ich nach Hause, es war schon Feierabend. Dort habe ich einen Wein geöffnet, ich wollte den

Tag angenehm ausklingen lassen. Der Wein war gut, und ich habe jedes Maß verloren. Manchmal ist das halt so.« Panther machte eine Pause. »Dumme Geschichte. Es tut mir leid.«

Tesic zuckte mit den Schultern. Falls sie Panther nicht glaubte oder sein Verhalten missbilligte, ließ sie es sich nicht anmerken. »Na, hoffentlich verheilt es gut«, sagte sie und bediente ihren Laptop. »Kommen wir auf Jens zu sprechen. Als ich bei Tuttlingen war, erreichte mich sein Anruf – es war genau achtzehn Uhr vierundvierzig. Er erzählte von seiner Entdeckung und überzeugte mich, seinem Verdacht nachzugehen. Treffpunkt sollte um neunzehn Uhr dreißig bei der Linacher Gaststätte sein. Meinen Unfall hatte ich um neunzehn Uhr zwanzig. Gleich danach habe ich Jens angerufen, aber nur die Mailbox erreicht. Um zwanzig Uhr fünfzehn war ich am Treffpunkt. Da ich ihn nicht antraf, rief ich ihn zum zweiten Mal an. Hier war sein Handy schon ausgeschaltet. Die Gaststättenbesitzer konnten mir auch nicht weiterhelfen, sie hatten Jens nicht gesehen, auch nicht sein Auto.«

»Haben wir eine GPS-Ortung?«

»Ja. Wir haben im Eilverfahren ein Bewegungsprofil von Jens' Netzanbieter erhalten. Er war tatsächlich am Treffpunkt, nur schon eine Viertelstunde früher. Und er ist – hier wird es interessant – fünf Minuten vor dem vereinbarten Zeitpunkt weitergefahren. Vermutlich ist er jemandem gefolgt – deshalb ist er auch nicht an sein Handy gegangen. Nach ein paar hundert Metern hielt er an. Genau dort, wo wir jetzt parken. Hier verlor sich auch sein Signal, ob durch Abschalten oder mangels Empfang, wissen wir nicht. Es war neunzehn Uhr einundvierzig.«

»Wenn wir davon ausgehen, dass Jens nichts passiert ist, solange es ein Signal gab, dann ist das der Zeitpunkt, an dem wir ansetzen müssen.«

»Falls er wirklich –«

Tesic und Panther schauten auf. Die Spurensicherung hatte etwas gefunden.

Ein Holzsarg. Form und Bauart glichen dem vom Magdalenenberg. »Das muss nichts heißen«, beruhigte ein Beamter. »Der Sarg kann hier auch schon länger liegen.«

Mit vereinten Kräften hob man den Sarg aus der Grube. Panther trat zurück. Schweiß lief über sein Gesicht, das Pflaster juckte, und die Wunde hatte wieder angefangen zu pochen – vielleicht bildete er es sich aber auch nur ein.

Mit einem Stemmeisen wurde der Deckel aufgehebelt, ein Vorgang, der ewig zu dauern schien. Panther kaute auf seiner Unterlippe. Der Deckel fiel – und gab eine menschliche Leiche frei. Sie war fast vollständig verwest.

Panther schloss die Augen. Erleichterung und Grauen hielten sich die Waage. Erleichterung, weil es nicht Jens war, Grauen, weil man es offensichtlich mit einer Mordserie zu tun hatte. »Können Sie per Funk den Gerichtsmediziner Dr. Warringer erreichen?«, wandte er sich an einen Beamten. Der nickte nur. »Und lassen Sie Alan Catarius zur Fahndung ausschreiben.«

Weitere Polizisten, mit Spaten ausgestattet, waren eingetroffen. Man hatte beschlossen, das ganze Feld umzugraben. Außerdem durchkämmten Tesic und ein Mann von der Spurensicherung den Parkplatz an der Linachstraße in der Hoffnung, Spuren von Jens oder seinem Wagen zu finden. Man hatte auch den Stausee schon in Erwägung gezogen und prüfte, ob es Stellen gab, wo man ein Auto versenken konnte.

Derweil suchte Panther den Bereich um die Lichtung ab. Er war allein, was eigentlich unsinnig war, doch er wollte es so. Er wollte allein sein, weil er keinen klaren Gedanken fassen konnte. Selbstvorwürfe nagten an ihm. Hätte er sich bei Nichneven beherrscht, hätte er sich nicht betrunken, dann wäre alles nicht so gekommen, dann müsste er sich jetzt nicht um Jens sorgen. Was war er nur für ein Versager.

Panther setzte sich auf einen Baumstumpf, er hatte Durst. Wie sollte er mit Nichneven umgehen? Sie war verdächtig, keine Frage. War sie vielleicht hier gewesen? Hatte sie vielleicht Jens' Aufmerksamkeit erregt? Er sollte ihr Alibi morgen, nein, heute schon überprüfen. Oder machte er sich nur etwas vor, wollte er sie einfach wiedersehen? Wollte er tatsächlich die Person, die ihn so erniedrigt hatte, wiedersehen? Wie konnte er in der jetzigen Situation solche Gedanken haben?

Rufe ereilten Panther. Man hatte erneut etwas gefunden.

Später Nachmittag. Gewitterwolken türmten sich auf. An der Fundstelle waren nun zwei Särge aufgereiht, daneben stand Dr. Warringer. Sein Gesicht war gezeichnet. So etwas hatte er noch nicht erlebt. Zwei Leichen, beide offensichtlich wieder Opfer von Ritualmorden – sie zeigten die gleichen Merkmale wie der Tote vom Magdalenenberg. Von einer Leiche war nur noch das Skelett übrig, sie musste schon Jahre hier liegen. Jens Haller war zum Glück nicht darunter, seine Kollegen suchten fieberhaft nach ihm.

Den leitenden Ermittler hatte Warringer nach Hause geschickt – Hauptkommissar Panther war persönlich stark betroffen, und eine Verletzung, die er nicht zeigen wollte, machte ihm zu schaffen. Die Leitung hatte Oberkommissarin Marion Tesic übernommen. Gerade eben brachen sie die Suche ab. Hier oben gab es kaum Schutz vor dem aufziehenden Gewitter.

***

Villingen, Südstadt

Anke, Jens Hallers Frau, öffnete die Tür. Das Sommerkleid mochte nicht zu ihren verheulten Augen passen. Sie wirkte noch zierlicher als sonst. Ihre Frage konnte Panther nur mit einem Schulterzucken beantworten – keine Spur von Jens. Er nahm sie in die Arme, sie klammerte sich an ihn. Panther roch ihr Haar. Hatte Verzweiflung einen bestimmten Geruch?

»Wir gehen davon aus, dass er entführt wurde«, sagte er.

»Warum entführt?«

»Wissen wir nicht«, log er, weil im Falle einer Entführung der Grund ziemlich eindeutig war: Alan Catarius und seine

Verbündeten brauchten ein neues Opfer für ihr grausames Ritual. Es bestand natürlich auch noch die Möglichkeit, Jens auf Catarius' Grundstück zu finden – das war die noch schlechtere Alternative.

»Dann muss es doch eine Lösegeldforderung geben.«

»Wir werden dich immer auf dem Laufenden halten, und du kannst mich jederzeit anrufen.«

»Es gibt also keine Lösegeldforderung?«

»Im Moment kann ich dir wirklich nicht mehr dazu sagen. Es tut mir leid.«

»Warum bist du so einsilbig? Verheimlichst du mir etwas?«

»Wir tun unser Bestes.« Panther konnte kaum ihrem Blick standhalten. »Alles wird gut, glaube mir.«

Es waren keine fünfhundert Meter zu seiner Kellerwohnung in der Weiherstraße. Sie lag in einem der typischen Siedlerhäuser aus den dreißiger Jahren. Kinder spielten auf der Straße, in der Ferne hörte man Donnergrollen. Panther ging die Außentreppe hinunter und schloss die Wohnungstür hinter sich. Auf dem Tisch stand die angefangene Flasche Rotwein – er leerte sie in einem Zug und ließ sich auf sein Bett fallen.

Eine Weile starrte er die Decke an, dann suchte er die CD mit dem einen Lied. Bevor er auf »Play« drückte, öffnete er die nächste Flasche Wein. Diesmal schenkte er sich ein Glas ein, trank es aus und startete »Suzanne« von Leonard Cohen. Nie mehr wieder wollte er das Stück hören, das hatte er sich geschworen. Jetzt nahm Suzanne ihn bei der Hand, und ein kurzer, heftiger Weinkrampf schüttelte ihn. Die Nummer von Su hatte er im Kopf, nur einen Augenblick zögerte er, bevor er wählte – eine weitere Niederlage. Sus Mitbewohnerin Marianne meldete sich. Entgegen ihrer sonstigen Gewohnheit legte sie nicht gleich wieder auf.

»Su ist in Indien«, sagte sie.

»Was?«

»Ich wollte dich sowieso anrufen. Sie hat sich seit drei Wochen nicht mehr gemeldet.«

»Ist sie etwa allein?« Panthers Stimme überschlug sich.
»Du hast wieder getrunken, oder?«
»Das geht dich einen Scheiß an.« Panther atmete durch, versuchte sich zu beruhigen. »Wo wollte sie hin?«
»In einen Ashram in Rishikesh im Norden Indiens – nur ist sie da nie angekommen.«
»Wie kann sie nur allein als Frau durch Indien ziehen, jetzt, wo man so oft von Vergewaltigungen hört?«
»Ich war auch dagegen, aber du kennst sie ja.«
»Wann hast du zuletzt von ihr gehört?«
»Wie gesagt, vor drei Wochen. Sie rief von Delhi aus an. Sie hatte ein paar Engländer getroffen, mit denen sie einen Umweg machen wollte.«
»Hast du schon etwas unternommen, die Behörden eingeschaltet?«
»Nein, deshalb wollte ich mit dir sprechen, du kennst dich mit so was doch aus.«
»Ach, jetzt ist er zu etwas gut, der Scheißbulle.«
»Dein Verhalten ist kontraproduktiv, du änderst dich wohl nie.«
Beinahe hätte Panther den Hörer gegen die Wand geknallt – er wusste schon, warum er Marianne hasste. »Gut«, sagte er. »Ich werde sehen, was ich machen kann.«
»Danke«, entgegnete sie. »Wir lieben sie doch beide.«

Panther wischte sich über die Stirn, heiß war ihm, und die Wunde pochte heftiger denn je. Nicht auch das noch, dachte er. Das Antibiotikum nahm er mit Rotwein. Wenn jemand an Flüchen zweifelte, dann war das der Gegenbeweis – schlimmer konnte es nicht mehr kommen. Sein nächstes Glas Rotwein spürte er deutlich, er drehte den Verstärker auf, und »Suzanne« lief in einer Endlosschleife.

Alles in Watte. Nichneven stand an seinem Bett. Sie war nackt, sie lächelte. Leonard Cohen sang:
»And Jesus was a sailor, when he walked upon the water.«

Panther fühlte sich leicht, konnte er übers Wasser gehen? Wo war Su? War Nichneven jetzt die Eine? Eine zweite Person tauchte auf. Sie trug einen Kapuzenpullover, die Kapuze tief im Gesicht. Sie stand neben Nichneven. Beide schenkten einander keine Beachtung. Jemand klopfte. Nichneven und die Kapuze rührten sich nicht.

»And you want to travel with her, and you want to travel blind.«

Es war ein Traum. Zeit, aufzuwachen. Panthers Lider waren so schwer, die Ruhe so angenehm, Nichneven und die Kapuze bewachten ihn. Nichneven sollte sich zu ihm legen, aber was, wenn Su käme? Wer war die Kapuze? Es klopfte. Zeit, aufzuwachen!

Ein Schleier auf seinen Augen, alles verschwommen. Seine Hände dick, wie aufgeblasen, die Glieder kaum beweglich. Nichneven war verschwunden, die Musik lief, es klopfte, die Kapuze blieb. Zeit, aufzuwachen!

Seine Augen waren geöffnet. Seine Hand fuhr über sein Gesicht. Nichts veränderte sich, die Kapuze mochte nicht weichen. Es klopfte. Du bist wach, wie kann das sein? Panther richtete sich auf.

»And you know that she will trust you, for you've touched her perfect body with your mind.«

Das Klopfen am Kellerfenster, ein Donner erschütterte das Zimmer, die Kapuze hob ihren Kopf – Jens!

Panther schrie auf, sprang auf, fiel auf den Boden. Jens war verschwunden. Das Klopfen jetzt an der Tür. Panther kam auf die Beine, sie waren wie aus Wachs. Schwindel zwang ihn, sich aufzustützen. Jens stand an der Tür, er war durchscheinend. Panther war wach, seine Stirn glühte – er halluzinierte. Panther wankte in Zeitlupe zur Tür, ein weiteres Donnern übertönte das Klopfen, die Musik, alles.

Fast hätte er geöffnet, doch etwas warnte ihn. Er ging zum Tisch und nahm seine Waffe, seine Schritte wurden sicherer. Er stellte die Musik ab, das Klopfen endete. Im Spion war nichts zu erkennen. Vorsichtig öffnete er die Tür. Regen schlug ihm entgegen, Wasser lief in Sturzbächen die Außentreppe hinunter. Ein Blitz erhellte den Vorgarten, eine Gestalt stand am Zaun, es donnerte, Panther rief Jens' Namen, die Gestalt regte sich nicht. War sie Illusion? Zu seinen Füßen lag eine Plastikkarte. Panther nahm sie auf, trat einen Schritt zurück, betrachtete sie im Licht – es war Jens' Dienstausweis.

Die Gestalt verließ das Grundstück, sie lief in Richtung Warenbachtal. Panther stieß einen Warnruf aus, nahm sich eine Regenjacke, zog sie im Laufen an, verfing sich, stolperte, rannte weiter, gehandicapt von Alkohol und Antibiotikum. Die Waffe steckte er in die Tasche. Die Gestalt passierte die Brücke, das Licht der Straßenlaternen wurde von Regen und Dunkelheit geschluckt.

Panther quälte sich voran, neben ihm lief eine weitere Gestalt, sie war nicht real. Kamen die Halluzinationen von dem Medikament, waren das Nebenwirkungen, hatte er Fieberträume? Der Weg führte über den Graben, den Berg hinauf. Die Gestalt hatte ein Ziel – den Magdalenenberg. Der Abstand zwischen ihr und Panther blieb gleich, egal wie sehr er sich mühte.

Bei den Apfelbäumen musste Panther sich kurz ausruhen, sein Atem rasselte, seine Hand umkrampfte die Waffe. Er sollte jetzt umkehren, Tesic anrufen, die Gefahr war zu groß. Aber er hatte Jens' Ausweis, vielleicht war das die einzige Chance, seinen Freund zu finden. Die letzten Meter ging es durch ein Getreidefeld. Blitz und Donner folgten ohne Abstand, Windböen bogen die Bäume – es war Wahnsinn, weiterzugehen. Die Gestalt hatte ihr Ziel erreicht. Sie stand inmitten der Stangen auf der Kuppe des Keltengrabs.

Panther überquerte den Feldweg und wankte den Hügel hinauf. Sein Begleiter hatte ihn verlassen, der Regen hatte die Halluzination weggeschwemmt. Ungewohnt klar erkannte Panther seine eigene Absicht – wenn er Jens nicht retten konnte, wollte er sich opfern. Lieber sterben, als so weiterzuleben.

Nur wenige Meter trennten Panther von der Gestalt. Ihre Größe konnte er nicht abschätzen, auch ihre Form nicht. Sie trug eine Art Mönchskutte. Eine Windböe blähte die Kutte.

Panther stemmte sich gegen die Naturgewalt und machte einen Schritt nach vorne. Ein Schlag traf ihn hinter dem Ohr. Es knackte. Panther brach zusammen, seine linke Seite war lahm. Hände griffen unter seine Achseln, zogen ihn den Hügel hinunter zum Wald. Seinen Kopf konnte er nicht heben, es fühlte sich an, als hätte sich ein Stück Knochen gelöst. Sie ließen ihn bäuchlings auf den Boden fallen. Stimmen ertönten, kehlige Stimmen in einer fremden Sprache, die er schon einmal gehört hatte. Panther wurde hochgerissen, auf die Knie gezwungen. Sein linker Arm baumelte an seiner Seite, als gehöre er nicht zu ihm. Mehrere Personen bildeten einen Kreis, jemand hielt seinen Kopf, wieder das Knirschen am linken Ohr. Bittere Blätter wurden in seinen Mund gezwungen. Die Stimmen wurden weniger, bis nur noch eine sprach. Eine weibliche – Nichneven! Ihr Gesicht nur ein Schatten, ihre Hände über seinem Haupt.

Panther tastete nach seiner Waffe, bekam sie zu fassen, zog sie heraus – und schoss in Richtung der Stimme. Die Stimme erstickte. Panther schoss ein zweites Mal, Nichneven brach zusammen. Erst jetzt wurde sein Arm verdreht, die Waffe fiel, Panther wurde nach hinten gerissen. Auf dem Rücken liegend, nahm er windgepeitschte Bäume und ein Jammern wahr. Sein Versuch, sich aufzurichten, scheiterte – er konnte sich nicht bewegen. Eine Gestalt mit einem Messer erschien in seinem Blickfeld, sie beugte sich über ihn und hob die Waffe. Das Messer fuhr auf Panther herab, im selben Moment wurde die Gestalt umgerissen.

Ein stechender Schmerz hielt Panther bei Bewusstsein, Blut tränkte seine Jacke. Er hörte überraschte Schreie und Kampfgeräusche. In seinen Ohren rauschte es. Die Geräusche wurden leiser, sein Atem flacher. Panther fror nicht, er fürchtete sich nicht, er fühlte sich angenehm leicht.

Warm verließ ihn das Leben.

***

Blaulicht. Zwei Rettungswagen, eine Polizeistreife. Tesic stürmte aus ihrem Auto – sofort drang der Regen durch ihre Jacke bis auf die Haut. Der Boden war glitschig, ein Blitz entlud sich, Tesic zog unweigerlich ihren Kopf ein, das Donnern folgte kaum zeitverzögert, die Gefahr war greifbar. Polizeimeisterin Silvia Ursprung eilte ihr entgegen. Sie hatte Tesic benachrichtigt. Ursprungs Uniform war dreckverschmiert, auch ihr Gesicht war gezeichnet, sie musste gestürzt sein.

»Frau Tesic, Gott sei Dank!« Ursprungs Stimme drohte zu kippen. »Es ist alles so schrecklich.«

»Wie geht es Mark?«

»Wem?«

»Panther! Wie geht es Panther?«

»Herr Panther, er lebt – glaube ich.«

»Kommen Sie«, sagte Tesic und lief zu den Rettungswagen.

Der Notarzt kontrollierte die Vitalfunktionen, seine Hand lag auf Panthers Arm. Tesic konnte einen Blick auf Panthers Gesicht werfen. Es war blutverschmiert, seine Augen waren geschlossen, und auf seinen Lippen lag ein befremdliches Lächeln – er sah beinahe friedlich aus.

Der Notarzt schloss die Tür. »Wir müssen in die Klinik, hier zählt jede Sekunde.« Der Rettungswagen fuhr los.

Tesic löste sich von dem Anblick und wandte sich Ursprung zu. »Was wissen Sie bisher?«, fragte sie die junge Polizeimeisterin. Wieder zuckte ein Blitz und ließ die Stangensetzung aufleuchten – es war nicht leicht, ruhig zu bleiben.

Ursprung wischte sich übers Gesicht und sagte: »Wir haben außer Panther noch zwei Personen vorgefunden, beide sind tot – eine Frau und ein Mann. Beide tragen Kutten. Die Frau kenne ich. Sie hat einen Friseurladen in Schwenningen, ihr Name ist Sara Lorenz.«

»Das ist Nichneven«, stellte Tesic fest. »Panther hat sie verhört.«

Ursprung verzog fragend das Gesicht.

»Ich erkläre es Ihnen später«, sagte Tesic und eilte zum zweiten Rettungswagen. Am Boden zeichneten sich zwei Leichensäcke ab, daneben stand ein Sanitäter. Er rauchte. Sein Gesicht war fahl. »Oberkommissarin Tesic«, stellte sie sich vor. »Sind die beiden hier gestorben?«

Der Sanitäter warf die Zigarette weg und atmete tief durch. »Nein, sie lagen auf dem Hügel. Wir konnten sie dort oben aber nicht untersuchen – es war wegen des Gewitters zu gefährlich, es reicht ja hier schon. Wir haben sie also nach unten geschleppt und dann ihren Tod festgestellt.«

»Ich würde die beiden gerne sehen.«

Der Sanitäter zog die Reißverschlüsse der Säcke ein Stück auf. Tesic sah das vom Tod überraschte Gesicht einer Frau mittleren Alters und einen von Kampfspuren gezeichneten Mann Anfang dreißig. Von beiden machte sie Fotos.

»Schlimme Sache«, sagte der Sanitäter. »Die Frau starb vermutlich an Schussverletzungen, der Mann wurde heftig durch die Mangel gedreht. Auf ihn wurde eingestochen.«

»Und der Überlebende, Herr Panther?«

»Der wurde auch Opfer einer Stichwaffe – so sah es auf jeden Fall aus. Jemand hat ihm einen Druckverband angelegt, ohne den wäre er verblutet.«

»Einen Druckverband?«

»Ja, ein behelfsmäßiger, mit Gürtel und Tüchern als Auflage. Einfach, aber effektiv.«

»Mark wurde gerettet? Haben Sie jemanden gesehen, als Sie hier eintrafen?«

»Nein. Aber ich vermute, der Retter war die Person, die uns gerufen hat.«

»Gibt es einen Namen?«

»Weiß ich nicht. Da müssen Sie die Zentrale fragen, alle Notrufe werden aufgezeichnet.«

»Der Gürtel und die Tücher, wo haben Sie die?«

»Die müssen im anderen Rettungswagen liegen. Sie brauchen sie wegen der Spuren?«

»Ja.«

»Ich werde die Kollegen gleich anrufen und die Sachen bei der Notaufnahme zurücklegen lassen.«

»Gut. Vielen Dank.«

Der Fahrer des Rettungswagens klopfte gegen die Scheibe, anscheinend gab es einen weiteren Notfall. Tesic hielt den Sanitäter zurück. »Eins noch. Wie schätzen Sie die Chancen meines Kollegen ein?«

»Sie sollten auf alles gefasst sein. Der Mann war nicht ansprechbar. Er hat sehr viel Blut verloren, und seine Lunge wurde verletzt. Tut mir leid.«

Tesic nickte und trat zurück. Der Rettungswagen fuhr los. Regenwasser staute sich an den Leichensäcken – es war entwürdigend. Hoffentlich kam die Spurensicherung bald. Allzu viel würden sie ohnehin nicht vorfinden – der Tatort war durch die Sanitäter ruiniert, für den Rest sorgte der Regen. Ein weiterer Blitz, Tesic zuckte zusammen, das Grollen ließ aber auf sich warten, anscheinend zog das Gewitter ab.

Inzwischen hatte sich der zweite Streifenpolizist zu Tesic und Ursprung gesellt, ein älterer, offensichtlich erfahrener Mann. Blaulicht leuchtete in dem unteren Wäldchen auf. Zusätzliche Streifenwagen fuhren den Weg zum Magdalenenberg hoch – der Tatort musste gesichert werden.

»Wir müssen jetzt schnell handeln«, sagte Tesic zu dem Polizisten. »Sara Lorenz, die weibliche Tote, hat in Schwenningen am Marktplatz gewohnt. Ich werde ihre Wohnung durchsuchen, vielleicht finden sich Hinweise auf am Verbrechen beteiligte Personen. Dazu brauche ich aber Unterstützung. Ich denke an Frau Ursprung.«

»Geht das?«, fragte Ursprung und schaute verunsichert zu ihrem Kollegen. Der nickte.

Tesic fuhr fort: »Sie waren als Erster am Tatort, deshalb sind Sie jetzt verantwortlich. Sie werden die eintreffenden Beamten und Ihren Vorgesetzten unterrichten. Außerdem muss jemand zur Bewachung von Panther abgestellt werden – sorgen Sie dafür. Wir haben zwar noch keine Ahnung, was passiert ist, aber von einer Gefährdung muss man ausgehen. Dann wurde bei der Notaufnahme noch Beweismaterial hinterlegt. Das muss zur KI 4 gebracht werden.«

»In Ordnung«, sagte der Polizist ruhig, und zu seiner jungen Kollegin gewandt: »Du packst das schon, Silvia. Tu einfach das, was du gelernt hast.«

Im Gehen drehte sich Tesic noch einmal um. »Und machen Sie der Spurensicherung Druck. Der zweite Tote muss schnellstmöglich identifiziert werden.«

***

Schwenningen, Marktplatz

Der Eingang zu Lorenz' Adresse lag an der Rückseite eines Geschäftsgebäudes in einem Hinterhof, alle Fenster waren dunkel. Tesic klingelte wahllos, bis sich jemand durch die Sprechanlage meldete. Sie sagte ihren Namen und hielt ihren Ausweis in die Eingangskamera – die Tür wurde geöffnet. Die Wohnung befand sich im vierten Stock, die beiden nahmen die Treppe, es gab keinen Aufzug. Drei Eingangstüren auf dem Stock, die mittlere war es.

Sofort fiel Tesic das beschädigte Schloss auf – sie gab ihrer jungen Kollegin ein Zeichen. Die beiden stellten sich links und rechts neben der Tür auf, beide zogen ihre Waffen. Die junge Polizistin atmete hörbar durch, Tesics Lippen formten ein leises »Ruhig«, das Licht ging aus. Eine Zeit lang lag alles im Dunkeln, dann drückte Tesic gegen die Tür, das Licht sprang wieder an, Tesic verkniff sich einen Fluch – der Bewegungsmelder war sehr empfindlich. Falls jemand in der Wohnung war, war er jetzt sicher gewarnt.

Vorsichtig spähte sie um die Ecke und blickte in einen großen Raum. Nichts regte sich, die beiden betraten den Raum, Tesic machte Licht: ein modern eingerichtetes Büro mit großer Fensterwand zum Hinterhof, gegenüber weitere Wohnungen. Die Schubladen des Schreibtisches waren aufgezogen, auf dem Tisch lag eine kabellose Computermaus, der Computer fehlte. Ein Geräusch ließ die beiden aufhorchen – es war das Zuschlagen der Eingangstür. Tesic eilte zur Fensterfront. Sie sah eine

Person mit Regenmantel und Tasche auf die Straße abbiegen, dort entzog sie sich ihren Augen.

»Kommen Sie«, befahl Tesic und rannte zur Tür.

Vier Stockwerke brauchten ihre Zeit. Tesic und Ursprung standen schwer atmend auf der Straße. Sie war wie leer gefegt. Vom Marktplatz näherte sich ein Taxi und fuhr vorbei. Ein Pärchen saß darin. Aus einer Seitengasse kam eine Frau mit ihrem Hund. Tesic zeigte ihren Ausweis und sprach sie an. Die Frau hatte nichts gesehen, beschwerte sich aber über volle Mülleimer, da sollte die Polizei mal etwas tun.

Sie gingen zurück in Lorenz' Büro. »Wenn der Einbrecher tatsächlich noch hier war, dann ist er jetzt weg«, sagte Tesic.

»Sie meinen, wir haben den Falschen verfolgt?«

»Das lässt sich überprüfen. Wir werden morgen die Hausbewohner befragen. Wenn von denen niemand zur fraglichen Zeit das Haus verlassen hat, dann war es wahrscheinlich der Einbrecher.«

Die eigentliche Wohnung schloss an das Büro an. Sie war großzügig angelegt: drei Zimmer, Küche, zwei Bäder. Überall durchwühlte Schubladen und Schränke. Das Schlafzimmer wurde von einem riesigen Bett beherrscht. Darüber hing ein übergroßes erotisches Bild im Querformat. Es zeigte die liegende Sara Lorenz. Ein durchsichtiges Laken bedeckte ihre üppigen Formen.

»Mich würde so etwas einschüchtern«, sagte Ursprung.

»Jeder, wie er es mag«, entgegnete Tesic. »Was mich irritiert, ist die Einrichtung. Alles so modern, künstlich, ja geradezu kalt. Sie müssen wissen, dass sich Sara Lorenz Nichneven nannte. Abseits ihres offiziellen Lebens war sie Priesterin einer Keltengruppe namens Alator. Da erwartet man doch mehr Natürlichkeit, Wärme.«

»Dann war sie auch an dem Ritualmord beteiligt?«

»Wie die Dinge jetzt stehen, ist das sehr wahrscheinlich. Vermutlich wusste sie auch über Jens Hallers Schicksal Bescheid. Deshalb müssen wir unbedingt etwas finden: Namen, Fotos, solche Dinge.«

Der begehbare Schrank hatte die Ausmaße eines Zimmers und war Zeugnis hemmungsloser Konsumsucht. Jacken, Mäntel, Kleider, Röcke, Hosen in allen erdenklichen Varianten und natürlich unzählige Schuhe erinnerten an eine gut eingerichtete Boutique. Dazwischen fanden sich edle Dessous und endlich eine Reihe Gewänder, die aus einer vergangenen Zeit zu stammen schienen. Daneben stand eine Kiste mit Dolchen in verschiedener Größe, dazu reich verzierte Gürtel, Taschen aus Tierleder, Schmuck und verschiedene Kräuter.

»Alles, was eine Priesterin so braucht«, war Tesics launiger Kommentar. Sie nahm eines der Gewänder und untersuchte es eingehend. Dabei stieß sie auf ein grünes Symbol, das auf der Innenseite eingenäht war. Es handelte sich um eine kreisrunde Stickarbeit, etwa sechs Zentimeter im Durchmesser, die einen Ring zeigte, auf den ein gleichschenkliges Kreuz aufgesetzt war.

»Das könnte ein Erkennungszeichen Alators sein.« Tesic machte ein Foto. »Vielleicht aber auch ein Modelabel, einen Markt gibt es bestimmt dafür.«

»Ich glaube nicht, dass das ein Label ist. Es ist unregelmäßig gestickt, das Garn sitzt unterschiedlich straff. Das Zeichen ist eindeutig handgemacht.«

»Kennen Sie sich damit aus?«

»Zwangsläufig. Ich war auf der Hauswirtschaftsschule.«

»Da sieht man wieder, dass alles auch seine guten Seiten hat.« Tesic lächelte. »Die Sachen lassen wir eingehend untersuchen. Aber leider bringt uns das im Moment nicht viel weiter.«

»Und jetzt?«, fragte Ursprung.

»Weitersuchen. Es gibt hier einige Möglichkeiten, etwas zu verstecken.«

Nach einer Stunde gaben die Polizistinnen auf. Der Einbrecher hatte wohl ganze Arbeit geleistet. Um drei Uhr morgens verließen sie Lorenz' Wohnung – es würde eine kurze Nacht werden.

***

Mittwochmorgen, Polizeidirektion Villingen-Schwenningen

Tesic hatte das Foto des grünen Symbols an Dr. Reuther weitergeleitet. Sie erwartete von ihm Angaben zur Herkunft und Bedeutung, falls es eine gab. Jetzt saß sie an ihrem Schreibtisch und telefonierte mit dem Zentralklinikum: Panthers Zustand war stabil, aber nach wie vor kritisch. Man hatte ihn in ein künstliches Koma versetzt, für wie lange, konnte man nicht sagen. Tesic seufzte und legte den Hörer auf. Das Telefon klingelte sofort wieder. Es meldete sich ein Herr Frey von der Kriminalinspektion 4. Die KI 4 war eine Servicedienststelle für zentrale Aufgaben wie Spurensicherung und -auswertung und arbeitete anderen Dienststellen zu.

»Wir haben den männlichen Toten vom Magdalenenberg anhand seiner Fingerabdrücke identifiziert«, sagte Frey. »Es handelt sich um Olaf Borkmann, wohnhaft in der Sperberstraße in Villingen. Er ist bei uns wegen verschiedener Drogendelikte und Beschaffungskriminalität registriert. Seine Akte lass ich Ihnen zukommen.«

»Sehr gut«, lobte Tesic. »Das ist enorm wichtig für uns.«

»Immer wieder gerne. Sicher sagen können wir auch schon, dass Frau Lorenz an ihren Schussverletzungen starb. Bei Borkmann ist die Todesursache noch nicht gewiss, das wird bis morgen dauern. Interessant ist aber, dass wir fremde Hautpartikel unter seinen Fingernägeln fanden – eine DNA-Analyse wird durchgeführt.«

»Damit könnten wir auf seinen Mörder schließen. Dass es schnell gehen muss, brauche ich nicht zu sagen, den Fahndungsdruck kennen Sie ja. Bitte lassen Sie dann das Ergebnis umgehend mit der DNA von Alan Catarius vergleichen.«

»Der Catarius, nach dem schon gefahndet wird?«

»Ja. Die Vermutung liegt nahe, dass er gestern beteiligt war.«

Nachdem Tesic aufgelegt hatte, schaute sie zu Ursprung. Die junge Polizistin hielt eine Kaffeetasse in der Hand und hatte aufmerksam zugehört. »Mark Panther liegt im künstlichen Koma. Wir können nur hoffen, dass alles gut geht«, sagte

Tesic. »Dennoch müssen wir weitermachen. Also, kommen Sie. Vorerst gehören Sie zu meinem Team. Wir haben die Adresse der zweiten Leiche.«

»Können Sie das so einfach entscheiden?«

»Eigentlich nicht, aber für etwas anderes ist keine Zeit.«

Ein Lächeln huschte über Ursprungs Gesicht. Eilig zog sie ihre Uniformjacke an.

»Sind Sie gar nicht müde?«, fragte Tesic.

»Jetzt nicht mehr.«

Der Stadtteil Steppach. Ende der 1920er waren hier Barracken für sozial Schwache und kinderreiche Familien gebaut worden, und lange war der Ruf des Stadtteils schlecht gewesen. Inzwischen war es eine beliebte Wohngegend.

Vor dem Reihenhaus in der Sperberstraße stand ein Streifenwagen, Tesic hielt dahinter. »Ich befürchte, uns ist wieder jemand zuvorgekommen«, sagte sie zu Ursprung.

Ihr Verdacht bestätigte sich. In Borkmanns Wohnung standen zwei Polizisten und ein älterer Mann in blauem Arbeitskittel. Tesic stellte sich und Ursprung vor und erklärte den Grund ihres Auftauchens. Dann verlangte sie einen Bericht.

»Herr Hoffmann, der Hausmeister, hat den Einbruch vor einer Stunde gemeldet«, sagte einer der Beamten. »Die Wohnung wurde komplett auf den Kopf gestellt. Wie es aussieht, fehlt ein Laptop. Die wertvolle Hi-Fi-Anlage und der Fernseher wurden aber nicht mitgenommen – der Einbrecher war anscheinend nicht auf Geld aus.«

»Da könnten Sie recht haben«, entgegnete Tesic und fixierte den Hausmeister. »Sie haben den Einbruch entdeckt, Herr Hoffmann? Wie kam es dazu?«

»Ich mache regelmäßig meine Runden. Da habe ich die aufgebrochene Tür bemerkt und die Polizei gerufen.«

»Ist Ihnen noch etwas aufgefallen, haben Sie jemanden gesehen?«

»Nein. Bin ja nicht immer hier, ist nicht mein einziges Haus.«

»Kannten Sie Herrn Borkmann?«

»So gut, wie man einen Mieter kennt, der nur Ärger macht.«
»Inwiefern?«
»Borkmann hat immer laute Musik gehört, Ihre Kollegen waren deshalb schon öfter hier.«
Einer der Polizisten nickte. »Wenn wir da waren, hat er immer gleich leiser gedreht. Er war recht friedlich.«
»Friedlich, klar«, ereiferte sich Hoffmann. »Seinen Müll hat er immer zur falschen Zeit rausgestellt, und Kehrwoche war für ihn ein Fremdwort.«
»Hatte Herr Borkmann manchmal Besuch?«
»Soweit ich weiß, nicht. Wer will so einen schon besuchen? Der war doch ein Junkie, oder?«
»Wer sagt das?«
»Das sieht man doch. Der sah oft aus wie eine Leiche.«
»Hat von seinen Nachbarn jemand etwas von dem Einbruch mitbekommen?«
Der Hausmeister zuckte mit den Schultern, ein Polizist antwortete: »Wir haben alle befragt, die anzutreffen waren. Niemand hat etwas bemerkt. Die anderen sind aufgefordert, sich zu melden, falls ihnen etwas aufgefallen ist.«
Mit Hilfe ihrer Kollegen nahmen Tesic und Ursprung die Wohnung in Augenschein. Sie fanden ein Schwert und diverse Kleidungsstücke, die man mit Kelten in Verbindung bringen konnte, und sie stießen auf eine wichtige Bestätigung: In den Umhängen und Hemden war das gleiche Symbol wie bei Lorenz eingenäht. Es war also Alators Erkennungszeichen!
Die Gegenstände gingen ins Labor. Ansonsten war es wie bei Lorenz: Hinweise auf weitere Mitglieder fehlten. Die Wohnung wurde versiegelt – auf die Spurensicherung wartete eine Menge Arbeit.

***

Der Kaffee schmeckte ausgesprochen gut. Tesic stellte ihre Tasse ab, ebenso Ursprung. Polizeidirektor Soreck setzte sich, er war stolz auf seine Kaffeemaschine.

»Sie hatten wenig Schlaf«, sagte er.

»Geht schon«, antwortete Tesic, Ursprung winkte ab.

»Über Panthers Zustand sind Sie informiert?«

»Ja.«

»Schreckliche Sache. Erst Haller, jetzt Panther. Wir sehen uns mit einer Serie von Gewaltverbrechen gegen Polizisten konfrontiert, die beispiellos ist. Was sind das nur für Zeiten? Nach Haller werden wir vorerst nicht öffentlich fahnden. Noch habe ich die Hoffnung, dass sich der oder die Entführer melden, und ich will sie nicht unnötig unter Druck setzen. Natürlich wird der Bereich, wo Haller verschwunden ist, weiterhin durchkämmt und nach seinem Wagen gesucht – mehr können wir im Moment nicht tun.«

Tesic stimmte zu, und Soreck fuhr fort: »Das LKA hat sich eingeschaltet, es wird uns zuarbeiten. Sie können also bei aufwendigen Recherchen, Analysen und so weiter auf die Kollegen zurückgreifen. Sie werden aber nicht vor Ort sein, das LKA hat die gleichen Personalprobleme wie wir. Die Zuständigkeit liegt demnach weiter bei uns.«

Soreck nahm einen Schluck Kaffee. »Eine spezielle Röstung«, sagte er versonnen. »Manchmal braucht man kleine Fluchten.« Dann verfinsterte sich sein Gesicht wieder. »Durch Panthers und Hallers Ausfall müssen wir umstrukturieren: Sie, Frau Tesic, werden Interimsleiterin der KI 1 und einen neuen Mitarbeiter erhalten. Das wird aber noch ein paar Tage dauern, so lange wird Sie Frau Ursprung unterstützen. Ist Ihnen das recht?«

»Ja. Frau Ursprung macht Ihre Sache sehr gut.«

»Und was sagen Sie, Frau Ursprung?«

»Das ist alles sehr aufregend für mich. Ich bin stolz, wenn ich dabei sein kann.«

»Gut, dann wäre das geklärt. Bringen Sie mich bitte auf den neuesten Stand, Frau Tesic.«

Tesic klappte ihren Laptop auf. Sie hatte alle bisherigen Informationen abgearbeitet und geordnet. Dazu gehörte auch Reuthers Kommentar zu Alators Erkennungszeichen:

Es handelt sich hier um das Keltenkreuz. Davon gibt es unzählige Varianten, von aufwendig verziert über kitschig bis hin zu abstrakt (schauen Sie einfach mal im Internet nach). Das Kreuz ist auf den Britischen Inseln und in Irland beheimatet und hat keinen christlichen Kontext. Eine Datierung ist schwierig, die frühesten Formen traten wohl im 7. oder 8. Jahrhundert auf. Einen Bezug zum Villinger Keltengrab gibt es nicht, da liegen Raum und ca. 1300 Jahre dazwischen. Falls Ihre Nachfrage mit den Ritualmorden zu tun hat, zeigt sich, mit welcher Ignoranz die Verdächtigen dieses sensible Thema behandeln.

Tesic hätte beinahe über Reuthers Antwort gelacht, wenn es nicht so ernst gewesen wäre – verdeutlichte sie doch dessen Sichtweise und Prioritäten: Wichtig war der korrekte Umgang mit der Geschichte, die menschliche Tragödie stand hintenan.

Mit einem Doppelklick öffnete Tesic ihre Notizen. »Heute Nacht um null Uhr siebenundvierzig ging ein Notruf bei der integrierten Leitstelle Schwarzwald-Baar ein. Ich habe hier den Anruf.« Tesic spielte eine Audiodatei ab.

»Notruf-Leitzentrale Schwarzwald-Baar.«

In der Leitung starke Regengeräusche und eine dumpfe Männerstimme: »Ich bin am Magdalenenberg Villingen. Sie müssen schnell kommen, hier verblutet ein Mann.«

»Nennen Sie bitte Ihren Namen und die Art der Verletzung.«

»Kommen Sie an den Magdalenenberg. Der Mann hat eine Stichverletzung, er verblutet.« Dann wurde aufgelegt.

»Das Handy, mit dem angerufen wurde, wurde gefunden. Es gehört Sara Lorenz, sie starb aufgrund von Schussverletzungen, aber darauf komme ich noch zurück. Der erste Rettungswagen war um null Uhr dreiundfünfzig vor Ort, die Bereitschaftspolizei mit Frau Ursprung zwei Minuten später – sie wurden von der Leitzentrale alarmiert. Die Lage war unübersichtlich, man stieß auf drei Menschen, die auf der Kuppe des Berges lagen. Ein zweiter Rettungswagen wurde verlangt. Frau Ursprung erkannte Panther und rief mich an, dann wurde noch die KI 4 zur Tatortabsicherung angefordert. Panther hat nur überlebt, weil ihm jemand einen improvisierten Druckverband angelegt hatte – vermutlich war es der anonyme Anrufer. Panther wurde umgehend in die Klinik gebracht. Bei den anderen beiden konnte nur noch der Tod festgestellt werden. Die eine Tote ist Sara Lorenz, die uns auch als Nichneven bekannt ist. Sie ist Priesterin bei der Keltengruppe Alator, die wir mit dem Ritualmord in Verbindung gebracht haben. Die jüngsten Ereignisse erhärten diesen Verdacht. In Lorenz' keltischer Kleidung haben wir folgende Stickerei gefunden.« Tesic drehte den Bildschirm zu Soreck. »Das ist Alators Erkennungszeichen. Es stellt ein modifiziertes Keltenkreuz dar. Dasselbe Erkennungszeichen haben wir in Olaf Borkmanns Kleidung gefunden. Borkmann ist der andere Tote. Aufgrund des Zeichens gehört er zweifelsohne zu Alator.«

»Wissen wir, was sich am Magdalenenberg abgespielt hat?«, fragte Soreck.

»Nein, den Tathergang können wir bisher nicht rekonstruieren«, antwortete Tesic. »Hier hoffen wir auf Panthers Aussage und die Ergebnisse der Spurensicherung.« Tesic drehte den Bildschirm zurück. »Die Lage war also sehr unübersichtlich. Zum Glück erkannte Frau Ursprung Sara Lorenz, die in Schwenningen einen Friseursalon besitzt. Um Hinweise zu sichern, haben wir sofort Lorenz' Wohnung durchsucht. Leider ist uns aber jemand zuvorgekommen und hat wichtige Datenträger beiseitegeschafft. Das Gleiche gilt für Borkmanns Wohnung. Da im selben Zeitraum an unterschiedlichen Orten eingebrochen wurde, gehen wir von zwei weiteren Tätern aus, die auch zu Alator gehören.«

»Warum sind Sie sich da so sicher? Könnten es nicht auch Angehörige einer verfeindeten Gruppe sein, die sich mit Alator einen Kampf lieferten?«

»Zwei Gründe sprechen dagegen. Erstens: Die Einbrüche wurden getätigt, um Hinweise auf weitere Alator-Mitglieder zu beseitigen. Warum sollten das ihre Gegner tun? Zweitens: Ich kann mir nicht vorstellen, dass sich zwei verfeindete Gruppen auf dem Magdalenenberg treffen, um sich gegenseitig abzuschlachten. Dafür gibt es geeignetere Orte. Nicht vergessen dürfen wir Panthers Anwesenheit, das war kein Zufall. Vermutlich sollte er ein Opfer Alators werden. Das alles sind aber Spekulationen. Wie gesagt, am besten warten wir Panthers Aussage und die Auswertung der Spurensicherung ab.«

»Sie haben recht, das wird wohl das Beste sein«, lenkte Soreck ein. »Fahren Sie bitte fort.«

»Wir waren also in Lorenz' Wohnung. Als ich aus dem Fenster blickte, fiel mir eine verdächtige Person im Hinterhof auf, deren Verfolgung wir aufnahmen – leider erfolglos. Ob sie der Einbrecher war, wird noch geprüft. Außerdem ist da noch der Anrufer, der die Sanitäter angefordert hat. Seine Rolle ist unklar. Gehört er zu Alator? Ist er durch Zufall hinzugeraten? Hat er Lorenz und Borkmann getötet? All die Fragen werden wir hoffentlich in nächster Zeit klären können.«

SECHS

Vier Tage später

Panther war aus dem künstlichen Koma geholt worden. Es ging ihm den Umständen gemäß, er war ansprechbar. Heute wollte man Tesic einen Besuch gestatten.

Angespannt saß sie an ihrem Schreibtisch und wartete auf den Anruf der Klinik. Vor ihr lagen die Ergebnisse der bisherigen Ermittlungen.

Haller blieb spurlos verschwunden. Die Suche auf Catarius' Gelände war ergebnislos aufgegeben worden. Auch Hallers Wagen hatte man noch nicht gefunden. Im Linacher Stausee war er auf jeden Fall nicht versenkt worden. Die denkbaren Stellen hatte man überprüft. Nun suchten Taucher und ein Mini-U-Boot den Grund des Sees ab. Tesic hoffte, dass sie nichts fanden, auch wenn sie wusste, dass mit jedem Tag die Chancen, Haller lebend aufzuspüren, sanken – und es waren bereits sechs.

Die Auswertung der Ereignisse auf dem Magdalenenberg war auch eher ernüchternd. Die Ermittlungen in Richtung Olaf Borkmann hatten vorerst nichts Entscheidendes ergeben. Er war ein arbeitsloser Einzelgänger, der oftmals mehrere Tage unterwegs war – wo, wusste man nicht.

Mehr gab es zu Sara Lorenz zu berichten. Die Person, die Ursprung und Tesic von Lorenz' Wohnung aus gesehen hatten, war mit großer Wahrscheinlichkeit der Einbrecher gewesen. Das hatte die Befragung der Hausbewohner ergeben – niemand hatte zur fraglichen Zeit das Haus verlassen. Sie hatten ihn also nur um wenige Minuten verpasst, es war extrem ärgerlich. In der Hausgemeinschaft hatte Lorenz einen schlechten Ruf, ihre ständig wechselnden Männerbesuche waren der Anlass. Die Männer kamen hauptsächlich nachts, ihre Beschreibungen waren vage, man hörte mehr, als dass man sah – keine verwertbaren Angaben also. Auch die Hoffnung, in Lorenz' Wohnung auf

Hinweise zu weiteren Alator-Mitgliedern zu stoßen, hatte sich zerschlagen – selbst die Spurensicherung hatte nichts gefunden.

Ebenso erfolglos war die bisherige Auswertung der Handy-Verbindungsdaten. Wahrscheinlich war, dass Lorenz für den Kontakt zu Alator-Mitgliedern ein Zweitgerät genutzt hatte, wenn überhaupt. Dafür hatte sich eine andere Tür aufgetan: Auf dem sichergestellten Handy hatte man die Internetadresse eines amerikanischen Providers gefunden. In dessen Cloud hatte Lorenz Daten gespeichert. Die IT arbeitete bereits seit zwei Tagen mit Hochdruck an der Entschlüsselung des Passworts. Außerdem war ein Rechtshilfeersuchen an die US-Behörden gestellt worden, nur konnte das bis zu zehn Monate dauern und war deshalb momentan nutzlos. Genauso nutzlos wie eine direkte Anfrage beim Anbieter, da dieser die Daten nur bei Gefahr im Verzug herausgeben musste.

Das Telefon klingelte, es war nicht die Klinik.

»Frey von der KI 4. Ich habe gute Nachrichten. Unsere Spezialisten und die Entschlüsselungs-Software haben ganze Arbeit geleistet, wir haben Zugriff auf die Cloud. Es handelt sich um eine Video-Datei. Ich habe Ihnen einen Link geschickt. Sie können die Datei mit Ihrem Rechner abrufen.«

Tesic atmete hörbar durch. »Das ist großartig. Sie retten mir den Tag.«

»Es kommt noch besser. Durch die Unterstützung des LKA bekommen Sie heute noch alle DNA-Analysen, außerdem den kompletten Bericht der Rechtsmedizin.«

»Endlich bewegt sich etwas. Vielen Dank. Es ist eine Freude, mit Ihnen zusammenzuarbeiten.«

»Dafür sind wir doch da.«

Der kurze Film lief zum dritten Mal, dann schloss Tesic die Datei. Was sie gesehen hatte, gefiel ihr nicht. Wieder klingelte das Telefon, diesmal war es die Klinik. Sie durfte Panther jetzt kurz besuchen.

Tesic speicherte den Film auf ihr Tablet – Panther musste ihn sehen. Bevor sie aufbrach, unterrichtete sie Ursprung und wies sie an, die demnächst eintreffenden Berichte der KI 4 aufzuarbeiten. Mit Panthers Angaben ließen sich dann vermutlich die Geschehnisse am Magdalenenberg rekonstruieren.

Tesic erschrak, als sie Panther sah. Er schien um Jahre gealtert zu sein. Mehrere Geräte überwachten ihn, Schläuche verließen seinen Körper, die Decke war bis zu seinem Kinn hinaufgezogen. Das Gesicht war eingefallen, seine Haut wächsern.

»Mir ist kalt«, flüsterte Panther, er war kaum zu verstehen.

Tesic nahm seine Hand. Sie zitterte leicht.

»Ich habe Durst.«

Auf dem Nachttisch stand ein Schnabelbecher. Tesic reichte ihn ihm. Er umklammerte ihre Hand und führte sie mit dem Becher zu seinem Mund. Panther trank in kleinen Schlucken, Flüssigkeit lief an seinem Mundwinkel hinab. Tesic tupfte sie mit einer Serviette ab.

»Was ist passiert?«, fragte Panther.

»Das weißt du nicht?«

»Ich bin ziemlich benebelt. Mir geht es richtig scheiße.«

»Hast du überhaupt keine Erinnerung?«

»Doch.«

Panther verlangte nach einem weiteren Schluck, dann ließ er sich in das Kopfkissen sinken. »Ich war betrunken. Ich hatte Fieberträume. Ich glaubte, Jens zu sehen. Jemand war an meiner Tür. Hab ich aufgemacht? Ich glaube schon, oder? Ich bin mir nicht sicher.« Panther schloss seine Augen. »Ich bin diesem Jemand auf den Magdalenenberg gefolgt. Es war Nacht, es regnete heftig, es blitzte. Auf der Kuppe wartete er auf mich. Ich ging auf ihn zu, dann ein Schmerz. Ich wurde niedergeschlagen, war aber nicht betäubt. Ich hatte eine Waffe. Plötzlich war Nichneven da. Ich war in Gefahr, ich hab auf sie geschossen.« Panther stockte. »Ist sie tot?«

Tesic nickte. Panthers Puls stieg an, er atmete flach. Tesic wartete. Langsam ging die Pulsanzeige zurück, Panther drückte Tesics Hand. »Danach wurde ich wieder zu Boden geworfen, jemand stach auf mich ein. Ich habe es gehört, dieses Geräusch, als das Messer in mich fuhr: dumpf, ein Schmatzen – es ging so leicht, gleichzeitig die Schmerzen, das viele Blut, die Erkenntnis, sterben zu müssen. Und plötzlich wurde alles ruhig.«

»Hast du jemanden erkannt?«

»Nein, nur Nichnevens Stimme.«

»Wie viele waren es?«

»Sie hatten einen Kreis um mich gebildet, jemand hat mich gehalten – mindestens fünf.«

»Bist du sicher?«

»Ja, es waren fünf oder sechs.«

Ein Arzt erschien. »Sie müssen jetzt gehen.«

»Fünf Minuten noch. Es ist wichtig«, sagte Tesic.

»Es geht schon«, sagte Panther.

»Gut. Fünf Minuten.«

Tesic nahm das Tablet. »Ich zeige dir ein Video, leider ohne Ton. Ich brauche deine Meinung.«

Panther stellte das Kopfteil des Betts ein Stück steiler.

Man sah ein Hotelzimmer, ein Bett. Sara Lorenz lag darauf. Sie trug schwarze Dessous. Ein nackter Mann mittleren Alters mit Stirnglatze legte sich zu ihr. Die beiden hatten Sex. Der Mann lag auf ihr. Lorenz küsste seinen Hals, dann packte sie seinen Kopf und biss zu. Der Mann wehrte sich, Lorenz war kaum abzuschütteln, erst nach heftigem Kampf ließ sie los. Der Mann rollte zur Seite, und Lorenz lachte. Ihre blutverschmierten Lippen formten immer den gleichen Satz. Dann endete die Aufnahme.

»Weißt du, was das zu bedeuten hat?«

»Warum fragst du mich?«

»Nachdem du bei Lorenz warst, hattest du eine Verletzung am Hals.«

Panther drehte leicht seinen Kopf und sah Tesic zum ersten Mal direkt an, dann starrte er geradeaus, sein Atem ging schwer.

»Mark, bitte.«

Der Arzt kehrte zurück. »Jetzt reicht es aber. Herr Panther ist noch nicht über den Berg.«

Tesic stand auf und verstaute ihr Tablet. »Es ist gut, Mark.

Ich wollte dich nicht zu sehr belasten. Ich werde niemandem davon erzählen.«

Panther deutete Tesic an, noch einmal näher zu kommen. »Es ist ein Fluch«, keuchte er. »Nichneven hat mich verflucht.«

***

Am nächsten Nachmittag in Kriminaldirektor Sorecks Büro

Die Kaffeemaschine hatte die vierte Tasse gebraut. Tesic nahm sie dankend von Soreck an. Am Besprechungstisch saßen Ursprung und ihr neuer Mitarbeiter, Kriminalkommissar Viktor Struve. Ein drahtiger, mittelgroßer Typ mit kurzen schwarzen Haaren. Struve kam direkt aus Frankfurt. Heute Morgen hatte er seine neue Stelle angetreten, und der Flurfunk kannte schon sein Hobby: Struve war ein leidenschaftlicher Ausdruckstänzer – so jemand musste doch schwul sein.

Vor Tesic stand ihr Laptop, daneben lag das Tablet. Mit Ursprung zusammen hatte sie alle neuen Informationen verarbeitet, die sie entschieden weitergebracht hatten.

Tesic begann ihre Präsentation: »Wie schon eingangs erwähnt, können wir aufgrund der schnellen Arbeit der KI 4 unter der Mithilfe des LKA und der Aussage Panthers einige Ergebnisse vorweisen. Sie, Herr Struve«, sie wandte sich an den neuen Kollegen, »konnten in der kurzen Zeit nur oberflächlich über die bisherigen Ermittlungen informiert werden. Um aber sinnvoll vorgehen zu können, bitte ich Sie, anfallende Fragen hintenanzustellen – wir klären das dann nach der Besprechung.«

Struve nickte.

»Gut, ich beginne mit dem Tathergang auf dem Magdalenenberg: Sara Lorenz wurde durch zwei Schüsse aus der Waffe von Kriminalhauptkommissar Panther getötet. Die Schüsse wurden von Panther laut seiner Aussage in Notwehr abgegeben. Die in solchen Fällen üblichen Ermittlungen der Internen sind bereits angelaufen. Olaf Borkmann starb durch einen Stich ins

Herz. Unter seinen Fingernägeln fand man fremde DNA. Sie stammt von Alan Catarius. Mit größter Wahrscheinlichkeit ist er daher für Borkmanns Tod verantwortlich. Außerdem hat Catarius Panther einen Druckverband angelegt und den Notarzt verständigt – seine Fingerabdrücke fanden sich auf dem Verband und auf Lorenz' Handy, von dem aus der Anruf erfolgte. Daraus ergibt sich folgendes Szenario: Panther sollte auf dem Magdalenenberg von Alator hingerichtet werden. Catarius verhinderte dies. Er rettete Panther und tötete Borkmann. Gründe hierfür könnten Skrupel sein, weil Catarius Panther kannte, oder ein Streit innerhalb der Gruppe – frühere Aussagen von Lorenz und Catarius weisen auf große Verwerfungen zwischen Catarius und dem Rest der Gruppe hin. Somit waren drei Mitglieder Alators auf dem Magdalenenberg: Lorenz, Catarius und Borkmann. Wir gehen aufgrund von Panthers Aussage von mindestens zwei weiteren aus. Es dürfte sich um die Personen handeln, die Hinweise aus Lorenz' und Borkmanns Wohnungen entfernt haben. Diesen beiden und Catarius gilt jetzt unser Hauptaugenmerk.«

Tesic bewegte die Maus, da sich der Bildschirmschoner eingeschaltet hatte, und orientierte sich an ihren Notizen. »Zu den weiteren forensischen Ergebnissen: Es liegen uns jetzt die DNA-Analysen der drei Ritualmordopfer vor, die wir im Folgenden als die Lindow-Mann-Toten bezeichnen. Ihre DNA wurde an die Vermisstenstelle des BKA weitergeleitet. Spuren ihrer DNA fanden wir auch an den Waffen von Lorenz und Borkmann. Somit können die Ritualmorde eindeutig Alator zugeschrieben werden. Alator ist vermutlich wie eine Sekte organisiert: Elitebewusstsein, absolutes Schweigegebot, Ausstieg unmöglich. Ihre Glaubensbasis fußt auf der keltischen Kultur, die sie sich für ihre Bedürfnisse zurechtgelegt haben, und dient als Rechtfertigung ihres Handelns. Eigentliches Motiv ist Sadismus, der sich in der Brutalität der Morde zeigt. Die Opfer wurden anscheinend von Lorenz ausgesucht. Grundlage dieser Annahme ist das Video, das Sie schon alle gesehen haben. Darauf spricht Lorenz einen Fluch gegen ihren Sexualpartner aus. Wir gehen davon aus, dass der Mann im Video ebenfalls ein Opfer Alators wurde.«

»Ist das Video die einzige Datei in Lorenz' Cloud?«, fragte Soreck.

»Ja«, antwortete Tesic. »Warum Lorenz ausgerechnet diese Aufzeichnung gespeichert hat, darüber können wir nur spekulieren. Ich denke aber, das ist im Moment nicht so wichtig. Viel wichtiger ist es, den Sexualpartner zu identifizieren – wahrscheinlich gehört er zu den Lindow-Mann-Toten.« Tesic warf wieder einen Blick auf ihren Laptop. »Die drei uns bekannten Mitglieder der Gruppe haben ihren Wohnsitz im Umkreis von zwanzig Kilometern. Alle stammten ursprünglich nicht aus der Region: Lorenz ist vor fünf Jahren nach Schwenningen gezogen, Borkmann hat seit fünf Jahren in Villingen gelebt, Catarius seit sechs Jahren bei Linach. Ihr Alter ist unterschiedlich. Womöglich war Catarius der Gründer der Gruppe, und die anderen sind seinetwegen in die Nähe gezogen. Nur passt Catarius nicht in das gezeichnete Bild. Vermutlich hat sich die Ausrichtung der Gruppe geändert, deshalb wohl auch seine Auflehnung gegen die anderen. Wir suchen also Personen, die durch sadistische Handlungen auffällig und vielleicht selbst einmal Opfer ritueller Gewalt wurden. Sie wohnen in Villingen-Schwenningen und Umgebung und sind womöglich vor fünf, sechs Jahren hierhergezogen. Sie könnten in Rollenspielerkreisen oder bei Vereinen, die sich mit keltischer Kultur befassen, bekannt sein. Wahrscheinlich sind sie dort durch extreme Sichtweisen oder Handlungen negativ aufgefallen.«

»Dann haben wir jetzt ein Täterprofil«, stellte Soreck fest.

»Ja, und damit ergibt sich folgende Vorgehensweise: Wir intensivieren unsere Ermittlungen in der Rollenspielerszene und in den Keltenkreisen. Da nun Alator offensichtlich für die Morde verantwortlich ist, können wir mit Fotos von Catarius, Lorenz und Borkmann gezielter nachfragen. Auf der Suche nach weiteren Mitgliedern wird auch Alators Erkennungszeichen hilfreich sein. Gut möglich, dass der eine oder andere das Zeichen kennt. Außerdem werden wir nochmals auf Dr. Reuther zugehen, der vielleicht noch weitere Namen oder Gruppierungen nennen kann. Des Weiteren nutzen wir die sozialen Netzwerke. Wir werden Gruppen gründen, auf die die Gesuchten ansprechen könnten, wir werden Kontakte suchen und pflegen, auch im Darknet. Und zu guter Letzt werden noch immer die Kontaktdaten von Lorenz' Handy überprüft.« Tesic schloss ihren Laptop. »So weit der derzeitige Ermittlungsstand.«

Soreck erhob sich. »Frau Tesic, Frau Ursprung: Sie haben einiges erreicht, gute Arbeit«, sagte er und ließ sich einen weiteren Kaffee heraus. »Damit werde ich an die Presse gehen. Der Erwartungsdruck von allen Seiten ist groß, und es ist wichtig, Erfolge vorweisen zu können. Wir werden nun öffentlich nach Catarius fahnden, aber auch nach Jens Haller. Nachdem sich bisher niemand zu Haller gemeldet hat, sehe ich hier keine andere Möglichkeit. Ich werde dafür sorgen, dass Bilder von Catarius, Haller und Hallers Wagen in Nachrichten und Zeitungen veröffentlicht werden – hierzu wird dann extra eine Leitung geschaltet. Hoffentlich haben wir mit dieser Maßnahme Erfolg. Ansonsten wartet sehr viel Detailarbeit auf Sie. Detailarbeit, die Geduld und hohen Einsatz erfordert – zum Glück gehört Herr Struve jetzt zum Team.«

Struve straffte sich. »Ich weiß, dass ich die Stelle eines vermissten Kollegen eingenommen habe und es für alle schmerzlich ist, dies zu sehen. Natürlich werde ich ihn nicht ersetzen können, aber ich werde mein Bestes geben. Ich hoffe, wir finden ihn bald. Auf eine gute Zusammenarbeit.«

Struve schaute in die Runde und erntete wohlwollende Blicke. »Nun noch zu meinem Hobby, das hier offensichtlich schon die Runde macht und bekannte Assoziationen weckt: Ja, ich betreibe Ausdruckstanz, das ist meine große Leidenschaft. Nein, ich bin nicht schwul, obwohl es viele meiner Freunde sind.«

Ursprung kicherte und wurde ein bisschen rot. Soreck setzte sich wieder. »Ein außergewöhnliches Hobby, aber Hauptsache, Bewegung. Ich trinke nur Kaffee – ist wohl nicht so gesund.«

Tesic lächelte nur. Ihr fiel ein Zitat einer berühmten Künstlerin ein: *Tanzt, tanzt. Sonst sind wir verloren.*

***

Die Ermittlungen zogen sich hin, der Herbst färbte die Blätter, ein in jeder Hinsicht extremer Sommer endete. Tesic saß in ihrem Büro und ordnete Unterlagen. Die Vermisstenstelle des BKA hatte sich gemeldet. Die Lindow-Mann-Toten waren identifiziert.

Zwei davon waren Geschäftsmänner, der eine aus Frankfurt, der andere aus Pforzheim. Der dritte war ein Informatiker aus Dortmund. Letzterer war auch der Mann, der auf dem Video zu sehen war, das Lorenz in der Cloud gespeichert hatte. Sein Tod lag am längsten zurück. Vielleicht hatte Lorenz deshalb den Film aufgehoben: als eine Erinnerung an ihr erstes Opfer, als eine Trophäe ihrer kranken Veranlagung. Der Gedanke war nicht abwegig, neigten doch viele Verbrecher zu bizarren Sentimentalitäten.

Zwischen dem Verschwinden der Männer lagen Jahre, alle stammten aus verschiedenen Bundesländern, und ihr jeweils letzter Aufenthaltstort hatte bei den damaligen Ermittlungen nicht exakt bestimmt werden können. Deshalb wurde auch erst jetzt ein Zusammenhang festgestellt. Gemeinsam war ihnen der Kontakt zu Lorenz. Entweder geschäftlich oder über ein Portal im Internet, das anonyme Seitensprünge vermittelte. Diese Erkenntnis bestätigte Lorenz' zentrale Rolle: Sie hatte die Opfer ausgesucht, sie war eine treibende Kraft gewesen – deshalb hatte auch Panther sterben sollen. Für Lorenz war dies offensichtlich ein Spiel gewesen. Aus einer Laune heraus, ohne nennbaren Grund, suchte sie ihre Opfer aus und verführte und verfluchte sie. Sie war die Schwarze Witwe, die mit ihrem Biss tötete, und Panther war ihr erlegen. Und das, obwohl er sie nie zuvor gesehen hatte und obwohl er im Dienst gewesen war. Es fiel Tesic schwer, dafür Verständnis zu entwickeln.

Panther ging es nicht gut. Nach mehreren Rückschlägen

hatte man ihn Ende September aus der Klinik entlassen und zur Reha an die Ostsee geschickt. Der Ort wurde geheim gehalten, man fürchtete noch immer um seine Sicherheit. Tesic hatte ihn verabschiedet. Sein psychischer Zustand war äußerst labil. Er vergaß die einfachsten Dinge und konnte sich kaum konzentrieren – die Geschehnisse vom Magdalenenberg und die Sorge um Haller ließen ihm keine Ruhe.

Jens Haller blieb spurlos verschwunden, ebenso sein Wagen. Die öffentliche Suche hatte nichts gebracht, die Tauchgänge im Linacher Stausee waren ergebnislos abgebrochen worden. Hallers Spur war kalt.

Inzwischen füllten die Ermittlungen mehrere Ordner. Der Fall lief unter dem Namen »Keltenritual«. Ein Name, der auch in der Öffentlichkeit Einzug gehalten hatte. Über einhundert Personen waren schon befragt und mit dem Täterprofil verglichen worden. Es gab ebenso viele Hinweise aus der Bevölkerung, denen allen nachgegangen werden musste. Die meisten kamen von den Rollenspielern. Hier war die Hilfsbereitschaft besonders groß. In den Foren kursierten die Bilder von Catarius, Lorenz und Borkmann. Die drei wurden mit allen erdenklichen Veranstaltungen in Zusammenhang gebracht, die mit erheblichem Aufwand überprüft wurden.

Ähnliches galt für das Keltenkreuz, Alators Erkennungszeichen. Hierzu gab es unzählige Hinweise, alle leider nicht brauchbar. Das lag an den vielen Varianten des Kreuzes, die Kleider und Haut zierten, aber auch als Anhänger getragen wurden. Die Veröffentlichung war daher eher hinderlich als nützlich.

Auch die Idee, auf Facebook eine Gruppe namens »Gelebte Rituale« zu gründen, war nicht zielführend gewesen. Der Zeitaufwand war immens, das Ergebnis gleich null. Man überließ die Gruppe sich selbst und kontrollierte sie nur noch sporadisch – auch so band die Detailarbeit alle Kräfte, insbesondere die Überprüfung der Verbindungsdaten von Lorenz' Handy, die mit den eintreffenden Hinweisen verglichen wurden. Allmählich trat Routine in den Vordergrund, und mit der Routine kehrten Tesics Ängste zurück.

Die Tür ging auf, und Hallers Nachfolger, Kriminalkommissar Viktor Struve, betrat das Büro. »Guten Morgen«, schmetterte er und machte sich sogleich an die Arbeit, vor ihm lag ein großer Stapel Akten. Struve hatte sich schnell in seiner neuen Heimat eingelebt – Anschluss zu finden fiel ihm nicht schwer. Er hatte schon Kontakte zum »Theater am Turm« geknüpft – ein Villinger Laientheater von hoher Qualität.

Tesic beneidete Struve um sein unkompliziertes Wesen. Ihre persönlichen Kontakte beschränkten sich auf das Fitnessstudio und gelegentliche Abendessen mit Verehrern, die alle bei ihr durchfielen. Offensichtlich entsprach sie komplett dem Klischee eines ungewollten Singles: unerfüllbar hohe Ansprüche gepaart mit der Unfähigkeit, sich auf jemanden einzulassen, weil man nicht enttäuscht werden wollte.

Dazu kam ihr eigenes Trauma: Wilbur Arndt, der spurlos verschwundene Täter der »Fingermann«-Ermittlungen. Ihre Angst, dass er sich wieder, wie damals in Berlin, in ihr Leben einschlich, war unvermindert groß. Noch immer investierte sie viel Zeit, um sich zu vergewissern, dass Arndt nichts mit den Keltenritual-Verbrechen zu tun hatte – gab es doch einige Parallelen zum Berliner Fall. Auch dort hatte sie einen Umbruch im Team erlebt. Damals war ein Kollege ermordet worden und ihr Chef aus dem Dienst ausgeschieden. Heute galt Haller als entführt oder tot, und Panther war arbeitsunfähig. Außerdem fiel ihr in beiden Fällen im Laufe der Ermittlungen eine entscheidende Rolle zu – die Übereinstimmungen waren unverkennbar.

Bestärkt wurde ihr Verdacht durch das Gefühl, beobachtet zu werden. Es übermannte sie aus heiterem Himmel, sei es beim Einkaufen oder auf dem Nachhauseweg, plötzlich spürte sie einen Blick im Nacken, plötzlich meldete sich ihr Instinkt. Dann nahm sie Umwege in Kauf, dann ging sie mal schneller, mal langsamer, dann fotografierte sie ihre Umgebung, dann kontrollierte sie die Bilder. Ein an Lächerlichkeit grenzendes Verhalten und ein immenser Aufwand, nur um herauszufinden, dass da nichts war. Es gab keine Verfolgung, es gab keine Überwachung, so wie es wohl auch keinen zweiten Berliner Fall gab. Ihr Verhalten war paranoid, das wusste sie, und es bereitete ihr Sorge. Sie musste endlich Wilbur Arndt aus ihrem Gedächtnis streichen und sich mit der Realität befassen, sonst würde sie scheitern, in jeder Hinsicht.

***

Am Abend streifte Viktor Struve ziellos durch die Villinger Innenstadt. Eine Unruhe, die er sonst nicht kannte, trieb ihn an. Er hatte schon viele Fehler gemacht, aber das hier war sein größter. Wie hatte er sich nur darauf einlassen können? Als ihm kalt wurde, gab er auf. Die Ablenkung, die er gesucht hatte, fand er nicht. Frustriert ging Struve zurück in seine Dachwohnung in der Färberstraße. Er fuhr den PC hoch und startete das Bankprogramm.

Die Überweisung war pünktlich eingetroffen, Struve leitete sie umgehend weiter. Mehr als die Hälfte seiner Spielschulden war nun abbezahlt, er schien wieder einmal davonzukommen, doch der Preis war hoch: Er hatte Frankfurt verlassen, seine Stelle und seinen engsten Freundeskreis aufgegeben. Alles, um hier neu anzufangen, um der ständigen Versuchung des Spiels zu entgehen. Ein schwerer, ein richtiger Schritt, aber nicht genug. Seine Einkünfte reichten bei Weitem nicht aus, um seine Schulden in dem geforderten Zeitraum zu tilgen, die Geduld seiner Gläubiger war nicht besonders ausgeprägt. Dann kam dieser Anruf, dieses Angebot – extrem gut bezahlt. Nur ein wöchentlicher Bericht über seine Chefin, über Marion Tesic.

Alles über ihre Arbeit natürlich, aber auch Privates, soweit möglich. Kein Risiko eingehen – nur beobachten, nicht nachstellen. Der tägliche Umgang reiche vollkommen, nichts erzwingen. Abschließend noch die seltsame Forderung, auf sie gut aufzupassen: Ihr dürfe nichts geschehen. Die Berichte an die genannte E-Mail-Adresse senden. Die Bezahlung erfolge auf ein Konto seiner Wahl.

Struve mochte Tesic. Es war Verrat der miesesten Sorte.

Nicht nur Dienstgeheimnisse gab er preis, nein, mit jedem Wort, jedem Lächeln, jeder Handlung hinterging er Tesic und auch ein Stück sich selbst. Konnte man tiefer sinken? Außerdem war er jetzt erpressbar – wenn das herauskäme, würde er mehr als seinen Job verlieren.

***

Grau in grau. Tesic stand am Fenster ihres Büros, die Brigach war kaum zu sehen. Sie fröstelte. Feuchtkalter Nebel nahm ihr die Sicht. Der November zeigte sich so ungemütlich, wie er nur konnte. Das Klingeln ihres Telefons riss sie aus ihren Gedanken. »Polizeidirektion Lübeck, Oberkommissar Martens. Sie erinnern sich an mich?«

»Natürlich, Sie haben uns sehr bei den Recherchen über Rudolf Habt, den Survival-Experten, geholfen.«

»Genau, deswegen rufe ich auch an. Habts Frau ist in seinem Nachlass auf Unterlagen gestoßen, die ihr unbekannt waren. Diese könnten für Sie interessant sein, denn sie stellen eine direkte Verbindung zu Villingen-Schwenningen und zu Ihrem Keltengrab her.«

»Inwiefern?«

»Habt hat einen Schatz gesucht, einen Keltenschatz. Und den hat er in Villingen vermutet.«

»Der Magdalenenberg ist erforscht. Dort gibt es keinen Schatz.«

»Vielleicht aber an anderer Stelle. Er hat viele Skizzen erstellt. Ich lasse Ihnen eine Kopie der Unterlagen zukommen, dann können Sie sich selbst ein Bild machen.«

»Gibt es Namen, wollte er in Villingen jemanden treffen?«

»Konkrete Angaben hat er nicht gemacht. Aber er hat sehr viele Forschungsberichte gesammelt. Insbesondere von Dr. Ernst Reuther. Der ist doch Archäologe an einem Ihrer Museen?«

»So ist es. Vielen Dank, Herr Martens.«

Karin Kroll führte Tesic und Struve zu Reuthers Büro im Franziskanermuseum Villingen. Die junge wissenschaftliche Hilfskraft hatte mit Reuther die erste Leiche am Magdalenenberg gefunden. Tesic zeigte ihr ein Bild Habts.

»War dieser Mann schon einmal hier?«, fragte sie.

»Das ist doch dieser Habt, einer der Toten vom Magdalenenberg, oder? Ich kenne sein Bild aus der Zeitung. Er lag unter dem Sarg, den Dr. Reuther und ich fanden. Diesen Tag werde ich nie vergessen – eine halb verweste Leiche ist kein schöner Anblick.«

»Leider müssen wir Sie noch einmal daran erinnern. Wir sind immer noch dabei, die Geschehnisse aufzuarbeiten. Können Sie uns sagen, ob Habt und Reuther sich früher einmal getroffen haben?«

»Nicht, dass ich wüsste. Außer in der Zeitung habe ich Habt noch nie gesehen.«

Tesic überlegte einen Moment, dann bedankte sie sich und verstaute das Foto. Kroll klopfte an Reuthers Bürotür und ließ die beiden eintreten. »Besuch für Sie«, sagte sie und verabschiedete sich.

Das Büro war klein, aber Reuther hatte einen schönen Blick in den Franziskaner-Garten. Wie erwartet, war das Zimmer mit Büchern vollgestopft. »Ah, Frau Tesic«, sagte er. »Was verschafft mir die Ehre?«

»Mein Kollege Herr Struve und ich haben ein paar Fragen zu Rudolf Habt. Frau Kroll sagt, er hätte Sie hier einmal besucht.« Tesic fixierte Reuther, Struve schaute zu seiner Kollegin und dann zu Boden. Er versuchte, seine Verwunderung über Tesics Lüge zu verstecken.

»Das hat sie gesagt?« Reuther klang verunsichert.

»Ja, sie ist sich ganz sicher.«

»Ich habe nicht gewusst, dass sie an diesem Abend gearbeitet hat.«

»Dann stimmt es?«

»Ja«, sagte Reuther zerknirscht.

Ihren Triumph ließ sich Tesic nicht anmerken, nur Struve

hob bewundernd eine Augenbraue. »Und wieso erfahren wir das jetzt erst? Das ist ein wichtiger Sachverhalt, den Sie uns vorenthalten haben.«

»Ich weiß. Aber ich musste abwägen. Es ging mir um meinen Ruf. Weil …« Reuther rang mit sich. »Weil da noch mehr ist.«

»Und das wäre?«

»Ich habe Habt nicht nur gekannt, ich habe ihn auch mit Catarius bekannt gemacht.«

Tesic verzog ihr Gesicht. »Was?«, entfuhr es ihr. »Sie haben Mordopfer und vermutlichen Täter zusammengebracht? Ist Ihnen klar, was das bedeutet? Das stellt die ganzen Ermittlungen auf den Kopf. Sie sind also nicht nur Zeuge, sondern Sie haben etwas mit dem Fall zu tun!«

Betroffen wich Reuther Tesics Blick aus. »Genau die Art von Reaktion habe ich befürchtet und ließ mich schweigen. Wie schon gesagt, es ging mir um meinen Ruf. Schauen Sie: Ich habe den ersten Lindow-Mann-Toten entdeckt und meine Bekanntheit dazu benutzt, das Magdalenenberg-Projekt zu fördern. Das wollte ich nicht gefährden. Wer hätte schon einem Verantwortlichen vertraut, der mit dem Verbrechen in Verbindung gebracht werden konnte? So etwas, sei es auch noch so weit hergeholt, haftet einem immer an.«

»Herr Reuther, hier geht es nicht um persönliche Befindlichkeiten. Was denken Sie sich eigentlich? Hätten wir das früher gewusst, dann hätten wir vielleicht Catarius verhaftet und vieles verhindern können.«

»Wenn ich zu meiner Verteidigung etwas anführen dürfte.«

Tesic nickte widerwillig.

»Rudolf Habt wurde erst identifiziert, nachdem Catarius verschwunden war – zumindest habe ich erst dann davon erfahren. Somit hätte Ihnen diese Information auch nicht weitergeholfen.«

»Welche Informationen für uns wichtig sind, müssen Sie schon uns überlassen. Was ist mit Habts Schatztheorie? Vermutlich ist er damit zu Ihnen gekommen.«

»Davon wissen Sie also auch. Ja, Herr Habt hat mich wegen

seiner irrwitzigen Theorie aufgesucht. Er glaubte zu wissen, wo in unserer Gegend ein Keltenschatz verborgen ist. Aber warum ist das so wichtig für Sie?«

Mühsam unterdrückte Tesic ihre aufsteigende Wut. Konnte man so naiv sein? »Von Polizeiarbeit haben Sie wenig Ahnung, Herr Reuther. Mit diesem Hinweis hätten wir auch in andere Richtungen ermittelt, andere Motive zugrunde gelegt – ein Schatz weckt Begehrlichkeiten, er ruft ganz andere Personengruppen auf den Plan. Jetzt müssen wir vieles überdenken und nachholen. Wertvolle Zeit ging verloren.«

»Ich glaube nicht, dass Sie sich anders aufgestellt hätten. Darf ich es Ihnen erklären?«

»Wenn's sein muss.« Tesics Geduld war am Ende.

Reuther hingegen forderte die Polizisten freundlich auf, sich zu setzen, ganz so, als würde man übers Wetter reden – seine Arglosigkeit machte Tesic fassungslos.

»Es war vor zwei Jahren im Juli. Habt suchte mich in meinem Büro auf. Ein schräger Typ, in jeder Hinsicht. Er war vollkommen ausgehungert, weil er sich seit Tagen nur von Beeren und Würmern ernährt hatte. Ich besorgte ihm Essen und Trinken. Dann kam er auf meine Arbeit zu sprechen und konfrontierte mich mit einer abenteuerlichen These. Einer These, die die Lage der Siedlung beschreibt, die zum Villinger Keltengrab gehört.«

»Was für eine Siedlung?«, fragte Tesic.

»Nun, der einzige Grund, warum dem Villinger Keltengrab nicht die Bedeutung beigemessen wird, die ihm eigentlich zusteht, ist die fehlende Siedlung. Zu jedem Friedhof gehört ein Dorf, eine Stadt. Das war bei den Kelten nicht anders. Und dieses Dorf wurde, trotz großen Aufwands, nie gefunden. Lange dachte man, es sei der Kapf, eine Bergzunge beim Kirnacher Bahnhof, aber die Funde dort –«

»Können Sie bitte beim Wesentlichen bleiben«, unterbrach Tesic.

»Aber das ist doch wesentlich«, entrüstete sich Reuther, lenkte dann aber ein. »Gut, den Kapf kann man weglassen. Also, um es abzukürzen: Habt führte mich zum Magdalenenberg, um mich vor Ort mit seiner Mutmaßung zu konfrontieren. Er zeigte mir, wie er vom Grab achtundsiebzig ausgehend, dem Grab der Fürstin, eine gedachte Linie zur Mitte des Magdalenenbergs zog. Diese Linie zeigte direkt auf die Villinger Altstadt. Seine Schlussfolgerung war, dass die Keltensiedlung innerhalb der Villinger Stadtmauern zu finden sei. Dass demnach in der Altstadt ein Schatz auf seine Entdeckung wartet.«

»Warum ein Schatz?«

»Habt hatte das mehr ideell gemeint, glaube ich zumindest. Denn natürlich könnte man Gold oder Ähnliches finden, aber das müsste an das Land abgegeben werden. Ein Schatz ist die Siedlung aufgrund der historischen Bedeutung und natürlich aufgrund des Ruhmes, der dem Entdecker zufiele.«

»Und weiter?«

»Ich habe Habts These verrissen, ihm gesagt, dass sie lächerlich sei. Wieso gerade das Grab der Fürstin als Fixpunkt, warum nicht eine Stangensetzung oder ein anderes Grab? Wieso überhaupt ein versteckter Hinweis auf die Siedlung, war sie doch damals deutlich sichtbar? Ganz abgesehen von der Winkelabweichung: Je nachdem, wie man sich stellt und den Hügelmittelpunkt anpeilt, ergeben sich viele Möglichkeiten. Habt ließ sich jedoch nicht von seiner Theorie abbringen, er beharrte darauf, ja er war fast besessen davon. Er forderte mich auf, Maßnahmen zu ergreifen, ansonsten würde er selbst tätig werden, was auch immer er damit meinte. Um ihn loszuwerden, habe ich ihn damals an Alan Catarius verwiesen, der kennt sich ja mit wirren Köpfen aus.«

»Und Sie glauben nicht, dass der vermeintliche Schatz Ursache für die Mordserie sein könnte? Habgier ist ein häufiges Mordmotiv.«

»Definitiv nicht. Wie schon gesagt, hätte der Schatz hauptsächlich einen kulturellen Wert, und der wäre unschätzbar, aber reich würde man davon nicht. Wie sollte man auch an den Schatz beziehungsweise die Siedlung gelangen, mitten in der Villinger Altstadt? Straßen sperren, Häuser abreißen? Vergessen Sie es.«

Tesic ließ sich Reuthers Argumentation durch den Kopf gehen – sie leuchtete ihr ein. »Gut, Herr Reuther«, sagte sie. »Wir lassen es dabei bewenden. Zukünftig müssen Sie aber besser mit uns zusammenarbeiten. Ich erwarte, dass Sie uns jede Person nennen, die irgendwie in Bezug mit den Geschehnissen am Magdalenenberg gebracht werden kann, sonst werde ich Sie wegen Behinderung der Ermittlungen anzeigen. Ich hoffe, ich habe mich deutlich genug ausgedrückt.«

»Natürlich. Mir ist auch daran gelegen, dass diese Verbrechen aufgeklärt werden.«

Als die beiden Polizisten zu ihrem Auto gingen, fragte Tesic: »Und, was hältst du von Reuther?«

»Sein Keltenprojekt ist das Wichtigste für ihn, dafür würde er alles tun – auch die Polizei belügen und in ihren Ermittlungen stören. Ansonsten ist er harmlos, würde ich sagen.«

»So sehe ich es auch. Die Schatztheorie können wir also zu den Akten legen. Zwar wissen wir jetzt, was Habt hier zu suchen hatte, aber sonst sind wir keinen Schritt weiter. Die Ermittlungen stagnieren – es ist frustrierend.«

»Es gibt immer solche Phasen. Noch sind wir nicht am Ende.«

»Ja, nur haben wir von Jens Haller noch nicht den Hauch einer Spur gefunden, und die Fahndung nach Catarius ist ebenfalls erfolglos. Außerdem laufen da draußen mindestens noch zwei Verrückte herum, denen ein Menschenleben egal ist. Ihre Gewaltbereitschaft ist extrem, sie kann auf Dauer nicht unterdrückt werden.«

***

Villingen, Innenstadt

Der Raum war schalldicht. Er sperrte alle Geräusche aus. Das Gegeifer seiner Frau, ihr Jammern, ihre Unterwürfigkeit, das ewige Entschuldigen. Er hatte sie geschlagen. Heftig. Heftiger als je zuvor. Aber sie würde es überstehen, so wie sie es immer überstanden hatte, und sie würde nichts sagen, weil die Schande so groß war, weil die Fassade einer guten Ehe, eines rechtschaffenen Lebens aufrechterhalten werden musste.

Der Mann atmete durch die Zähne, seine Fäuste waren geballt. Noch war es nicht vorbei, noch mochte seine Wut nicht abklingen. Vor ihm lag die P2000, Jens Hallers Pistole. Er sollte jetzt aufräumen, endlich aufräumen: mit seiner Frau, mit all den Speichelleckern, mit dieser verweichlichten Gesellschaft. Sie sollten alle untergehen in einem Inferno, einem Inferno, das seiner wahren Größe entsprach, das die Gesellschaft von all dem Schmutz, von allem Minderwertigen befreite.

Mit Nichnevens Tod war jeglicher Sinn verloren gegangen, die Gruppe war zerfallen. Warum nicht jetzt handeln, worauf warten?

Der Mann öffnete seine Faust, strich mit seinem Zeigefinger über die Waffe. Er kannte die Antwort. Eine letzte Aufgabe galt es zu erledigen: Der Fluch war ausgesprochen, Panther musste sterben, so wie es das Ritual forderte. Nur war Panther verschwunden, seine Wohnung verwaist. Nachfragen konnte er nicht, es war zu gefährlich. Die Polizei war überall – jetzt die Deckung zu verlassen konnte das Ende bedeuten. Deshalb hieß es warten. Warten, bis sich eine günstige Gelegenheit ergab.

Der Mann stand auf. Er musste noch Hallers Foto aktualisieren – eine alltägliche Arbeit. Danach würde er nach seiner Frau sehen. Seine Hölle lag oben.

SIEBEN

Januar

Ein schmutziger Wintermorgen. Marion Tesic parkte ihren Wagen vor dem Polizeigebäude in der Waldstraße. Am Parkplatzrand türmten sich die Schneereste, leichter Nieselregen vermengte sich mit Schmelzwasser und Streusalz, das Gemisch verschwand gurgelnd in der Kanalisation. Am Eingang winkte der wachhabende Beamte und drückte auf den Türöffner. Tesic ging die Treppe zu ihrem Büro hinauf und begegnete Silvia Ursprung und einem männlichen Kollegen. Die beiden waren in Eile.

»Auffahrunfall«, rief die Polizeimeisterin im Vorbeigehen – sie war wieder im Streifendienst.

Tesic schaute ihr nach: Ursprung war vielseitig einsetzbar und lernte schnell. Sie war eine gute Polizistin. Die junge Frau erinnerte sie an den Anfang ihrer eigenen Karriere – an Berlin. Einen Moment lang verharrte Tesic, dann wandte sie sich ab.

Vor ihrem Büro montierte der Hausmeister ein längst überfälliges Schild. »Zum Gratulieren ist es wohl etwas spät«, sagte er und packte seinen Werkzeugkoffer. Tesic nickte und begutachtete die Bestätigung ihrer Beförderung, die schon einen Monat zurücklag.

Hauptkommissarin Marion Tesic
Leiterin der Kriminalinspektion 1

stand auf dem Schild. Ein Hauch von Stolz ließ Tesic lächeln, dann betrat sie ihr Büro. Ihr erster Blick fiel wie immer auf Hallers Schreibtisch, an dem jetzt sein Nachfolger Viktor Struve saß. An Haller erinnerten nur noch der Kaktus auf dem Fensterbrett, den Tesic regelmäßig goss, und die unzähligen Aktenordner, die sich mit seinem Verschwinden beschäftigten.

Gegenüber von Struves lag Panthers Arbeitsplatz. Er war zurück – seit Kurzem lief seine Wiedereingliederung. Sie hatte erst begonnen, nachdem er einer Behandlung durch einen Psychologen zugestimmt hatte. Panther war noch immer traumatisiert, aber laut Aussage des Psychologen wieder dienstfähig. Tesic hatte da ihre Zweifel. In Gesprächen verlor er oft den Faden, und wenn er nicht direkt angesprochen wurde, wirkte er abwesend. Außerdem vernachlässigte er sein Äußeres. Er rasierte sich kaum, seine Haare waren zu lang und die Kleidung verschlissen. Sein abgekämpftes Aussehen hätte einem verdeckten Ermittler in der Drogenszene gut zu Gesicht gestanden, nicht aber einem Hauptkommissar der Kripo.

Panthers Platz war noch leer, er fing erst später an. Auf seinem Schreibtisch stand ein Bild einer hübschen Frau mit zerzausten kurzen Haaren – wer sie war, wusste Tesic nicht, Panther gab wenig von sich preis.

Seine Entscheidung, in seine alte Abteilung zurückzukehren, hielt Tesic für falsch. Er war jetzt nur noch Sachbearbeiter und sie seine Chefin. Ob er damit umgehen konnte, bezweifelte sie – eine Zurückstufung sorgte immer für Ärger. Auch würden die Keltenritual-Ermittlungen eine Belastung für ihn sein, das bestritt selbst Panther nicht. Aber genau diese Ermittlungen waren seine einzige Motivation. Solange Jens Hallers Schicksal im Ungewissen blieb, so lange würde er keine Ruhe finden, so Panther. Und er sei doch der ideale Lockvogel. Wenn jemand die Reste Alators aus der Reserve locken könne, dann er.

***

Schwenningen, Hochschule für Polizei Baden-Württemberg

Bis zu tausenddreihundert Studierende fanden an der Hochschule Platz und wurden für den gehobenen Polizeivollzugsdienst ausgebildet. Auch Panther hatte dort studiert. Der Campus war ihm daher vertraut. Die sechs runden, um den

Haupttrakt gruppierten Gebäude hatten ihn schon immer an einen Militärkomplex erinnert – richtig wohlgefühlt hatte er sich hier nie.

Der Polizeipsychologe Dr. Straub saß Panther gegenüber. Straub blickte auf seine Notizen und Panther auf seine Uhr – noch zehn Minuten.

Straub schaute auf. Seine randlose Brille war zu groß und sein grauer Haarkranz zu lang. Panther hätte lieber eine Psychologin gehabt.

»Wenn ich Ihnen helfen soll, sollten Sie ehrlich sein.« Straub legte seine Stirn in Falten, Panther zuckte mit den Schultern.

»Herr Panther, Sie sind nur hier, weil Sie dadurch Ihren Dienst wieder antreten konnten – ich weiß das. Aber wenn Sie sich nicht öffnen, werden die Schuldgefühle Sie irgendwann erdrücken. Sie schaden sich mit Ihrem Verhalten nur selbst.«

Panther suchte Straubs Blick. »Mir ist immer noch nicht klar, was Sie von mir wollen. Ich gestehe meine Schuld doch ein. Nachdem ich Nichneven befragt habe, bin ich nach Hause und habe mich betrunken. Ich war so betrunken, dass ich Jens nicht beistehen konnte. Deshalb liegt er jetzt auf dem Grund des Linacher Stausees oder sonst wo.«

»Sie glauben also, dass Herr Haller tot ist?«

Panther zögerte. »Ich weiß nicht. Alles andere erscheint mir fast noch schlimmer.«

Straub rückte seine Brille zurecht. Das machte er immer, wenn er überlegte. »Ist Ihnen eigentlich schon aufgefallen, dass Sie Frau Lorenz meistens Nichneven nennen?«

»Mal so, mal so. Ist das bedenklich? Gibt es dafür eine psychologische Begründung?«

»Nennen Sie mir eine.«

Panther starrte auf das Bücherregal hinter Straub. Etliche Fachbücher und Abhandlungen, von ihm selbst verfasst, zeugten von seiner Kompetenz. Ihm etwas vorzumachen war schwierig, aber was blieb Panther anderes übrig? Hätte er den Grund genannt, dann hätte er den ganzen Umfang seines Versagens aufdecken müssen, und das wollte er nicht: Nichneven beherrschte sein Denken, sie verfolgte ihn in seinen Träumen. Sie war nie Sara Lorenz, sie war immer Nichneven. Sie war die nackte Priesterin, sie war fester Bestandteil seiner sexuellen Phantasien. Sie peinigte und erregte ihn. Sie verlachte und erniedrigte ihn, und dennoch verzehrte er sich nach ihr. Er verzehrte sich nach der Frau, die ihn gebissen, ihn verflucht hatte. Ihr Gift floss in seinen Adern, sein Leben war eine Qual – der Fluch wirkte.

Panther räusperte sich: »Ich bin damals beinahe gestorben und habe Frau Lorenz erschossen. Ich bin schuld am Verschwinden meines besten Freundes und all dem, was danach kam. Das Ganze ist gerade mal ein paar Monate her und belastet mich sehr. Da kann man schon einmal durcheinanderkommen. Außerdem wird Frau Lorenz in den Akten und Gesprächen oft Nichneven genannt – so einfach ist das.«

Wieder rückte Straub seine Brille zurecht. Offensichtlich stellte ihn die Antwort nicht zufrieden. »Und warum haben Sie sich damals betrunken?«

»Es war Feierabend. Ich war allein. Ich spülte die Trostlosigkeit weg.«

»Haben Sie ein Alkoholproblem?«

»Ich habe alles im Griff.«

»Also kein Alkoholproblem?«

»Nein.«

»Dann war auch damals der Alkohol nicht das Problem?«

»Doch, schon. Aber nur in diesem speziellen Fall, nicht im Allgemeinen.«

»Sie hatten also Feierabend, und Sie hatten zu viel getrunken. Das machen andere auch, das ist nicht ungewöhnlich. Sie mussten ja auch nicht erreichbar sein, sie waren ja nicht mehr im Dienst. Worin liegt denn jetzt eigentlich Ihre Schuld?«

»Meine Schuld …« Panther atmete tief durch, ein Gedankenkarussell, unzählige Male schon durchlebt, begann sich zu drehen: weil ich im Dienst eine Verdächtige gebumst habe, weil mir klar war, dass sie etwas mit den Morden zu tun hatte, weil ich sie einfach hätte massiver unter Druck setzen sollen, weil ich ein Scheißbulle bin, weil ich meinen besten Freund verraten habe. Abermals räusperte er sich. »Meine Schuld ist, dass ich nicht da war, als Jens mich am nötigsten gebraucht hätte.«

Dr. Straub entging Panthers Anspannung nicht. Er lenkte ein. »Es ist nicht wichtig, wem Sie sich anvertrauen, Herr Panther, wichtig ist nur, dass Sie sich jemandem anvertrauen.«

Panther nickte. »Ich glaube, die Zeit ist um.«

***

Villingen, Innenstadt

Er zermalmte das Fleisch. Seine Kaumuskeln traten hervor, sein Unterkiefer arbeitete unaufhörlich. Das Fleisch aß er immer als Erstes, trennte es von den Beilagen, zerschnitt es in exakt gleich große Stücke. Er saß immer aufrecht, vollkommen starr, außer Mund und Händen bewegte sich nichts. Vor den Beilagen das Bier – ein halbes Glas. Danach die Beilagen, dann den Rest Bier. Dazwischen und zum Ende die Serviette, weiß, dreimal gefaltet. Übrig blieb nie etwas, ob es ihm schmeckte, war nicht zu beurteilen. Er aß ohne Genuss, das Essen war reine Nahrungsaufnahme. Ihr Teller blieb meist unberührt, die Anspannung nahm ihr jeglichen Appetit. Er war unberechenbar. Zuweilen schlug er mit der Faust auf den Tisch und drohte ihr Gewalt an. Die Gründe waren beliebig: das Essen zu kalt oder zu heiß, das Fleisch zu zäh oder versalzen. Diesmal sagte er nichts. Er lehnte sich nur in seinem Stuhl zurück und fixierte die Wand mit dem Kupferstich von Villingen.

»Gehst du wieder in den Keller?« Ihre Stimme klang hohl, sie schien einen Widerhall in dem großen Esszimmer zu finden. Umgehend versteifte sich seine Haltung. Erschrocken über ihre eigenen Worte hielt sie sich die Hand vor ihren Mund. Was war mit ihr los? Wie konnte sie ihn derart provozieren?

»Ist jetzt Fragestunde?« Er blieb überraschend ruhig, sie wagte sich weiter vor.

»Nein, entschuldige. Es ist nur – du bist so oft im Keller. Und ich bräuchte dich öfters in der Apotheke, gerade jetzt, wo Frau Lippert im Mutterschutz ist.«

In seinem Gesicht arbeitete es. Er schien das Gehörte nicht recht zu verstehen. »Du bräuchtest mich öfters in der Apotheke?« Er schob den Teller von sich, seine Stimme drohte zu kippen. »Hast du sie eigentlich noch alle?«

Ihr Körper verlor jede Spannung, sie fiel regelrecht in sich zusammen. »Ich hab das anders gemeint, entschuldige. Ich drücke mich immer so blöd aus. Ich wollte nur sagen, dass die Kunden oft nach dir fragen, nach dem Herrn Doktor.«

»Der Herr Doktor tanzt aber nicht nach der Pfeife seiner Kunden und schon gar nicht nach der seiner Frau. Klar?«

»Ja.«

»War jemand unzufrieden? Gab es Beschwerden?«

»Nein, natürlich nicht. Ich komme nur kaum mit der Arbeit hinterher. Das lange Stehen – meine Hüfte – die Schmerzen – ich schaff das kaum.«

»Du arbeitest in einer Apotheke, schon vergessen? Das ist ein Schmerzmittel-Paradies. Nimm, was du brauchst, oder bist du selbst dafür zu dumm?«

»Ich will nur nicht …«

»Was?«

»Ach, nichts. Es ist alles in Ordnung.«

»Darf ich dann jetzt gehen?« Er stand auf und blickte auf sie herunter. »So dumm«, sagte er und verließ die Küche. Die typischen Geräusche zeichneten seinen Weg – er ging in den Keller.

Vor sich hin starrend blieb sie sitzen – sehr lange. Ihre Gedanken kreisten um eine Frage: Was tat er da unten? Warum zog er sich immer öfter dorthin zurück? Was hatte er dort zu schaffen? Was versteckte er da?

Vorsichtig stand sie auf, der wohlbekannte Schmerz ließ sie zusammenzucken. Der Abstieg in den Keller war beschwerlich. Die Treppen steil und ausgetreten, das Knarren kaum zu vermeiden. Was wollte sie eigentlich? Die zweite Tür war immer verschlossen, und wenn nicht, dann hätte sie es nie gewagt, den

Keller zu betreten – oder doch? Stumm stand sie im Dunkeln, sie traute sich nicht, Licht zu machen. Sie glaubte, Geräusche zu hören, eine Unterhaltung? Langsam streckte sie ihre Hand aus, die Türklinke war kühl, sie ging schwer. Mit beiden Händen drückte sie sie nach unten, die Klinke gab nach, sie hielt den Atem an. Vorsichtig lehnte sie sich gegen die Tür. Es gab ein schmatzendes Geräusch, sie spürte einen Luftzug – dann flog die Tür auf, er stand vor ihr.

»Was tust du hier?«

»Ich –«

Weiter kam sie nicht.

ACHT

Zwei Tage später

»Brigach und Breg bringen die Donau zuweg.« Wieder dieser Spruch – ein Automatismus, den Panther nicht verhindern konnte. Die Brigach hatte viel Wasser, abgerissene Zweige und Äste schwammen darin, am Uferrand hatte sich eine Plastiktüte verfangen.

Panther wandte sich vom Fenster seines Büros ab. Tesic und Struve waren in ihre Arbeit vertieft. Es war seine ehemalige Abteilung, alle waren so rücksichtsvoll und freundlich – es kotzte ihn an.

In der Ecke die große Schautafel mit den Ermittlungsergebnissen, mit den Bildern der Opfer und Verdächtigen, mit den Verbindungslinien und Hinweisen. Panther stellte sich davor auf, wie schon unzählige sinnlose Male zuvor. Die anderen sagten nichts, sie dachten sich sicherlich ihren Teil.

Oben waren die Opfer der Keltengruppe Alator angeordnet: letzte aktuelle Fotos, darunter die ungefähre Todeszeit, die Todesart und der Tatort. Vier Namen, vier Gesichter.

Unterhalb Alators: drei Bilder. Nichneven, Borkmann und Catarius. Zwei mit Kreuzen versehen, die ihren Tod kennzeichneten. Bei Catarius' Bild ein Fragezeichen – nach ihm wurde immer noch gefahndet.

Neben den Bildern drei leere Felder, die auch Alator zugeordnet wurden. Zwei galten den Gesuchten vom Magdalenenberg, das dritte war der Aussage Roland Stecks alias Asgeir Rolund, dem Anführer der Hallstätter, geschuldet. Steck bezifferte Alators Mitgliederzahl auf sechs. Seine Beschreibungen bezogen sich auf ein Rollenspielertreffen. Sie waren diffus und konnten auf jeden passen. Er begründete dies mit den Umständen des Treffens: Es war Nacht, alle Rollenspieler waren verkleidet gewesen.

Stecks Angaben wurden mit Vorbehalt betrachtet, denn er gefiel sich in seiner Rolle als gefragter Informant. Er wusste immer wieder von Gerüchten um Alator zu berichten, die sich im Nachhinein als haltlos herausstellten. Seine Motivation lag wohl darin, Marion Tesic zu sehen, die die einzige Beamtin war, mit der er sprach. Aus dem Kreis der Verdächtigen war er ausgeschieden, weil er für die Nacht, in der Nichneven und Borkmann umkamen, ein Alibi hatte. Er und seine Gruppe blieben dennoch unter Beobachtung, zu nah standen sie Alator in ihren Ansichten.

Panther wandte sich wieder dem Bild Catarius' zu. Ihn zu finden hatte oberste Priorität, nach ihm wurde international gefahndet. Eine durchgezogene Linie führte von Catarius zu Jens Hallers Bild, das ihn in Polizeiuniform zeigte. »Vermisst« stand darunter, daneben das Datum. Was ist mit dir?, fragte sich Panther. Lebst du noch? Wirst du irgendwo versteckt? Oder hast du schon alles hinter dir gelassen?

»Mark.« Tesics Stimme riss ihn aus seinen Gedanken. Sie stand neben ihm. »Die Kollegen haben einen Fall von häuslicher Gewalt an uns weitergeleitet. Er könnte für uns interessant sein.«

»Warum?«

»Die Frau, die ihren Ehemann angezeigt hat, sprach unter anderem von einem Keller, von seltsamen Geräuschen und dass ihr Mann dort etwas verstecken würde – etwas, mit dem er sich unterhielt. Die Kollegen halten zwar eine Entführung für weit hergeholt, aber alle Abteilungen sind angewiesen, uns zu unterrichten, wenn sie einen Verdacht in diese Richtung haben.«

»Klingt doch vielversprechend«, entfuhr es Panther etwas zu optimistisch. Nur mühsam unterdrückte er seine Aufregung. Endlich eine Spur, dachte er, und sei sie noch so abwegig. »Wo wohnt die Frau?«

»In der Villinger Altstadt. Es ist Anja Fehrenbach, von der Fehrenbach-Apotheke.«

»Die Fehrenbach? Und ihr Mann landet in unserem Raster? Das ist doch eine alteingesessene Familie, er ist ein angesehener Bürger. Das wäre ein Skandal.«

»Ja, umso diskreter sollten wir vorgehen.«

»Hast du Fehrenbach mit den Verbindungsdaten auf Lorenz' Handy abgeglichen?«

Verärgert hob Tesic ihre Stimme. »Natürlich, auch ich kann denken.«

Panther entschuldigte sich – wenn er so weitermachte, würde sich selbst Tesic von ihm abwenden.

Mit einem mahnenden Blick nahm sie seine Entschuldigung entgegen. »Die Überprüfung war negativ. Außer dem Video hat uns Lorenz' Handy nichts eingebracht.«

Panther sagte nichts. Er wollte nicht an die Aufnahme erinnert werden.

Tesic fuhr fort: »Leider hat Anja Fehrenbach heute Morgen die Anzeige zurückgezogen, ohne Gründe zu nennen.«

»Und was können wir dann machen?«

»Ich habe ihr erklärt, dass wir, um die Anzeige ordnungsgemäß abschließen zu können, noch ein paar Angaben und eine Unterschrift bräuchten. Hierzu müssten wir sie, natürlich mit der nötigen Diskretion, zu Hause besuchen.«

»Und dem hat sie zugestimmt?«

»Frau Fehrenbach wirkte auf mich enorm unsicher, und diese Unsicherheit habe ich ausgenutzt. Sie wird mit uns reden, und zwar jetzt gleich. Ihr Mann kommt vor zwölf nicht zurück, er ist in der Apotheke.«

Panther konnte sich kaum bremsen. Bleib sachlich, mahnte er sich. Diesmal wollte er alles richtig machen. »Ich brauche fünf Minuten, wir treffen uns unten«, sagte er zu Tesic und stürmte aus dem Büro. Die schaute ihm skeptisch nach – Panthers Verhalten gefiel ihr nicht.

***

Es war ein Fehler. Wie konnte sie sich von der Polizistin nur überreden lassen? Sie hatte die Anzeige zurückgezogen, das musste doch genügen. Tanno hatte sich entschuldigt, er hatte ihr versichert, dass es ihm leidtue. Er wolle sie nicht schlagen, hatte er gesagt, aber manchmal bleibe ihm nichts anderes übrig. Sie würde immer so dumme Fragen stellen, und sie würde nicht auf ihn hören. Wie oft habe er sie ermahnt, nicht in seinen Keller zu gehen. Das sei sein Bereich, dort habe sie nichts zu suchen. Er brauche seinen Rückzugsort, weil sie es ihm so schwer mache. Ihre Unbeholfenheit, ihre naive Fragerei würden ihn aufs Äußerste reizen. Wo solle er denn sonst die Ruhe und Kraft für ihre Ehe, für die Arbeit hernehmen? Er tue das doch alles für sie, damit es ihr gut gehe.

Tanno hatte recht, er war kein schlechter Mann, die Schuld lag allein bei ihr. Wenn sie sich mehr mühte, wenn sie alles richtig machte, dann fiel sie ihm nicht zur Last. Dann könnte es wieder so wie früher sein. So wie damals, als sie sich kennengelernt hatten. Damals, als der stattliche Mann mit guten Manieren ihr den Heiratsantrag gemacht hatte.

Es klingelte an der Haustür. Anja Fehrenbach rührte sich nicht. Sie blieb am Küchentisch sitzen. Nur kein Geräusch, die Polizisten würden sicher gleich wieder gehen.

Sekunden verstrichen – die Küchenuhr tickte unangenehm laut. Hoffentlich fielen die Beamten dem alten Sigwardt, ihrem Nachbarn, nicht auf. Der hatte seine Augen überall, und der redete immer so viel. Was, wenn er etwas zu Tanno sagte, was, wenn ihr Mann von der Anzeige erführe? Anja Fehrenbach schauderte. Dieser Vertrauensbruch würde alles in den Schatten stellen. Wenn Tanno einmal die Beherrschung verlor, war er zu allem fähig.

Es klingelte erneut, Anja Fehrenbach atmete tief ein – ein stechender Schmerz ließ sie zusammenzucken. Ihre Rippen waren geprellt oder gebrochen – eine Folge von Tannos letztem Wutausbruch. Er schlug sie nie ins Gesicht, immer nur auf den Körper, in den Bauch. Auf dem Boden liegend, hatte er sie mit Füßen traktiert, sie hatte um ihr Leben gefürchtet. Erst als sein Handy ging, hatte er von ihr abgelassen. Sie war liegen geblieben, bis er das Haus verlassen hatte, dann war sie zur Polizei gegangen. Schon am Abend hatte sie ihren Beschluss bereut – Tanno war plötzlich so umgänglich gewesen. Er hatte ihr etwas gegen die Schmerzen gegeben und sie ins Bett gebracht, er hatte sie sogar berührt.

Jetzt hämmerten die Polizisten gegen die Haustür, sie riefen ihren Namen. Anja Fehrenbach faltete ihre Hände – wenn die Eindringlinge doch endlich gingen! Wieder klingelte es, gefolgt vom Hämmern. Eine weibliche Stimme rief, man sorge sich, eine männliche drohte, die Tür aufzubrechen.

Nur das nicht, dachte Anja Fehrenbach und stand ächzend auf. Vom Hämmern und Rufen angetrieben, quälte sie sich zur Tür. Sie öffnete einer attraktiven Frau um die dreißig und einem kaum älteren, ungepflegt wirkenden Mann. Sie bat die beiden sofort herein – beim alten Sigwardt auf der anderen Straßenseite bewegte sich der Vorhang. Die Polizisten zeigten ihre Ausweise und stellten sich als Hauptkommissare Tesic und Panther vor.

Der Hauptkommissar drängte ungeduldig herein, seine Augen glitten über den Dielenboden und die Möbel im Eingangsbereich, über die Treppe, die nach oben führte, und die Tür, die den Zugang zum Keller verschloss. Seine Schuhe hatte er sich nur unzureichend abgewischt. Anja Fehrenbach machte sich Sorgen um ihren Boden, fast hätte sie ihn gebeten, die Schuhe auszuziehen, doch durfte man das bei einem Polizisten? In der Küche bot sie Kaffee an, die beiden lehnten ab. Der Hauptkommissar setzte sich ungefragt auf Tannos Stuhl, was Anja Fehrenbach zusätzlich beunruhigte.

»Sie humpeln«, stellte er ohne Umschweife fest. »Hatten Sie einen Unfall?«

Anja Fehrenbach gefiel sein Ton nicht, wohl auch nicht der Hauptkommissarin, die ihrem Kollegen einen vorwurfsvollen Blick zuwarf.

»Nein, ich habe ein Hüftleiden. Derzeit sind die Schmerzen besonders stark, deshalb arbeite ich heute auch nicht.«

Die Hauptkommissarin schaute besorgt. »Haben Sie das schon lange?«

»Ja, eine Operation wäre wohl das Beste, aber dazu fehlt mir leider die Zeit. Mein Mann braucht mich hier und im Geschäft.«

»Wie ist Ihr Verhältnis zu Ihrem Mann?«

»Er ist ein guter Mann.«

»Deshalb auch die Anzeige«, mischte der Hauptkommissar sich ein.

Anja Fehrenbachs Miene verhärtete sich. »Die Anzeige war ein Versehen.«

»Ein Versehen?« Der Hauptkommissar beugte sich vor.

»Ich habe überreagiert. Ich bin sehr empfindlich. Ab und zu wird mein Mann laut, wenn es ums Geschäft geht. Ich mache immer so viele Fehler, kein Wunder, dass er wütend wird.«

»Und dann schlägt er sie?«

»Nein, niemals. Er schimpft und haut mal auf den Tisch – wie Männer halt so sind.« Anja Fehrenbach starrte ins Leere.

»Sie sind zu einer Polizeidienststelle gegangen und haben Anzeige wegen häuslicher Gewalt erstattet. Das ist eine schwere Anschuldigung, die macht man nicht aus einer Laune heraus.«

»Wie ich schon sagte, ich habe überreagiert. Da vergesse ich alles – so bin ich eben. Aber jetzt habe ich die Anzeige zurückgezogen.« Trotzig schaute sie auf. »Das ist mein gutes Recht. Und ich glaube auch nicht, dass ich Ihnen Rede und Antwort stehen muss.«

Der Hauptkommissar ignorierte ihren Einwand. Unbeirrt fuhr er fort: »Bei Ihrer Anzeige haben Sie einen Keller und seltsame Geräusche erwähnt. Sie vermuteten, dass Ihr Mann etwas versteckt hätte.«

Warum gehen die nicht?, dachte Anja Fehrenbach, ich werde sie einfach auffordern zu gehen.

Anja Fehrenbach straffte sich, doch der Hauptkommissar setzte eine Spur lauter nach: »Was versteckt Ihr Mann?«

Seine Aggressivität schüchterte sie ein. »Das war ein Missverständnis«, log sie. »Mein Mann hatte eine Katze im Keller. Sie war ihm zugelaufen. Er hatte sie unten versorgt, weil ich gegen Katzen allergisch bin.«

»Eine Katze!«, höhnte der Hauptkommissar – sie war eine schlechte Lügnerin. »Hören Sie«, sagte er und kam ihr sehr nahe. Sie wich ängstlich zurück.

Seine Kollegin ging dazwischen. »Mark, es reicht jetzt. Frau Fehrenbach will nur ihre Ruhe haben, nicht wahr?«

»Ja, ich wollte das alles nicht. Es tut mir leid.«

»Es tut ihr leid!« Der Hauptkommissar schlug auf den Tisch, Wut zeichnete sein Gesicht. Anja Fehrenbach duckte sich, ein Zittern durchlief ihren Körper. Der Hauptkommissar setzte zu einer weiteren Bemerkung an, doch dann winkte er ab. »Hat ja ohnehin keinen Wert«, sagte er.

Anja Fehrenbach spürte die Hand der Kommissarin auf ihrem Rücken. »Frau Fehrenbach, es ist gut, wir gehen gleich. Es gibt nur noch einige Formalien zu klären.«

Anja Fehrenbach nickte, während der Hauptkommissar nach einem WC fragte.

»Im Gang die letzte Tür rechts«, antwortete sie mechanisch.

Die Hauptkommissarin warf ihrem Kollegen einen mahnenden Blick zu, als er die Tür schloss. Anja Fehrenbach war froh darüber, mit der Polizistin allein zu sein. Diese stellte Fragen, die sie eigentlich schon beantwortet hatte, und ließ sie noch eine Erklärung unterzeichnen, die die Rücknahme der Anzeige bestätigte. Dann kam die Polizistin wieder auf ihr Hüftleiden zu sprechen. Anja Fehrenbach fühlte sich hingehalten, der Hauptkommissar brauchte lange. Gerade als sie im Begriff war, nach ihm zu sehen, betrat er die Küche.

»Habt ihr alles?«, fragte er. Seine Kollegin bejahte. Bevor die beiden gingen, gab die Hauptkommissarin ihr noch ihre Visitenkarte mit der Beteuerung, dass sie sie jederzeit anrufen könne. Als die Haustür ins Schloss fiel, kehrte Ruhe ein. Anja Fehrenbach atmete tief durch.

***

»Mir gefällt dein Verhalten nicht«, sagte Tesic. Die beiden saßen im Dienstwagen, der Motor lief noch nicht.

»Die Frau lügt«, entgegnete Panther.

»Die Frau ist verängstigt, weil ihr Mann sie misshandelt.

Dann kommst du und schüchterst sie ein. Glaubst du, auf die Art etwas zu erfahren?«

»Nur mit Händchenhalten kommt man nicht weiter.«

»Viel erreicht hast du mit deiner Methode aber nicht.«

Panther schwieg.

»Mark, du musst auf dich achtgeben, du befindest dich nicht auf einem Rachefeldzug. Du kannst nicht jeden verdächtigen, und Frau Fehrenbach ist nicht einmal verdächtig, sie ist im besten Fall eine Zeugin.«

»Sie hat es jahrelang mit ihrem Mann ausgehalten, da wird sie ein energisches Auftreten auch nicht aus der Bahn werfen.«

»Anja Fehrenbach befindet sich in einer Notsituation, sie hat jedes Vertrauen verloren. Ein bisschen Rücksicht wäre da durchaus angebracht.«

»Was willst du? Soll ich mich bei ihr entschuldigen? Soll ich ihr einen Tee kochen?«

»Auf deinen Zynismus kann ich verzichten.«

»Drehen wir den Spieß doch einfach um. Wer sagt denn überhaupt, dass ihre Anschuldigungen stimmen? Vielleicht will sie sich nur wichtigmachen. Haben wir einen Beweis, dass ihr Mann sie schlägt? Für dich scheint das ja klar zu sein.«

»Du hast doch gesehen, wie eingeschüchtert sie ist.«

Panther setzte zu einer heftigen Erwiderung an. Unsinnigerweise fiel ihm gerade in diesem Moment wieder einmal auf, wie gut Tesic aussah. Seine Wut verflog. »Ja, habe ich«, sagte er und schaute aus dem Fenster.

Eine Zeit lang schwiegen beide. Panther checkte seine E-Mails.

Tesic aß einen Apfel. Den Apfelrest warf sie in einen Mülleimer. Nachdem sie wieder im Auto saß, nahm sie das Gespräch erneut auf. »Du hast dich bei Fehrenbachs umgesehen?«

»Natürlich.«

»Und?«

»Ich war im Keller: Regale, Kisten, Fahrräder – alles normal, bis auf eine Stahltür, die sich an dessen Ende befindet. Massiv und verschlossen. Auf Klopfen hat niemand reagiert, dennoch muss ich herausfinden, was sich dahinter verbirgt.«

»Dazu bräuchte es einen Durchsuchungsbeschluss.«

»Den wir wohl nicht bekommen.«

»Bei der Faktenlage auf keinen Fall. Frau Fehrenbach ist von ihrer Aussage, ihr Mann verberge etwas, abgerückt. Und selbst wenn nicht, hätten wir wenig in der Hand.«

»Wir können es aber auch nicht auf sich beruhen lassen. Hinter dieser Tür wird etwas versteckt, und ich muss wissen, was.«

»Mal ehrlich, Mark. Glaubst du tatsächlich, Jens dort unten zu finden, mitten in der Villinger Altstadt?«

»Seit Natascha Kampusch halte ich alles für möglich.«

Tesic nickte. »Dann sollten wir den Apotheker mal genauer unter die Lupe nehmen. Vielleicht weiß der Polizeicomputer etwas. Wir können auch das Umfeld von Sara Lorenz und Olaf Borkmann nach Fehrenbach befragen. Wenn es eine Verbindung gibt, sind wir einen großen Schritt weiter.«

»Wir können auch direkt zu Fehrenbach gehen. Seine Apotheke ist nicht weit.«

»Hältst du das für eine gute Idee?«

»Ja«, sagte Panther und stieg aus.

***

Schüler strömten lärmend aus der St.-Ursula-Schule, einem von vielen ehemaligen Klöstern, die die Geschichte der Stadt geprägt hatten. Gegenüber kündigte ein Klingeln den Eintritt der beiden Polizisten in die Apotheke an. Der großzügige Verkaufsraum war voll, es war Erkältungszeit. Zwei Frauen und ein Mann standen hinter der u-förmigen Theke. Panther und Tesic reihten sich in der Schlange zu Tanno Fehrenbach ein. Beide nutzten die Zeit, Fehrenbach zu beobachten. Er überragte die meisten Kunden, Panther schätzte ihn auf knapp zwei Meter. Sein grauschwarzes Haar war nach hinten gekämmt und betonte die hohe Stirn und die Geheimratsecken.

Fehrenbach lächelte oft, er war äußerst zuvorkommend. Als die Polizisten an der Reihe waren, schien sein Lächeln kurz zu gefrieren.

»Was kann ich für Sie tun?«

»Ich habe ein Rezept.« Panther legte das rote Papier auf die Theke. Verordnet war es von Dr. Straub, dem Polizeipsychologen. Ein starkes Schlafmittel, das Panther nur in Ausnahmefällen nehmen sollte. Den Rat befolgte er nicht, er schluckte es regelmäßig – ohne konnte er nicht schlafen. Sein Bedarf war immens, deshalb hatte er zwei Quellen: den Psychologen und seinen Hausarzt.

»Einen Moment.« Fehrenbach ging zielstrebig zu einem Rollregal und entnahm das Benötigte. »Sonst noch etwas?« Die Tablettenschachtel schob er Panther zu, während er das Rezept verbuchte.

»Wir sind von der Polizei und hätten ein paar Fragen.«

Fehrenbach überging die Bemerkung. Er verlangte nach der Rezeptgebühr und schaute an den beiden vorbei. Die hinter ihnen Stehenden zeigten Neugier – sie hatten das Wort »Polizei« gehört.

»Muss das jetzt sein?«, fragte er in gedämpftem Ton. »Sie sehen doch, was hier los ist.«

»Es ist wichtig, und wir wollten Sie nicht extra aufs Präsidium bestellen. Ihre Zeit ist bestimmt kostbar.«

»Tina«, Fehrenbach wandte sich einer jungen Frau zu, die Regale auffüllte, »können Sie mich kurz vertreten?«

Die Angesprochene zuckte zusammen. »Sehr gerne, Herr Fehrenbach.«

Fehrenbach schloss die Tür zu seinem Büro, das sich hinter dem Lager befand. »Ihr Auftreten gefällt mir nicht – hier bleibt nichts verborgen. Die Polizei in meinem Geschäft, bald weiß die halbe Stadt Bescheid. Sie hätten mich auch zu Hause aufsuchen können.« Der Stuhl knarrte, als Fehrenbach sich hinter seinen Schreibtisch setzte. Den Polizisten bot er keinen Platz an. »Was wollen Sie?«

Tesic und Panther zeigten ihre Ausweise. Panther zog einen Umschlag aus seiner Jacke und legte ein Foto Nichnevens auf den Tisch. »Kennen Sie diese Person?«

Fehrenbach betrachtete die Aufnahme nur kurz. »Aber natürlich. Jeder, der in der Gegend wohnt, kennt sie. Ihr Bild war in allen Zeitungen, selbst der ›Spiegel‹ hat berichtet.«

»Kannten Sie Frau Lorenz auch persönlich?«

»Nein.«

»Sicher nicht? Frau Lorenz war sehr aktiv, wenn Sie wissen, was ich meine.«

»Ich weiß nicht, was Sie meinen, und ich habe Frau Lorenz auch nie getroffen. Aber ich war schon als Kunde in ihrem Friseursalon.«

»Wieso gehen Sie nach Schwenningen, wo es in Villingen doch genug gibt?«

»Das fragen Sie jetzt aber nicht im Ernst.«

»Doch.«

»Weil es ein guter Salon ist.«

»Hat sie Sie selbst bedient?«

»Nein. Wie oft muss ich Ihnen noch sagen, dass ich Frau Lorenz nicht persönlich kannte?«

Panther nickte und zeigte Olaf Borkmann. »Und was ist mit diesem Herrn?«

»Auch sein Bild ist mir bekannt. Er kam, wie Sara Lorenz, während dieser undurchsichtigen Geschichte am Magdalenenberg ums Leben – stand alles in der Zeitung. Und nein, ich kannte ihn nicht persönlich.«

»Borkmann war drogenabhängig. Ein Apotheker hat Zugang zu Drogen. Hat er Sie niemals belästigt?«

»Mit Junkies haben wir tatsächlich ab und zu Probleme. Sie betteln um Medikamente, die wir ihnen natürlich nicht geben können. Einmal hatten wir sogar einen Einbruch. Die Täter wurden gefasst. Im Grunde sind das alles arme Hunde, aber Borkmann war nicht unter ihnen.«

»Sind Sie an Rollenspielen interessiert? Beschäftigen Sie sich mit der keltischen Kultur?«

»So wie die Spinner aus der Zeitung? Nein, wirklich nicht. Ich habe meine Apotheke, damit bin ich zur Genüge ausgelastet. Was soll eigentlich die ganze Fragerei? Glauben Sie, ich hab mit denen was zu tun?«

»Wir gehen nur Hinweisen nach.«

»Hinweisen von wem?«

»Das ist Berufsgeheimnis.« Panther lächelte. »Wo waren Sie letztes Jahr am 9. und am 10. Juli?«

»Lassen Sie mich raten. Das ist bestimmt der Zeitraum, in dem Ihr Kollege verschwand und das mit Sara Lorenz und diesem Borkmann passierte.«

»Sie sind gut informiert.«

»So etwas vergisst man nicht. Für Villingen-Schwenningen ist es *das* Ereignis gewesen. Wenn Sie auf der Straße nachfragen, wissen neun von zehn Bescheid.«

»Also, wo waren Sie?«

»Im Geschäft und zu Hause. Sie können gerne meine Frau und meine Angestellten fragen.«

»Warum wissen Sie das so genau?«

»Wie schon gesagt, das waren besondere Tage. Ähnlich dem 11. September 2001, da weiß auch jeder, was er gemacht hat.«

»Wir werden das prüfen.« Panther nahm die Fotos, dabei rutschte ein weiteres aus dem Umschlag: Es zeigte Nichneven auf der Bahre in der Gerichtsmedizin. Nackt, mit vernähtem Brustkorb.

Fehrenbach starrte auf das Bild, Panther nahm es sofort wieder zurück. »Entschuldigen Sie, das war nicht für Ihre Augen bestimmt.«

In Fehrenbachs Gesicht arbeitete es.

Tesic fragte: »Haben Sie Nichneven erkannt?«

Fehrenbachs Kopf ruckte herum. »Ich …« Einen Augenblick lang schien er zu taumeln, dann hatte er sich wieder im Griff. »Wer ist Nichneven?«

»Also nicht. War nur so eine Frage. Ist mit Ihnen alles in Ordnung?«

»Das war Sara Lorenz, nicht wahr? In der Zeitung hieß es,

sie sei von einem Polizisten erschossen worden, anscheinend in Notwehr.«

»Der Artikel gibt die öffentliche Verlautbarung der Polizei wieder, insofern entspricht er der Wahrheit.«

»Einen Menschen zu erschießen, auch in Notwehr, muss für den Betreffenden schlimm sein. Ich hoffe, er schläft gut«, sagte Fehrenbach zu Panther gewandt, dann stand er auf. »War's das?«

»Vorerst«, entgegnete Panther.

Fehrenbach drängte an ihm vorbei zur Tür und hielt sie auf. »Wenn Sie jetzt bitte gehen würden.«

Es hatte zu schneien begonnen. Händler verstauten ihre Auslagen, städtische Streufahrzeuge fuhren durch die Fußgängerzone. Die beiden Polizisten gingen zügig zu ihrem Auto.

»Fehrenbach mit dem Foto aus der Gerichtsmedizin zu konfrontieren war nicht schlecht«, sagte Tesic.

»Ja, nur leider hat er nicht reagiert wie erhofft. Wenn er der ist, für den ich ihn halte, hat er sich gut im Griff. Seine kurze Unsicherheit wird niemals für einen Durchsuchungsbeschluss reichen.«

»Wir müssen uns in Geduld üben und weitermachen wie besprochen. Also sein Alibi und sein Umfeld prüfen, sein Freizeitverhalten und seine Vorlieben – einfach alles.«

»Geduld ist das Letzte, was ich habe. Ich werde die Vorstellung nicht los, dass Jens dort unten in seinem Keller sitzt. Das macht mich verrückt. Wir müssen mehr unternehmen.«

»Lass dich nur nicht zu irgendeinem Unsinn hinreißen. Wir bleiben auf dem Boden des Gesetzes. Was wir bisher gegen Fehrenbach haben, ist sehr dünn. Häusliche Gewalt, eine verschlossene Tür und verdächtige, vielleicht eingebildete Geräusche machen ihn nicht zu Jens' Entführer. Das ist reine Spekulation.«

»Aber er ist als Villinger nach Schwenningen zum Friseur gegangen – das ist äußerst verdächtig.«

»Du machst Scherze.«

»Ein bisschen.« Panther versuchte ein Lächeln.

Zwei weitere städtische Fahrzeuge hielten am Marktplatz. Auf ihren Pritschen lagen lange Schnüre, die mit blau-weißen Fähnchen versehen waren.

»Auch das noch«, stöhnte Panther.

»Was?«

»Na, Fastnacht, die hohen Tage. Bald ist es so weit. Du bist doch schon über ein Jahr hier. An Fastnacht kommt man im Städtle nicht vorbei.«

»Letztes Jahr war ich im Urlaub. Fasching liegt mir nicht so.«

»Es heißt Fastnacht, genau genommen Fasnet. Wenn die läuft, herrscht hier Ausnahmezustand. Entweder du machst mit oder vergräbst dich.«

»Wie ist es mit dir?«

»Eingraben oder totaler Absturz – ich weiß noch nicht.«

***

Dunkel und kalt war es, der Schnee knirschte unter seinen Schuhen. Panther zog seine Mütze tiefer ins Gesicht, der Winter hatte sich mit Macht zurückgemeldet. Er ging die alte Straße nach Rietheim hoch, kein Mensch begegnete ihm. Gedämpft waren die Geräusche der nahen Landstraße zu vernehmen, einzelne Fahrzeuge bahnten sich ihren Weg, ihre Lichter strichen über weiße Flächen. Häuser am Rande Rietheims tauchten auf, sie versprachen Wärme und Geborgenheit. Panther sah das Aufleuchten eines Fernsehers und eine Familie, die davorsaß. Ein Kind schaute aus dem Fenster, hauchte gegen das Glas, malte einen Kreis – Panther zog weiter.

Bei der Kapelle am Waldrand riss die Wolkendecke auf, der Vollmond gab der Landschaft Kontur, weit reichte der Blick. Ein Lächeln huschte über Panthers Gesicht – gut, dass er sich aufgerafft hatte. Der Weg löste sich vom Wald, machte einen Knick und steuerte wieder auf ihn zu. Von hier aus war der Grabhügel zu sehen. Markant zeichneten sich sein Profil und die Stangensetzung ab. An seinem Fuß wachte die alte Eiche.

Und wieder hatte es ihn hierhergetrieben. Der Magdalenenberg war sein Schicksal. Hier hatte er beinahe sein Leben gelassen, hier hoffte er auf seine Erlösung. Panther ging weiter. Eine Zeit lang verdeckte der Wald die Sicht, dann stand er direkt vor dem Hügel. Hinweistafeln, jüngst angebracht, gaben Informationen über Alter, Größe und Bedeutung. Ein Geräusch ließ Panther aufhorchen. Er blickte nach oben. Aus dem Schatten einer Stange löste sich eine unförmige Gestalt – Panther griff nach seiner Dienstwaffe, er ging nie mehr ohne aus dem Haus.

»Ah, der Herr Hauptkommissar«, rief eine Männerstimme, »was für eine Überraschung.«

Die Stimme war Panther bekannt. »Dr. Ernst Reuther?«, entgegnete er und stapfte den Hügel hinauf.

»Genau der.« Reuther streckte Panther die Hand entgegen. Auf seinem Rücken trug er einen gewaltigen Rucksack, eine Pelzmütze zierte seinen Kopf, zu seinen Füßen lag eine beachtliche Menge Holz.

»Auf Polarexpedition?«, fragte Panther.

»Sie werden sich wundern, wie schnell es einem hier oben kalt wird. Ich richte mich gerade ein. Leisten Sie mir Gesellschaft?«

»Wozu?«

»Forschung, Muße und Vergnügen.«

»Jetzt bin ich aber gespannt.«

Reuther legte seinen Rucksack ab und zauberte eine Flasche und zwei Gläser hervor. »Whisky, Single Malt. Stark, erdig und leicht angewärmt – genau das Richtige.«

»Angewärmt?«

»Natürlich. Hier, Handwärmer – einfach die Verpackung aufreißen.« Reuther reichte Panther zwei flache Päckchen, für jede Hand eines. »Das können Sie brauchen, wer weiß, wie spät es wird.«

»Ich hatte nicht vor, lange zu bleiben.«

»Sagen Sie das nicht. Diese herrliche Nacht muss man nutzen. Ich habe auch noch beheizte Einlegesohlen – akkubetrieben. Ganz hervorragende Erfindung.«

Panther schüttelte den Kopf.

»Nicht? Na, dann vielleicht später. Aber Whisky nehmen Sie?«

Der Whisky hinterließ eine warme Spur in Panthers Mund und Rachen. Er gönnte sich ein zweites Glas und beobachtete, wie Reuther das Holz aufschichtete.

»Man muss nur wissen, wo man suchen muss. Selbst im Winter findet sich trockenes Holz.«

»Haben Sie jemanden erwartet?«

»Nein, aber ich bin immer vorbereitet. Ich mag Gesellschaft. Gibt es etwas Schöneres, als gemeinsam in die Welt der Kelten einzutauchen?«

»Will ich das?«

»Ach, kommen Sie, natürlich.« Reuther entzündete ein Streichholz. Das Feuer brannte beim ersten Versuch. »Ehrenpfadfinder«, sagte er stolz und rieb sich die Hände. »Diese Nacht ist ideal: kalt, klar und Vollmond. Selten kann man den Kelten so nahe sein.«

»Warum?«

»Es ist das Urwüchsige, ja beinahe schon Mystische einer Vollmondnacht, es ist dieser Ort, es ist die Möglichkeit, den Himmel zu beobachten, den Mond, der den Kelten Wegweiser und Symbol des Totenreichs war. Und es ist die Kälte, die all die Sinnsucher, die glauben, eine Ahnung von der keltischen Kultur zu haben, fernbleiben lässt.«

»Wir haben diese Leute auch im Auge«, sagte Panther und setzte sich neben Reuther, der tatsächlich auch für eine Isomatte gesorgt hatte.

Verschiedene Gruppierungen suchten den Hügel auf. Manche nur, um eine Art Keltenfest zu feiern, andere, die stärker engagiert waren, um rituelle Handlungen durchzuführen. Bei einer Gruppe kam es sogar zu Verhaftungen, weil sie ein Tier opferten. Mit den Verbrechen, die hier stattgefunden hatten, hatten sie aber alle nichts zu tun.

»Das Schlimme daran ist die Unwissenheit dieser Menschen«, sagte Reuther. »Sie kümmern sich nicht um die Historie, um Fakten. Sie schustern sich ihre Keltenwelt einfach selbst zusammen. Nehmen Sie nur den Lindow-Mann. Er wird einfach als Teil der hiesigen Keltenkultur betrachtet. Dabei stammte er aus einer ganz anderen Epoche, und zwar aus der römischen Kaiserzeit vor zweitausend Jahren. Unsere Kelten hingegen sind in der Hallstattzeit angesiedelt, das Grab wurde 616 vor Christus angelegt. Dazwischen liegen also über sechshundert Jahre! Nicht zu vergessen der örtliche Unterschied. Hier der Schwarzwald, dort die Grafschaft Cheshire im Nordwesten Englands. Das ist, als träfe Angela Merkel auf Heinrich VIII.«

»Und das kränkt Sie?«

»Aber natürlich. Ich bin Wissenschaftler.«

»Dafür hat das Keltengrab Zulauf wie noch nie. Die Bekanntheit hat durch die Ritualmorde immens zugenommen. Villingen-Schwenningen ist in aller Munde. Das ist doch, was Sie wollten.«

»Ja, schon. Es hat sich auch vieles bewegt. Dessen ungeachtet tendiert der Erfolg in die falsche Richtung. Er ist dem Stellenwert des Keltengrabs abträglich, ganz abgesehen von meinen Forschungen. Die gehen in diesem kruden Gemisch aus Keltenkult und Esoterik unter.« Reuther stocherte im Feuer und leerte seinen Whisky. Ungefragt goss er Panther und sich nach. Mit dem Glas in der Hand stand er auf. »Kommen Sie. Ich zeige Ihnen etwas.«

Reuther schritt zur Hügelmitte, Panther folgte ihm. Der Archäologe zeigte zur Stangensetzung. »Schauen Sie genau in diese Richtung.« Panther folgte Reuthers Anweisung – die Stangen und die Hügelmitte lagen nun in einer Linie.

»Wenn der Mond exakt in Ihrer Blickrichtung unterginge, dann hätten wir heute die kleine nördliche Mondwende.«

»Und das heißt?«

»Es gibt vier Mondwenden. Die kleine und große südliche und die kleine und große nördliche. Sie kennzeichnen extreme Auf- und Untergangspositionen des Mondes. Bis der Mond die gleiche Extremposition eingenommen hat, vergehen 18,61 Jahre. Die Mondwenden waren für die Kelten von großer Bedeutung. Sie dienten ihnen zur zeitlichen Orientierung, vergleichbar mit dem Verlauf der Sonne für unsere Kultur.«

»Klingt ziemlich kompliziert«, entgegnete Panther.

Reuther lächelte. »Sehen Sie: Der Mond geht im Osten auf und pendelt innerhalb eines Monats zwischen einem nördlichsten und einem südlichsten Aufgangsort. Diese Aufgangsorte verschieben sich im Laufe der Jahre zu den Extrempunkten hin: den großen und kleinen Mondwenden. Der Grund hierfür ist, dass die Umlaufbahn des Mondes die Bahn der Erde um die Sonne, die sogenannte Ekliptik, in einem Winkel von fünf Komma zwei Grad schneidet und dass sich somit diese Bahn, von der Sonne aus gesehen, verändert. Durch die Neigung der Mondbahn entstehen auch die Drachenpunkte, die den Durchlauf des Mondes durch die Ekliptik markieren. Diese Drachenpunkte sind ursächlich für Mond- und Sonnenfinsternis.«

»Jetzt ist alles klar«, sagte Panther sarkastisch.

»Ist gar nicht so einfach, ich weiß. Aber versuchen Sie mal, sich zweitausendsechshundert Jahre zurückzuversetzen. Seien Sie ein Kelte, ein angesehener Kelte, vielleicht ein Druide. Ein Mann im besten Alter, intelligent und wissensdurstig. Es herrschen archaische Strukturen, es gibt keine Schrift, dennoch ist Ihre Kultur hochstehend. Siedlungen werden gebaut, Handel wird betrieben, das Handwerk bringt fein gearbeiteten Schmuck und beste Waffen hervor. Ihr Interesse gilt der Himmelsbeobachtung, dem Lauf der Sonne und vor allen Dingen dem Mond und den Sternen. Welche Wunder sind dahinter verborgen, welche geheimnisvolle Kraft treibt sie an? Sie haben ein Grundwissen, mündlich überliefert von anderen Völkern und Ihren Vorfahren. Sie wissen von einer Regelmäßigkeit, die der Bahn des Mondes zugrunde liegt. Und diese Regelmäßigkeit erforschen Sie in unzähligen Nächten über Jahre hinweg, bis Sie sie verstehen. Bis Sie wissen, wann der Mond Sichel und Kugel ist, wann er, selbst in den klarsten Nächten, nicht zu sehen ist, und wann er, dieser Bote der Nacht, sich am Tage zeigt. Sie entwickeln ein Verständnis für seine Bahn, für seine unterschiedlichen Aufgangsorte, und Sie dürfen, auf dem Höhepunkt Ihrer

Schaffenskraft, auf dem Grab Ihres Fürsten Peilungspunkte setzen, die der Ermittlung der Mondwenden dienen. Peilungspunkte, die fortan das Leben Ihres Volkes ordnen, die Ihrem Volk ein Kalender sind. Dem nicht genug, jetzt sind Sie sogar in der Lage, unheimliche Naturereignisse vorherzusagen: Sie können den Zeitpunkt von Mond- und Sonnenfinsternissen bestimmen!«

Reuther ließ seine Worte einen Moment lang wirken und fügte dann an: »Natürlich nicht auf einen Monat oder gar Tag genau, aber auf ein Jahr schon – und das ist eine grandiose Leistung.«

Lächelnd starrte der Archäologe in den Himmel. »Beeindruckend, nicht wahr? Besonders, wenn man bedenkt, dass selbst wir in der heutigen Zeit, mit all unseren Mitteln und all unseren Informationen, Schwierigkeiten haben, diese Abläufe zu durchschauen.«

»Da haben Sie allerdings recht.« Panther blickte zum Mond, er konnte Reuthers Ausführungen tatsächlich kaum folgen. Wie war es diesem Druiden möglich, allein durch Beobachtungen diese komplizierten Abläufe zu beschreiben? Mit welcher Akribie musste er über Jahre hinweg vorgegangen sein? Wie sahen seine Notizen aus, da die Kelten doch keine Schrift kannten? Mit welchen Hilfsmitteln hatte er gearbeitet? Wer unterstützte ihn? Panther war skeptisch.

»Es fällt mir schwer, den Kelten solche komplexen Fähigkeiten zuzuschreiben. Schon allein der Zeitraum für eine sinnvolle Beobachtung wirft Fragen auf. Ich glaube, die Lebenserwartung war damals nicht besonders hoch – und jetzt soll sich ein intelligenter und dazu äußerst robuster Mann finden, der über Jahrzehnte hinweg Forschungen nachgeht? Sind Sie sich da ganz sicher?«

»Zweifel ist gut, Zweifel verlangt nach Argumenten, nach Tatsachen. Ich kann Ihnen einen Zeitzeugen benennen, der die astronomischen Kenntnisse der Kelten bestätigt, zwar ein paar Jahrhunderte nach dem Bau unserer Anlage, aber dennoch relevant. Es ist Julius Cäsar, der in seinen Aufzeichnungen ausführlich über die Fähigkeiten der Kelten berichtet – und diese Aufzeichnungen sind über jeden Zweifel erhaben.«

»Dann wird es wohl so sein.« Panther zuckte mit den Schultern. Er war dennoch nicht überzeugt.

»Ich sehe, ich kann Ihre Bedenken nicht ausräumen«, sagte Reuther. »Und ja, eine exakte Bestimmung der Mondwenden war mit den damaligen Mitteln tatsächlich nicht möglich. Eine tendenzielle aber durchaus – wie die Stangensetzung beweist.«

»Aber einen Kalender an einer Himmelserscheinung zu orientieren, die nur alle 18,6 Jahre auftritt, macht doch keinen Sinn.«

»Ein guter Einwand, Herr Panther. In der Tat wird die Bedeutung der Mondwendezyklen in der Astroarchäologie kontrovers diskutiert. Deshalb geht das Gros der Wissenschaft auch davon aus, dass die keltische Zeitrechnung auf gut sichtbaren Ereignissen, wie zum Beispiel dem Vollmond, basierte. Die Kennzeichnung der Mondwenden hingegen hätte dann vielleicht eher eine religiöse Bewandtnis. Man könnte sie als eine Huldigung des Mondes ansehen, der sowohl am Tag als auch in der Nacht sichtbar ist und damit mächtiger als die Sonne.«

»Und was hat das mit der Ausrichtung der Gräber nach dem Sternenhimmel zu tun?«, fügte Panther an und trat von einem Bein aufs andere. Seine Füße wurden kalt, außerdem hatte er keinen Whisky mehr.

»Eine weitere gute Frage!« Reuther schenkte Panther und sich nach – die Flasche, jetzt leer, steckte er zurück in die Innentasche seiner Jacke. »Wie schon erwähnt, konnte unser Druide, wenn wir bei dieser fiktiven Person bleiben wollen, auf altes Wissen zurückgreifen. Dieses Wissen hatte nah beieinander liegende Sterne zu bestimmten Symbolen, den Tierkreiszeichen, zusammengefasst. Und diese Tierkreiszeichen und somit der nördliche Sternenhimmel des Jahres 618 vor Christus wurden durch die Gräber abgebildet.«

»So eine Anlage erfordert eine gute Planung und ziemlich viele Tote – denn für Gräber braucht man auch Leichen.«

Panthers Bemerkung war als Scherz gedacht, doch Reuther verzog keine Miene – der Einwand schien ihn zu beschäftigen.

»Welchem Zweck diente diese Sternenkarte?«, schob Panther nach.

»Darüber kann man nur spekulieren. Vielleicht eine Ehrerweisung den Toten gegenüber, eine kultische Handlung oder ein Zeugnis der eigenen Hochkultur? Ich weiß es nicht – und um ehrlich zu sein, meine Sternbild-Theorie ist auch höchst umstritten. Viele meiner Kollegen halten sie für ein Hirngespinst, wie sie auch meine Deutung der Stangensetzung anzweifeln, obwohl sich gerade hier Fund und Interpretation wunderbar fügen. Wissen Sie, Archäologen sind ein spezielles Volk. Spekulationen meiden sie wie der Teufel das Weihwasser, wenn Sie mir diesen Vergleich erlauben. Archäologen setzen Puzzles zusammen, sammeln Fakten und vergleichen. Ihre Erkenntnisse aber zu einer Hypothese zu kombinieren, das wagen die wenigsten.«

»Ohne Annahmen gibt es aber keinen Fortschritt.«

»Sie sagen es.« Begeistert klopfte Reuther Panther auf die Schulter. »Wer so denkt, sollte mehr erfahren. Kommen Sie.«

Reuther stapfte den Hügel hinab in Richtung einer Eiche. Auf halbem Weg hielt er an. »Hier«, Reuther orientierte sich kurz und trat dann ein paar Schritte zur Seite, »nein, hier«, korrigierte er sich, »genau hier befindet sich das Grab achtundsiebzig. In diesem Grab hat man reiche Beigaben gefunden. Vermutlich wurde hier die Fürstin bestattet. Der dem Grab zugeordnete Stern ist die Wega, der hellste Stern des Nordhimmels, er gehört zum Sternbild Leier – ein besonderer Stern für eine besondere Person, schön, nicht?«

Panther nickte und suchte den Himmel nach dem Stern ab.

»Da werden Sie Pech haben, die Wega bekommen Sie erst Anfang März zu Gesicht«, unterbrach Reuther Panthers Bemühungen. »Was ich Ihnen jetzt aber zeigen will«, Reuther drehte sich dem Hügel zu, Panther tat es ihm gleich, »ist äußerst spekulativ, um nicht zu sagen absurd, aber es hat dennoch seinen Reiz.« Reuthers Aussprache stockte ein bisschen – der Alkohol zeigte anscheinend Wirkung. »Und, was sehen Sie?«

»Den Hügel?«

»Richtig«, sagte Reuther lachend. »Und dahinter?«

»Äh, Wald?«

»Denken Sie sich den Wald weg.«

»Dann sehe ich Villingen.«

»Wieder richtig. Und um genau zu sein, Sie sehen die Altstadt.«

»Und was hat das zu bedeuten?«

Reuther wand sich ein bisschen. »Wie schon vorausgeschickt, das Ganze ist absurd, absolut absurd. Das habe ich Rudolf Habt damals auch gesagt.«

»Sie sprechen von der Keltensiedlung und dass Habt sie in der Villinger Altstadt verortete?«

»Sie wissen davon?«

»Natürlich. Meine Kollegin Frau Tesic hat mich darüber informiert.«

»Muss sie ja. Ich vergaß.«

»Der Gedanke an die Siedlung lässt Sie nicht los, obwohl sie für immer verloren ist, wenn Villingen darauf aufgebaut wurde.«

»Für uns schon. Für Alan Catarius nicht.«

»Wie meinen Sie das?«

»Alan war mal ein guter Freund. Ich mache mir schwere Vorwürfe, dass ich ihn und Habt zusammengebracht habe. Vielleicht habe ich ihn in seinem Wahn bestärkt, vielleicht habe ich diese ganze Katastrophe erst ins Rollen gebracht.«

»Das wissen wir nicht. Aber was könnte Catarius Ihrer Meinung nach tun?«

»Ehrlich gesagt habe ich keine Ahnung. Dazu fehlt mir die Phantasie.«

Panther schaute zum Lagerfeuer, die Holzscheite glommen nur noch. »Mir wird kalt, ich denke, ich gehe jetzt.«

»Oh nein, das wäre das unschöne Ende einer schönen Nacht. Mein Wissen über die Kelten ist groß. Vielleicht erfahren Sie ja noch etwas Brauchbares. Und gegen die Kälte helfen die Einlegesohlen.«

Skeptisch betrachtete Panther den Archäologen. Es schien ihm wirklich an seiner Gesellschaft gelegen zu sein. »Ohne Feuer bleibe ich nicht.«

»Kein Problem. Es gibt noch genug Holz.«

»Und der Whisky?«

»Ein Mann mit meiner Erfahrung hat immer Reserven.«

»Im Ernst?«

»Aber sicher, vertrauen Sie mir.«

»Sie sind schwer zu durchschauen, Herr Reuther.« Panther suchte dessen Blick. »Vielleicht bringt die Nacht mehr Klarheit.«

»Klarheit ist ein Kriterium der Wahrheit – und der sind wir doch alle verpflichtet.«

»Auch Sie?«

»Vor allem ich.«

NEUN

Tags darauf, in den Südvogesen

Rotgoldener Abendhimmel, schneebedeckte Berge, erstarrte Natur. In den Weiten Alan Catarius auf der Flucht. Der Hang war steil, Catarius rutschte, stolperte, stand auf, drohte mit der Faust, schlug um sich und fiel schlussendlich auf die Knie. Sein Kampf war aussichtslos, denn seine Gegner waren unsichtbar.

Nie war es schlimmer gewesen. Catarius hielt sich die Ohren zu – eine hilflose Geste. Die Stimmen waren in seinem Kopf, ihre Befehle eindeutig: Er musste zurück, das Angefangene musste beendet werden. Doch Catarius weigerte sich, zu viel Blut klebte an seinen Händen, es war nicht richtig, konnte nicht richtig sein. Harmonie war der Schlüssel, nicht Zerstörung.

Der Druck nahm zu, Catarius' Schädel drohte zu platzen, seine Augen irrten über die weißen Hügelketten und Wälder. Auch hier waren die Zeichen nicht zu übersehen. Alle zeigten gen Osten in Richtung Schwarzwald. Catarius hämmerte gegen seine Schläfen, es musste aufhören, es durfte ihn nicht beherrschen.

Die Stimmen änderten sich, wurden zu einer. Erklärende Worte tauchten auf: Wahn, Verwirrung, Schizophrenie. Von Heilung wurde gesprochen, von Medikamenten. Welche Absicht hatte die Stimme? Gehörte sie zum Chor der Verführer? Unmöglich, Wahres und Eingebildetes zu unterscheiden. Alles war in seinem Kopf, es gab keine Trennlinie. Dennoch, die Stimme barg einen Hoffnungsschimmer, denn sie hatte einen Namen: Dr. Konrad, sein Psychiater. Der Arzt, der zu ihm stand, ihm helfen wollte. Die Stimme tröstete ihn, zeigte ihm einen Weg – er musste nur stark genug sein, stark wie sein Verstand, der ihn befreien konnte.

Catarius konzentrierte sich, dachte an sein früheres Leben,

seine Frau, seine Ausbildung. Er dachte an einen klaren Weg, keine Befehle, keine Stimmen, nur Wissenschaft, nur Fakten, nur Ratio. Das Chaos lichtete sich, Catarius richtete sich auf, seine Augen verengten sich zu Schlitzen. Sie vermieden jede Struktur, verdunkelten jedes Zeichen – so konnte es gehen.

Vorsichtig setzte Catarius einen Fuß vor den anderen. Allmählich schob er sich voran, allmählich entfernte er sich von dem dunklen Ort. Doch mit jedem Schritt wuchs seine Unsicherheit – was maßte er sich an, warum sollte gerade er die Wahrheit kennen? Der Chor der Verführer wurde wieder lauter, schmeichelte ihm. Catarius' Entschlossenheit schwand, er erreichte den alten Baum mit Blick aufs Tal, sein Atem ging schnell. Er musste sich beeilen, unten lag sein Zuhause.

Der alte Bauernhof schien mit dem Berg verwachsen zu sein. Er duckte sich unter den Schneemassen, nur der Kamin ragte heraus. Catarius sank bei jedem Schritt knietief ein, der Weg war beschwerlich. Als er den verfallenen Stall erreicht hatte, sah er Kerzenlicht im Fenster. Hatte er nicht alle Lichter gelöscht? Catarius umrundete den Bauernhof und näherte sich von der fensterlosen Seite. Vor dem Eingang erkannte er Spuren, sie führten direkt ins Haus. Hatten die anderen ihn überholt? Warteten sie auf ihn? Vorsichtig betrat er den Windfang.

Die Tür zum Hauptraum knarrte, als er sie öffnete. Die Kerze stand auf dem Fenstersims, sie flackerte, Wachs tropfte auf den Boden. Es roch nach kaltem Rauch, das Feuer im Herd war erloschen. Catarius wagte es nicht, sich weiter umzuschauen, in seinem Kopf herrschte ein gefährliches Rauschen, nur darauf lauernd, auszubrechen, ihn zu kontrollieren. Er musste sich beschäftigen. Zuerst ein Feuer. Papier und Holzscheite lagen bereit. Seine Hände zitterten, erst jetzt bemerkte er, wie kalt es war. Er hatte Durst, eine Eisschicht bedeckte den Boden des Spülbeckens. Wie lange war er weg gewesen, wieso brannte die Kerze? Jetzt stellte sich der Hunger ein. Er musste essen, viel essen, warm essen.

Catarius legte Holz nach, so viel es ging. Der Kamin zog schlecht, noch war er zu kalt, Rauch quoll aus dem Herd, Catarius zog seinen Schal vor den Mund, er hustete, seine Augen tränten. In der Speisekammer fand er Kartoffeln, Speck, Zwiebeln. Die Kartoffeln schälte er nicht, er zerhackte sie förmlich, wie auch die Zwiebeln, den Speck schnitt er zu grob. Er hatte keine Geduld, keine Zeit, er durfte nicht zur Ruhe kommen.

Allmählich wurde es wärmer, Catarius legte noch mehr Holz nach. Die Herdplatte begann zu glühen, die Fenster beschlugen, in der Pfanne spritzte Öl, Catarius füllte sie randvoll mit seinem Gericht und warf dabei sein Glas um. Wasser perlte über die Platte, Dampf stieg auf, das Glas zerschellte, Catarius wich zurück. Die Zeichen waren eindeutig, sie verlangten nach ihm, er musste fliehen, doch wohin?

»Du zweifelst?«, dröhnte eine Stimme in seinem Rücken.

Catarius fuhr herum – der Fürst saß am Tisch, vor ihm sein Schwert. Augenblicklich senkte Catarius den Kopf.

»Du begibst dich in große Gefahr, erster Krieger. Du wirst dich verlieren.«

»Aber alles ist entglitten«, wagte er zu sagen. »Unser Weg führt in die Irre.«

»Es steht dir nicht zu, zu urteilen. Du bist zum Gehorsam verpflichtet.«

»Aber das Öffnen des Tors, die Wiederherstellung der Siedlung, das verlangt zu viele Opfer.«

»Großes kann nicht ohne Leid, ohne Schmerz erreicht werden. Jeder Umbruch kennt Verlierer. Doch was zählt deren Schicksal im Vergleich zu dem, was kommt? Du hast vieles erlitten, aber du bist stark. Du bist der erste Krieger.«

Catarius hörte in sich hinein. Wo vorher Chaos herrschte, war jetzt Ruhe – wieder einmal hatte ihn der Fürst gerettet. »Ja, ich bin der erste Krieger«, sagte er.

»Du wirst den vorgezeichneten Weg gehen.«

»Ich werde den Weg gehen.«

»Gut.« Der Fürst gab ihm ein Zeichen. »Setz dich. Iss. Wir haben einiges zu besprechen.«

Ohne aufzuschauen, folgte Catarius der Anweisung. Die

Mahlzeit tat ihm gut, sie weckte seine Lebensgeister. Der Fürst aß nichts – wie immer.

»Es müssen Maßnahmen getroffen werden, die Zeit ist knapp: Du wirst nach Villingen zurückkehren und Alator gänzlich auslöschen. Der Druide und Carney die Axt sind vom rechten Weg abgekommen, sie haben ihren Glauben verloren, sie müssen sterben. Dann wirst du die Siedlung wieder zum Leben erwecken – alles wird so sein, wie es einmal war. Doch zuvor musst du dein Äußeres ändern, man sucht dich. Der Bart ist zu lang, er muss gestutzt werden. Die Haare müssen ab – komplett. Du wirst eine Schiebermütze und eine Brille mit massivem Gestell tragen. Außerdem einen halblangen Mantel, Stoffhose, Rollkragenpulli, gute Schuhe. Du wirst mit dem Zug fahren und in einem Hotel unter falschem Namen absteigen.«

»Und wann werde ich aufbrechen?«

»Drei Tage vor Neumond. Denn an Neumond muss das Tor geöffnet werden.«

ZEHN

Am selben Abend, Villingen, Südstadt

Feierabend, zurück im Keller. »*Home, sweet home*«, murmelte Panther und warf seine nasse Jacke auf die Anrichte. Auf dem Tisch standen eine offene Flasche Rotwein und ein gebrauchtes Glas. Wie praktisch, dachte er und ließ sich auf das Sofa fallen, dann schenkte er sich ein. Den ersten Schluck behielt er eine Weile im Mund, der Wein war ein guter. Abstieg mit Niveau, fiel Panther dazu ein, er grinste freudlos. Den Griff in seine CD-Sammlung verweigerte er sich, letztendlich wäre ohnehin nur »Suzanne« gelaufen. Sein Blick glitt über verstreute Klamotten, schmutziges Geschirr, Essensreste. Panther erfüllte alle Klischees eines Verlierers – darin war er wirklich gut.

Der zweite Schluck ließ ihn an Nichneven denken. Ein willkommener Anlass, sich in die Abgründe seiner sexuellen Phantasien zu begeben. Genussvoll ließ er die Szene in Nichnevens Büro passieren, er malte sich jedes einzelne Bild aus, ihre nackte Haut, die üppigen Formen, ihr spöttischer Mund, seine unendliche Gier, ihr Biss, seine Erniedrigung. Panther suhlte sich in dieser Erniedrigung, er fand Gefallen daran, sich fertigzumachen – er hatte es nicht anders verdient, er war ein Nichts, ein Versager. Ein Versager, der seinen Freund im Stich gelassen hatte. Panther lachte. Ja, jetzt war es wieder so weit, jetzt hatte er es geschafft, der absolute Tiefpunkt war erreicht. Dr. Straub hätte Freude an seinem Verhalten gehabt – an dem Polizisten, der keine Hilfe brauchte.

Vor seinem geistigen Auge sah Panther Jens in einem Verlies sitzen, das sich mitten in Villingen befand. Ein Gedanke, der ihn ständig umtrieb. Seit er von Fehrenbach und seiner Frau wusste, von dem Keller, der verschlossenen Tür, seitdem ließ ihn dieser Gedanke nicht mehr los: Jens, ausgezehrt und verzweifelt – festgehalten und missbraucht von einem Verrückten.

Die Vorstellung war kaum auszuhalten, Panther musste sich vergewissern. Doch als Polizist waren ihm die Hände gebunden – die Aussicht auf einen Durchsuchungsbeschluss hatte sich zerschlagen, Ermittlungen in Fehrenbachs Richtung waren schwierig. Er war eine Person des öffentlichen Lebens, Polizeidirektor Soreck verlangte äußerste Diskretion.

Dennoch war Panther in Nichnevens Friseursalon gewesen. Gegen Sorecks Anweisung hatte er dem Personal ein Bild von Fehrenbach gezeigt und nach einer Verbindung zu Nichneven gefragt. Panther war es egal, ob Fehrenbachs Ruf litt. Der Mann hatte seine Frau geschlagen, und er war verdächtig. Da schadete ein bisschen Druck nicht. Manche kannten ihn als Kunden, sie hatten ihm die Haare geschnitten. Eine wusste von seiner Apotheke und wollte wissen, warum er mit ihrer ehemaligen Chefin in Verbindung gebracht werden sollte. Panther gab dazu keine Auskunft und verpflichtete sie zur Verschwiegenheit. Ob sie sich daran hielt, wusste er nicht.

Letztendlich blieb seine Befragung ohne Ergebnis. Niemand konnte einen persönlichen Kontakt zwischen Fehrenbach und Nichneven bezeugen. Fehrenbach bot keine Angriffsfläche. Er war ein unbeschriebenes Blatt, er tauchte in keiner Polizeiakte auf. Eine Verbindung zu Mitgliedern der Alator-Gruppe konnte nicht nachgewiesen werden.

Selbst private Erkundigungen, erfolgt durch die heimische Polizeimeisterin Silvia Ursprung, brachten keine relevanten Erkenntnisse. Gerüchte ließen auf ein weniger glückliches Eheleben schließen, da Fehrenbach oft spät nach Hause kam oder manches Wochenende auswärts verbrachte. Auch eckte er oft an – manche nannten ihn ein Arschloch. Andere hingegen kannten ihn als erfolgreichen und freundlichen Geschäftsmann, der konsequente Ansichten vertrat, was die Lärmbelästigung in der Innenstadt und die Politik des Gewerbevereins betraf. Mehr war da aber auch nicht. Was blieb, waren die zurückgenommenen Anschuldigungen seiner Frau und eine verschlossene Tür im Keller und natürlich das Bauchgefühl eines heruntergekommenen Kommissars.

Na, wenn das nicht reicht, dachte Panther und füllte erneut sein Glas. Ich werde da einsteigen und mir Gewissheit verschaffen. Und wenn ich erwischt werde, dann habe ich wunderbar meine Karriere beendet, dann lebe ich von Hartz IV – für Wein und die Wohnung reicht es allemal. »Auf Hartz IV!« Panther prostete sich zu, im selben Moment klingelte es.

Panther blieb sitzen und wartete. Es klingelte erneut.

Panther rührte sich nicht – seit er beinahe umgekommen war, reagierte er misstrauisch auf unangekündigte Besuche. Ein weiteres Klingeln. Panther seufzte. Langsam stand er auf und nahm seine Dienstwaffe. Schwer lag sie in seiner Hand. Soll ich so öffnen?, dachte er. Dem Klingeln folgte jetzt ein Klopfen, nicht laut, eher zurückhaltend. Panther steckte die Waffe in den Hosenbund hinter seinem Rücken.

Im Türspion sah er eine bunte Pudelmütze und dann zwei große Augen, schwarz wie Kohle.

»Su!«

Panther öffnete die Tür. Su lächelte, Regen lief über ihr Gesicht. Panther trat einen Schritt zurück und ließ sie hinein. Ihr feuchter Mantel streifte seinen Arm, sie war kein Geist.

Su ließ ihren Rucksack auf den Boden fallen und umarmte ihn. Sie roch nach Moschus, nach Regen, nach Wind. Panther nahm ihre Mütze ab, fuhr durch ihre kurzen Haare und küsste sie vorsichtig. Ihre Lippen waren kalt, sie lehnte sich zurück, ihre Augen forschten in seinen. Panther senkte den Blick, Freude und Verzweiflung übermannten ihn. Wie sehr er sie vermisst hatte, wie verloren er ohne sie war. Haltsuchend vergrub er sein Gesicht in ihren Haaren. »Wo bist du nur gewesen?«, flüsterte er.

»Das ist eine lange Geschichte«, sagte sie und fuhr seinen Rücken entlang – ihre Hand ertastete die Waffe. »Bist du im Dienst?«, fragte sie.

»Das ist ebenfalls eine lange Geschichte«, wich Panther aus.

Su nahm sein Gesicht in die Hände. »Du siehst müde aus«, stellte sie fest. »Ein Bad würde dir guttun und mir auch. Ich werde dir den Rücken schrubben.«

Das Wasser wurde kalt. Panther ließ warmes nachlaufen, neue Schaumkronen trieben auf die beiden zu. Panther lehnte sich zurück, Sus Arme empfingen ihn. Ihre Haut auf seiner, ihre Brüste so weich, ihre Beine an seiner Hüfte. Su massierte seine Kopfhaut, seinen Nacken. Sie hatten miteinander geschlafen, er hatte sich an sie geklammert wie ein Ertrinkender, sie hatte ihn empfangen, ihn gerettet, ihn getröstet. Su beschützte ihn. Alles war gut, alles war echt.

Su hatte von der Aufgabe ihres alten Lebens, von ihrer Flucht nach Indien berichtet. Wie sie einfach den Rucksack gepackt und alles hinter sich gelassen hatte – ohne großen Plan, nur die Adresse eines Ashrams im Gepäck. Panther hatte nichts gesagt, nur gelächelt. Er wollte den Augenblick nicht zerstören, zu oft hatte er den falschen Ton gewählt. Su sollte erzählen, und er hörte ihr zu. Er hörte ihre Stimme, die er so sehr liebte, er spürte ihre Nähe, und ab und zu ließ er Wasser nach, mehr brauchte es nicht.

Am nächsten Tag meldete Panther sich krank. Er und Su pendelten zwischen Bett, Bad und Sofa. Die Wohnung verließen sie nur, um einzukaufen. Su erzählte von Indien, Panther wählte seine Fragen mit Sorgfalt. Er erfuhr von drei Engländern, die Su in Delhi am Flughafen getroffen hatte. Die drei arbeiteten für eine internationale Hilfsorganisation, die auch in Delhi tätig war. Su schloss sich ihnen an und half bei der Betreuung von Straßenkindern, ihre Ashram-Pläne stellte sie hintenan.

Später unterrichtete sie so gut es ging Englisch in einem Frauenhaus. Die Einzelschicksale der Frauen ließen sie in Abgründe blicken, die sie bis heute verfolgten. Auch die Millionenstadt zehrte an ihr, sie lernte, sie zu lieben und zu hassen: die Menschenmassen, die Elendsviertel, der Dreck, der Gestank und dazwischen lachende Gesichter, Freundlichkeit, unbeugsamer Optimismus.

Irgendwann wurde es ihr zu viel, sie dachte, sie sei belastbarer. Ihre Rettung lag in dem Ashram in Rishikesh. Was bei ihrer Flucht aus Deutschland noch eine fixe Idee gewesen war, erwies sich nun als ein Wendepunkt in ihrem Leben. Sie entdeckte sich neu, sie entdeckte ihr spirituelles Wesen. Das Singen, das Meditieren. Sus Augen leuchteten. Sie berichtete vom strukturierten und einfachen Leben, von der göttlichen Mission des Ashram-Gründers, von seiner spirituellen Gegenwart, die einen leitete. Ob Panther hier seine erste abfällige Bemerkung fallen ließ, konnte er nicht genau sagen, jedoch spürte er, wie sich allmählich seine alte Überheblichkeit einschlich, der Drang, Su zu widersprechen, sie zu belehren.

Wenn sie miteinander schliefen, hatte selbst Panther seine spirituelle Erfahrung. Su umklammerte ihn meist mit beiden Beinen, ihre Bewegungen waren synchron – Panther fühlte wie sie, dachte wie sie, war eins mit ihr.

Wenn Su nach seinem Leben fragte, wich er immer aus – so wie es jetzt gerade sei, sei es gut, sagte er. Er wolle an nichts anderes denken.

Irgendwann rief Marion Tesic an. Panther spielte den Kranken erfolgreich. Nach den aktuellen Ermittlungen fragte er nicht es war ihm egal.

Ein Leben abseits der Realität im eigenen Kokon, die Welt einfach ausgesperrt. Su bemalte die Wände der Wohnung. Alles erstrahlte in leuchtenden Farben. Panther dachte an seinen Vermieter und lachte.

Die Zeit verlor ihre Bedeutung. Panther und Su schrieben sich unsinnige Briefe, und Su drängte ihn, zu meditieren, zu singen. Su lehrte ihn das »Hare Rama, Hare Krishna«. Sie brauchte viel Überredungskunst, sie erklärte ihm den Sinn, sie sagte, das Mantra würde in ihrem Ashram seit 1943 ununterbrochen gesungen, um der Welt Frieden zu bringen. Panther gelang es, nicht sarkastisch zu werden, er ließ es einfach geschehen, er fand Gefallen an dieser Art Meditation. Sie betäubte den Geist, manchmal vergaß er sogar den Rotwein.

Irgendwann erzählte er von Jens, von Nichneven, von seinen Abgründen. Er erzählte von seinem Versagen, von seinen Schuldgefühlen, er erwähnte sogar Nichnevens Fluch. Su ging darauf ein, sie hielt es für durchaus wahrscheinlich, dass Menschen anderen durch Verwünschungen schaden konnten. Es passte in ihre von Geistern und Göttern bevölkerte Welt, die sich als eine wilde Mixtur verschiedener Religionen herausstellte. Dennoch sprach sie aus, was er fühlte, was er dachte.

Doch in Worte gefasst klangen seine Gedanken lächerlich, und diese Lächerlichkeit ertrug er nicht. Er machte sich lustig über Su. Er sagte, er habe das mit dem Fluch nicht ernst gemeint, sie solle nicht alles für bare Münze nehmen. Und dann vertrieb er mit übertriebener Gestik Nichnevens Fluch aus der Wohnung und verrammelte alle Türen. Er glaubte, das sei komisch. Su lachte nicht, sie saß mit verschränkten Beinen auf dem Sofa und strafte ihn mit Schweigen.

Von nun an wurde es schwierig. Panther hatte sich ihr geöffnet, seine Verletzlichkeit gezeigt, und Su war darauf eingegangen – auf ihre Art.

Sich selbst zu verstehen war eine der größten Herausforderungen – Panther scheiterte grandios. Die Frau, die er liebte, wollte ihn auffangen, ihm helfen. Doch ihre Hilfe brachte Panthers Sarkasmus vollständig zum Vorschein. Er stellte ihre Weltanschauung, ihre Art zu leben bloß. Eine Sache, in der er richtig gut war. Warum er so reagierte, konnte er nicht erklären, vielleicht, weil Su ein Spiegel seiner Sehnsüchte war, die in komplettem Gegensatz zu seinem Verständnis eines verantwortlich geführten Lebens standen. Panther war innerlich zerrissen, und seine Zerrissenheit trieb Su fort – wohl endgültig.

Am nächsten Morgen küsste Su ihn wach. Sie war angezogen, sie trug ihre Pudelmütze. »Es soll nicht sein«, sagte sie. »Wir hatten drei«, Su lächelte, »nein, zwei wundervolle Tage. Danke dafür.«

Panther hielt ihre Hand, doch sie entzog sie ihm. Als er noch etwas sagen wollte, legte sie einen Finger auf seine Lippen – es war zwecklos. Die Tür fiel ins Schloss, Panther starrte an die Decke. Ein verunglückter Regenbogen wies den Weg ins Glück, er hatte ihn gemalt – was für ein Schwachsinn.

***

Ein letztes Mal hämmerte Tesic gegen Panthers Wohnungstür, dann zog sie ihre Kreditkarte hervor und schob sie in den Spalt zwischen Schloss und Türrahmen. Tesic war ehrlich besorgt. Seit zwei Tagen versuchte sie, ihren Kollegen zu erreichen. Seine Krankmeldung hatte er noch nicht eingereicht, beim Polizeipsychologen war er nicht mehr erschienen. Panther machte es ihr verdammt schwer, vor allem, weil er eine Krankheit vortäuschte, das war klar. Zu aufgekratzt hatte er bei ihrem letzten Telefonat geklungen, und das Kichern der Frau im Hintergrund war auch nicht zu überhören gewesen.

Die Karte entriegelte das Schloss, die Tür schwang auf. Eine grausame Mixtur aus abgestandener Luft, frischer Farbe und süßlichem Räucherstäbchenduft schlug ihr entgegen. Die Wohnung war dunkel, durch das Kellerfenster fiel nur wenig Licht.

»Mark, bist du da?«, fragte sie und betätigte den Lichtschalter. »Oh Gott«, entfuhr es ihr. Eine Farbexplosion schlug ihr entgegen. Alle Wände, selbst die Decken waren frisch gestrichen: gelb, grün, rot, blau. Sie bildeten den Hintergrund für naive Zeichnungen: Vögel, die in die Sonne flogen, Regenbögen, die sich über einen Wasserfall wölbten. Dazwischen fremd anmutende Zeichen, mal für sich stehend, mal kreisförmig auf einer Scheibe angeordnet. Boden, Tisch und Kochnische waren sauber, die Tür zum Schlafzimmer angelehnt. Tesic drückte dagegen.

Panther lag auf seinem Bett, die Decke bis zur Brust, das Kopfkissen im Rücken. Bleich war er, dunkle Schatten lagen unter seinen Augen. Tesic betrat das Zimmer, Panther drehte leicht den Kopf.

»Was willst du?«, fragte er ungehalten.

»Du bist nicht zu erreichen. Ich habe mir Sorgen gemacht.«

»Mir geht es prima.«

»Danach sieht es aber nicht aus.«

»Das ist meine Sache. Ich will, dass du gehst. Ich brauche keine Hilfe.«

»Klar. Man sieht ja, dass du alles im Griff hast.«

»Würdest du jetzt bitte gehen!«

»Du hast dich krankgemeldet. Mir fehlt die Krankmeldung. Du kannst nicht einfach wegbleiben. Dr. Straub hat nach dir gefragt, ebenso der Polizeidirektor. Noch sind alle auf deiner Seite, du solltest es aber nicht übertreiben.«

»Weißt du was? Das ist mir scheißegal.«

»Mir aber nicht. Als wir telefonierten, war mir klar, dass du krankfeierst. Jetzt sieht es aber anders aus – ernster. Was ist denn los? Hat es mit der Frau zu tun, die ich am Telefon gehört habe?«

»Das geht dich nichts an.«

»Was willst du denn machen? Hier liegen bleiben, bis du verhungerst?«

»Das wäre nicht die schlechteste Lösung.«

»Rede keinen Unsinn, Mark! Du musst zu einem Arzt. Depression ist eine ernsthafte Krankheit.«

»Depression? Du scheinst ja vom Fach zu sein.«

»Dann halt etwas anderes. Mach dir nicht alles kaputt.«

Panther antwortete nicht, er starrte Tesic nur an.

»Ich habe Steck und seinen Hallstättern ein Bild Fehrenbachs gezeigt.« Tesic versuchte es auf einem anderen Weg. »Es sagte keinem etwas, beziehungsweise es wollte sich keiner festlegen, da es Nacht war, als sie auf Alator trafen. Aber es gibt noch andere Gruppen, die an dem damaligen Treffen beteiligt waren und die wir befragen können. Natürlich gestaltet sich das sehr aufwendig, da wir Fehrenbachs Bild nicht veröffentlichen können, aber wir sollten die Hoffnung nicht aufgeben.«

»Das bringt doch alles nichts – vergiss es.«

»Du solltest aber zumindest deine Bettengruft verlassen. Du musst hier mal raus.«

Panther drehte sich zur Wand.

»Viktor will mich am Samstagabend durch die Villinger Kneipenszene führen, es sind die hohen Tage – du weißt schon. Ich muss da nicht hin. Ich kann dich auch besuchen und dir was kochen. Guten Wein hätte ich auch. Manchmal helfen auch kleine Dinge.«

Panther rührte sich nicht.

»Gut«, sagte Tesic. »Du hast Zeit bis nach Fastnacht, dann muss ich Dr. Straub hinzuziehen. Wenn du reden willst, meine Handynummer hast du. Hörst du, Mark? Du kannst mich immer anrufen, es ist mir ernst.«

Ohne Hoffnung wartete Tesic auf eine Reaktion. Nach Minuten des Schweigens schloss sie leise die Schlafzimmertür.

ELF

Samstagabend, Villinger Kneipen-Fastnacht

Zu viel getrunken – eindeutig. Tesic sah derangiert aus, ihr Prinzessin-Leia-Kostüm hatte gelitten. Ein Rotweinfleck auf dem weißen Kleid und Konfetti und – was war das? Tesic zupfte aus ihrer Perücke etwas Klebriges und probierte es – Reiscrispies. Woher die kamen? Schwer zu sagen, sie hatte auf ihrer Kneipentour den Überblick verloren.

Jetzt stand sie, eingezwängt zwischen Bar und einer Gruppe von Schlümpfen, im Theater am Turm, einer Art Hütte mit Bühne, und versuchte dem Auftritt ihres Kollegen Viktor Struve zu folgen. Der war als Zwitterwesen verkleidet: eine Hälfte Narro, die andere eine Katze. Beides wichtige Figuren der Villinger Fastnacht, wobei die Katze eigentlich dialekttreu »D' Katzerolli« genannt wurde. Was für ein Name! Wie auch immer. Struve führte einen Ausdruckstanz mit Sprechbeiträgen auf und sorgte, positiv formuliert, für Verwunderung.

Im Kern ging es um einen Balztanz und um eine komplizierte Beischlafszene: Der Narro warb um die Katze, die sich katzenmäßig arrogant zierte, bis sie umso heftiger dem Werben nachgab.

Der Mehrheit des Publikums blieb bisher, man musste sagen, zum Glück, der tiefere Sinn der Aufführung verborgen. Als aber die Katze schnurrte: »Komm, Narro, schüttle deine dicken Rollen«, und Struve daraufhin anzüglich mit dem Becken kreiste, gab es zum Teil entsetzte Gesichter. Offensichtlich schüttelte ein Narro sonst andere Dinge. Dementsprechend fiel der Schlussapplaus recht spärlich aus. Nur eine sensationell aufgedonnerte Dragqueen aus den hinteren Reihen bejubelte die Darbietung, woraufhin Struve sich sofort zu ihr gesellte. Eine innige Umarmung ließ darauf schließen, dass die beiden sich kannten.

Auch Tesic hatte inzwischen Gesellschaft. Das Böse schlechthin, der schwarze Ritter aus der Zukunft, der thematisch wunderbar zu ihrer Star-Wars-Kostümierung passte, machte seine Aufwartung: Darth Vader in seiner glänzenden Rüstung. Er hatte ihr unaufgefordert ein Schorle rot-süß spendiert, ein Fastnachts-Kultgetränk, das sie nicht nur geschmacklich an ihre Grenzen brachte. Darth Vader redete viel, doch Tesic verstand kein Wort, was an dem allgemeinen Lärmpegel, seiner Maske und dem Umstand lag, dass sie sich zu ihm hinunterbeugen musste. Für den Schrecken der Galaxie fiel der schwarze Ritter ziemlich mickrig aus.

Nun drängte sich auch noch ein gewaltiges grünes Monster zwischen die beiden, und dieses Monster war wahrlich groß, aber auch recht unbeholfen. Bepackt mit künstlichen Muskeln, warf es erst einmal Tesics Getränk um, was ihr nicht ganz unrecht war. Das Monster stellte sich als der unglaubliche Hulk vor und bestellte Tesic einen Campari Orange, der ihr erheblich besser schmeckte. Dann kam es zum unausweichlichen Duell: Der Hulk nannte Darth Vader »Lord Helmchen« und tätschelte dessen Helm. Vader hingegen drohte mit seinem Laserschwert und versuchte Hulk mit seinen telekinetischen Kräften hinwegzufegen, jedoch ohne Erfolg – der Hulk war offensichtlich zu schwer. Nun verlegten sich die beiden auf ein Wortgefecht, das klären sollte, wer nun die hübsche Prinzessin anbaggern durfte. Nach einigem Hin und Her gewann der Hulk, der ein erkennbarer Experte der Star-Wars-Saga war, mit einem unschlagbaren Argument.

»Inzucht!«, schleuderte er Vader entgegen. »Du bist der Vater der Prinzessin.«

Vader, sichtlich angeschlagen, befragte noch sein Handy, das aber die verheerende Anschuldigung bestätigte. Schicksalsergeben sackte er in sich zusammen und nahm seinen Helm ab.

»Scheißkostüm«, sagte er und bestellte einen Schnaps.

Weitere Unterhaltungen wurden durch Einsetzen des »Villinger Schunkellieds« unmöglich. Tesic hatte nun schon einen ganzen Abend Erfahrung und konnte, untergehakt von Hulk und Vader, das »a, a, a« mitsingen, wobei man selbst hier einen Fehler machen konnte, weil daraus irgendwann ein »o, o, o« wurde, und wer das nicht beachtete, konnte schon Opfer eines mahnenden Blickes werden.

Gleich darauf kam ein weiterer All-time-Klassiker der Villinger Fasnet: das Lied vom Kamm, so nannte es Tesic zumindest. Der Text war ihr geläufig, sie war in einer anderen Kneipe in den Genuss einer Übersetzung gekommen. Im Original hieß der Titel: »Hät denn kon kon Kamm«. Das Lied handelte von Jugendstreichen in der guten alten Zeit: Hier wurden in die Jahre gekommene Jungfrauen beleidigt, Maikäfern der Kopf abgebissen, Katzen mit einem Stock gequält und Äpfel gestohlen. Aus Tesics Sicht ganz klar ein Fall für Therapeut und Jugendrichter. Jedoch behielt sie ihre Meinung aus gutem Grund für sich und sang mit, so gut es ging, denn eines musste sie zugeben: Das Lied hatte etwas. Und wenn ein ganzer Saal es zum Besten gab und manche Augen leuchteten, dann spürte man den viel beschworenen »Fasnetgoascht«.

Auf der Bühne tat sich wieder etwas. Männer in seltsamen Kostümen, die man durchaus als Eier bezeichnen konnte, bauten ihre Instrumente auf: Gitarre, Bass, Saxophon, verschiedene Trommeln – das Equipment einer echten Rock'n'Roll-Band. Und Rock'n'Roll gab es auf die Ohren. Jetzt erlebte Tesic die Fastnachts-Klassiker in einem neuen Kleid. Respektlos wurden diese durch den Fleischwolf gedreht und fanden ein euphorisches Publikum. Der ganze Saal stand kopf, und Kondenswasser lief an den Wänden entlang. Sowohl das Theater als auch dessen Gäste schwitzten. »Das Lied vom Kamm« wurde ebenfalls gespielt, und Tesic fand ihre ganz eigene Interpretation des Textes: Es war ein Protestlied. Ein Protestlied der Jugend, die sich gegen das Establishment und das Erwachsenwerden auflehnte.

***

Keine fünfhundert Meter entfernt

Gerade verließen Tanno und Anja Fehrenbach ihr Haus. Sie hakte sich bei ihrem Mann ein. Beide waren kostümiert – ein scheinbar normales Ehepaar, das auf die Fastnacht ging.

Panther drückte sich in den Schatten des schräg gegenüberliegenden Hauseingangs. Kalt war ihm. Schon einige Stunden hatte er auf eine Gelegenheit gewartet. Jetzt schulterte er den Sack und wechselte die Straßenseite. Panther war als Einbrecher verkleidet – Jacke, Mütze, Handschuhe, Gesicht, alles in Schwarz –, ein Kostüm, das ihm inzwischen idiotisch vorkam. Die Wirkung des Rotweins war verflogen, wie auch seine Euphorie. Einzig geblieben war seine Überzeugung, das Richtige zu tun.

Die Eingangstür war kein Hindernis – Panther hatte geeignetes Werkzeug. Die Tür schloss er leise, im Haus war es dunkel. Panther lauschte, kein Geräusch war zu vernehmen. Ohne Umschweife ging er in den Keller hinab – die Treppen knarrten –, seine Taschenlampe wies den Weg.

Auch die Stahltür war verschlossen. Hier brauchte Panther etwas länger, aber er blieb erstaunlich ruhig. Offensichtlich hatte er Talent zum Einbrechen. Beim Öffnen entstand ein saugendes Geräusch, Gummi dichtete die Tür ab. Das Licht ging nicht an, vermutlich war die Sicherung herausgedreht. Seine Taschenlampe tastete die Umgebung ab. Ein niedriger, gewölbeartiger Raum, blanke Backsteine, drei Türen. Einen Sicherungskasten fand er nicht, die Taschenlampe musste reichen.

Die Luft war kalt und feucht, Panther öffnete die erste Tür: ein schmaler, länglicher Raum, deutlich wärmer. Zwei Tische, ein Bürostuhl. Auf dem einen Tisch ein PC, auf dem anderen eine Kaffeemaschine und eine Mikrowelle. Daneben ein Geschirrschrank und eine kleine Geschirrspülmaschine. Die Spülmaschine war leer, der PC ohne Strom.

Die zweite Tür: eine Art Vorratskammer, unbeheizt. In den Regalen abgepackte Lebensmittel, Dosen, Toilettenartikel.

Alles, was man brauchte, um einen Menschen zu versorgen. Panther öffnete einen Schrank, der Geruch von gegerbtem Leder schlug ihm entgegen. An Kleiderbügeln hingen bunte Stoffe mit aufwendigem Muster, als Tunika oder Hose geschnitten, und ein Tierfell, das wohl als Umhang diente. Auf dem Boden standen weiche Lederschuhe und Sandalen, daneben eine Kiste mit Schmuck und einem Dolch mit goldenem Griff. Die Kleidungsstücke trugen das Erkennungszeichen Alators.

»Ich habe es gewusst«, flüsterte Panther. »Ich habe es gewusst.«

In einem zweiten Schrank stieß er auf ein Schwert, eine Axt und mehrere Messer. Die Waffen waren reich verziert, sie trugen Catarius' Handschrift, vermutlich stammten sie von ihm. Daneben waren Fachbücher über Kelten, allgemeine Literatur zur Archäologie, aber auch esoterische Werke und ein Handbuch für Metzger zu finden. Indizien, die bereits für eine Verhaftung reichten – aber da war ja noch die dritte Tür.

Panther rüttelte an der Klinke, die Tür hatte kein Schloss, dennoch war sie verschlossen. Erst jetzt entdeckte er die beiden Riegel, einer oben, einer unten. Sie standen unter Spannung, Panther musste sich gegen die Tür lehnen, um sie zu bewegen. Als er nun die Klinke drückte, gab die Tür ein Stück nach. Panther atmete kurz durch, dann öffnete er. Wieder ein schmatzendes Geräusch, auch hier wurde mit Gummileisten abgedichtet.

Der Lichtkegel seiner Taschenlampe erfasste ein Bett, einen Tisch, einen Stuhl. Oben an den Wänden verliefen Lüftungsrohre, das Bett war frisch gemacht. Panther betrat den Raum, er war größer als die anderen und L-förmig. Ein schwerer Vorhang trennte den hinteren Teil ab. Der Vorhang hakte, als Panther ihn aufzog. Dahinter befanden sich ein Klo und ein Waschbecken, außerdem ein Schrank. Das ist ein verdammtes Gefängnis, dachte Panther.

Der Schrank war aufgeräumt. Darin lagen sauber aufgereiht eine Pistole, eine Geldbörse und eine Zeitung. Die Zeitung trug das vorgestrige Datum. Die Pistole war eine P2000 von Heckler & Koch, die Dienstwaffe eines Polizisten. Panther durchsuchte die Geldbörse und fand, was er erwartet hatte: Jens' Personalausweis und seine Kreditkarten, außerdem ein Bild seiner Frau. Panther seufzte und nahm die Zeitung, ein Foto fiel dabei zu Boden. Er hob es auf und erstarrte: Das Foto zeigte Jens auf dem Bett sitzend. In den Händen hielt er eine Zeitung. Es war die Zeitung der letzten Woche!

»Oh Gott, Jens«, entfuhr es ihm, genau in diesem Moment schloss sich die Tür.

Panther stürzte nach vorne und warf sich gegen die Tür – sie bewegte sich keinen Millimeter. Sofort zog er seine Pistole und zielte gegen die Klinke, aber drückte nicht ab – es war sinnlos, Riegel verschlossen die Tür.

Mit dem Schaft seiner Pistole hämmerte er gegen den Stahl und rief: »Man weiß, wo ich bin! Meine Kollegen können jeden Moment auftauchen!«

Panther lauschte. Keine Reaktion. Er versuchte es noch einmal. Wieder ohne Erfolg. Panther nahm sein Handy und fluchte – natürlich kein Empfang.

Unvermittelt spürte er ein Kratzen im Hals. Er musste husten, ein stechender Geruch reizte seine Atemwege. Was war das? Gas? Er hielt sich den Kragen seines Pullovers vor den Mund und beleuchtete die Lüftungsrohre. Er sah nichts und hörte auch kein Zischen, aber es musste von da kommen. Der Reiz wurde unerträglich, Panther würgte, er bekam kaum Luft. Mit einer Decke versuchte er, die Lüftungsschlitze zu verschließen, die Taschenlampe entglitt ihm, seine Lungen rasselten. Flaches, hektisches Atmen – Angst! Panther hämmerte gegen die Wand, die Beine sackten ihm weg, der Boden war kalt, seine Hände nutzlos, sein Blick trüb, seine Sinne schwanden.

Dunkelheit.

Aus.

***

Ein paar Schorlen und Campari Orange später, Theater am Turm

»Protestsong ist Quatsch«, lallte Darth Vader wohl zum fünfzigsten Male. Er konnte Tesics Interpretation nicht überwinden. »Es ist eines der schönsten Fastnachtslieder, eine warme Erinnerung, es ist Villinger Kulturgut! Was du sagst, ist …« Vader suchte nach Worten.

»Blasphemie«, half ihm der Hulk.

»Genau, das ist es«, stimmte Vader zu. »Blasphemie!«

Tesic schob ihr Getränk weg und schaute in das halb leere Theater. Jemand schlief am Tisch, andere unterhielten sich, die Musik war aus. Von Struve keine Spur. War er mit der Dragqueen verschwunden?

»Ich glaube, der ›Fasnetgoascht‹ macht eine Pause«, stellte sie fest, »und mir reicht es jetzt auch.«

»Du willst nach Hause?«, fragte der Hulk.

Tesic nickte und suchte nach ihrer Geldbörse.

»Lass stecken«, sagte der Hulk. »Brauchst du Schutz von einem Superhelden?«

»Nein, danke«, entgegnete Tesic. »Ich kann ganz gut allein auf mich aufpassen, und zur Not beame ich mich weg.«

»Beamen können nur die von Raumschiff Enterprise. Die von Star Wars sind auf Fahrzeuge oder mutige Begleiter angewiesen.«

»Ich bin auch mutig«, warf Vader ein.

»Ist schon gut. Es war ein toller Abend. Vielleicht sieht man sich mal wieder.«

»Wie wäre es mit deiner Handynummer?«, fragte der Hulk.

»Die unterliegt der Geheimhaltung – wegen des Imperiums, du weißt schon.«

»Na dann, vielleicht ein andermal.«

»Ja, man weiß nie.« Etwas unsicher stand Tesic auf und wich Hulks Blick aus. Besser so, dachte sie, bevor es hier noch zu Verwicklungen kommt. Im Gehen winkte sie noch einmal, ohne sich umzudrehen.

Drei Uhr dreißig. Trotz der späten Stunde war es in der Innenstadt noch recht lebendig. Tesic hatte den Weg durch die Fußgängerzone gewählt – im Außenring gab es einige schlecht beleuchtete Stellen. Am Marktplatz spielte eine Guggenmusik, dazu tanzten ein paar Unermüdliche. Tesic wippte ein bisschen mit und ging dann weiter. Panther fiel ihr ein. Sie hatte ihn gebeten mitzukommen – es hätte ihm sicher gutgetan. Ein blinkendes Schaufenster erweckte ihre Aufmerksamkeit. Alle Strahler gingen aus, sie sah ihr Spiegelbild. Erinnerungen an Berlin wurden wach, eine ähnliche Szene. Auch damals betrachtete sie ihr Spiegelbild in einem Schaufenster, es hatte geregnet, sie trug ein Cape, das ihr Wilbur Arndt geschenkt hatte …

Genau in diesem Moment fühlte sie sich beobachtet. Die Strahler leuchteten wieder auf, ihr Spiegelbild verblasste, Tesic drehte sich um. Gegenüber suchte ein Betrunkener Halt an der Hauswand, die Guggenmusik stimmte das nächste Lied an, weitere Tänzer kamen hinzu. Der Betrunkene versuchte erfolglos, seine Jacke zu schließen, und wankte dann Richtung Münsterplatz. Eine johlende Horde junger Männer kam ihm entgegen, verkleidet als Kelten – in diesem Jahr eine beliebte Kostümierung. Einige trugen Schwerter auf ihrem Rücken, andere hielten Hörner in den Händen, aus denen sie tranken. Der Betrunkene machte respektvoll Platz, die jungen Männer beachteten ihn nicht, sondern verschwanden in der nächsten Kneipe. Der Betrunkene drehte eine unsichere Pirouette, schaute kurz in Tesics Richtung, stellte seinen Kragen auf und wankte weiter.

Tesic wartete, bis sie ihn nicht mehr sah, und setzte ihren Weg ständig zurückblickend fort. Zufall oder Verfolgungswahn? Immer das gleiche Muster, schon Hunderte Male durchlitten: Besonnenheit gegen Panik, Vernunft gegen Angst. Die Angst überwog, ungewollt ging sie schneller, dabei umklammerte sie ihre Handtasche, in der sich Pfefferspray und ein Teleskopschlagstock befanden. Beruhige dich doch, mahnte sie sich, niemand stellt dir hier nach. Außerdem bist du gut ausgebildet, und es sind immer noch ein paar Leute unterwegs – ein Hilferuf genügt. Tesic zwang sich, langsamer zu gehen. In ihrem Rücken zog die Guggenmusik ab, ihre Töne verloren sich allmählich. Vor der Turmstube stand ein Pärchen, ein Taxi wartete.

Tesic verließ die Hauptstraße, die Hafnergasse war menschenleer, aber gut beleuchtet – nur noch drei Minuten bis zur Haustür. Jetzt der bewaldete Grünstreifen, dann rechts. Aus dem Grünstreifen trat ein Mann. Tesic öffnete ihre Handtasche und tastete nach dem Schlagstock. Der Mann schaute kurz auf und strebte schnell Richtung Innenstadt, währenddessen ordnete er seine Kleidung. Offensichtlich hatte er sich erleichtert. Tesic ließ ihre Hand in der Tasche und wechselte die Straßenseite. Dort betrat sie die Hofeinfahrt, die zu ihrer Wohnung führte. Hohe Hecken schützten das Mehrfamilienhaus vor fremden Blicken, eine Straßenlaterne spendete spärlich Licht.

»So spät noch unterwegs?«

Tesic erstarrte. Aus dem Hausschatten löste sich eine Gestalt mit Kapuzenjacke. Tesic reagierte sofort. Den Schlagstock aus der Tasche holen und auseinanderziehen war eine Bewegung. »Verschwinden Sie – ich kann damit umgehen.«

»Sind solche Waffen nicht verboten, Frau Kommissarin?« Die Gestalt schob die Kapuze nach hinten. Ein Glatzkopf, Flammen-Tattoos am Hals.

»Roland Steck?«

»Nenn mich Asgeir Rolund!« Nach einer kurzen Pause schob er ein böses »Bitte« nach.

Tesic fing sich, sie gab ihrer Stimme einen festen Klang. »Was wollen Sie von mir? Und dann noch in Zivil – keine Lust mehr auf den Keltenkram?«

»Bin rein zufällig hier, Fastnacht, du weißt schon. Und das hier«, Rolund breitete seine Arme aus, »ist meine Verkleidung.«

»Reden Sie keinen Mist, Steck. Verfolgen Sie mich schon lange?«

»Rolund, ich sagte, Rolund.« Er schritt auf Tesic zu.

»Vorsicht«, warnte sie und hob den Schlagstock.

Rolund lächelte. »Ein bisschen aufgeregt um diese Zeit?«

»Nicht mehr als sonst. Also: Was ist?«

»Ich sehne mich nach dir, Marion. Du bist ein Teil meines Lebens geworden, du hast mich verhext.«

»Dann hebe ich den Zauber jetzt auf. Ich kann Sie nicht ausstehen, verschwinden Sie.«

»Tu das nicht, Marion. Das ist ein Fehler. Glaub mir, wir beide gehören zusammen. Ich werde dich zur Priesterin machen. Wenn wir uns vereinigen, können wir Grenzen überschreiten. Die körperliche Liebe ist eine unglaublich mächtige Kraft.«

Rolund trat weiter vor.

»Lass die Frau in Ruhe!«

Rolunds Kopf fuhr herum. Unter der Laterne standen ein grünes Monster und ein kleiner schwarz gekleideter Mann mit Maske.

»Was ist das denn?«, entfuhr es ihm.

Zu den beiden Gestalten gesellte sich eine dritte. Halb Katze, halb Narro. »Soll ich ihn festnehmen, Marion?«

Die Frage erübrigte sich. Rolund lachte kurz auf und setzte sich dann ab. Er rannte quer über den Hof und sprang über eine Hecke. Danach war er nicht mehr zu sehen.

Marion atmete tief durch, ihre drei Retter kamen ihr entgegen. Ein grüner Riese, ein kleiner schwarzer Ritter und ein seltsames Zwitterwesen, was für ein Bild.

»Verfolgung ist zwecklos«, sagte der Hulk. »Zumindest im jetzigen Zustand. Aber ich habe deine Geldbörse. Hast du im Theater am Turm liegen lassen. Deshalb sind wir hier.«

»Und was ist mit dir, Viktor?«

»Schlechtes Gewissen. Ich war nur kurz weg. Ich wollte nach dem Rechten sehen.«

Tesic verstaute ihre Geldbörse. »Muss herausgefallen sein«, sagte sie. »Ist mir noch nie passiert. Ich sollte die Finger vom Schorle lassen. Obwohl«, sie schaute auf, »es hat ja auch etwas Gutes.«

»Stimmt«, sagte der Hulk. »Jetzt weiß ich, wo du wohnst.«

ZWÖLF

Sonntagmittag gegen halb eins

Eines hatte Tesic: einen gesegneten Schlaf. Sie schälte sich aus dem Bett und streckte sich. Es ging ihr überraschend gut – ein leichtes Ziehen im Nacken, sonst nichts. Ihr erster Handgriff galt der Kaffeemaschine. Während diese zum Leben erwachte, nahm sie eine Visitenkarte vom Esstisch. Sie gehörte dem Hulk, der im wahren Leben Sven Wagner hieß und ein Immobilienmakler aus Villingen-Schwenningen war. Als die anderen schon weg waren, hatte er unten noch gewartet, bis sie ihm aus ihrer Wohnung zugewinkt hatte. Und erst als sie das Licht gelöscht und noch einmal einen Blick nach unten geworfen hatte, war er gegangen.

Tesic lächelte, Wagner schien ein richtig netter Kerl zu sein. Vielleicht fehlte ihr zum Glücklichsein nur ein Hulk. Ein Hulk, der ihre gesamten Probleme aus dem Weg räumte, einschließlich Steck. Wie sie mit diesem Idioten umgehen sollte, wusste sie nicht. Eine Anzeige wegen Belästigung, Stalking? Steck stellte ihr offensichtlich nach. Beobachtete er sie? War er die Ursache ihrer Ängste? Wäre sie diese Last los, wenn Steck sich ihr nicht mehr nähern durfte?

Eher nicht, musste sich Tesic eingestehen. Steck war nicht ihr Hauptproblem – ihre Vergangenheit war es. Ihr letzter Fall in Berlin hatte sie aus der Bahn geworfen. Wilbur Arndt, der sich in ihr Leben geschlichen und sie manipuliert hatte, war der Vater ihrer Paranoia. Bedenklich waren aber Arndts und Stecks Gemeinsamkeiten. Beide vereinnahmten sie, beide stellten ihr nach. Warum zog sie solche Typen an? War ihr Nein nicht entschieden genug? Sendete sie falsche Signale aus? Gab sie Grund zur Hoffnung?

Wie dem auch war, sie musste Steck in seine Schranken weisen. Möglichkeiten dazu bot der Keltenfall. Stecks Rolle war hier immer noch unklar – seine Truppe agierte am Rande der Legalität. Irgendwas würde sich schon finden.

Tesic ließ sich eine Tasse Kaffee heraus und schaltete ihr Smartphone ein – gestern hatte sie nicht erreichbar sein wollen. Die einzige Nachricht stammte von Panther, eine E-Mail. Sie war heute Morgen um acht Uhr verschickt worden. Tesic las:

> *Wenn dich diese E-Mail erreicht, sieht es schlecht aus. Es ist eine terminierte E-Mail, die automatisch verschickt wurde, weil ich festgehalten werde. Sie dient zu meiner Sicherheit. Um jetzt aber keine Panik aufkommen zu lassen, solltest du erst einmal bei mir zu Hause vorbeischauen, vielleicht bin ich auch einfach nur abgestürzt. Falls ich nicht öffne, musst du meine Tür aufbrechen, in der Wohnung findest du dann eine Nachricht – und bitte beeil dich.*
> *LG Mark*

Natürlich versuchte sie Panther zuerst telefonisch zu erreichen. Es gelang ihr nicht. Umgehend machte sie sich auf den Weg.

***

Abermals öffnete Tesic Panthers Tür mit ihrer Kreditkarte – auf Klingeln und Klopfen hatte niemand reagiert. Seit ihrem letzten Besuch hatte sich kaum etwas geändert. Die Wände waren noch immer schreiend bunt, alles wirkte aufgeräumt, nur auf dem Tisch standen eine leere Weinflasche und ein Glas, daneben lag ein Zettel. Tesic rief Panthers Namen und kontrollierte Schlafzimmer und Bad, dann nahm sie den Zettel. Ein paar Rotweinflecken befanden sich darauf.

> *Liebe Marion,*
> *jetzt sieht es wirklich schlecht aus. Ich bin bei Fehrenbach eingestiegen und offensichtlich nicht zurückgekehrt. Grund genug, ihm einen Besuch abzustatten. Du musst*

das Haus auf jeden Fall durchsuchen, egal, ob jemand öffnet oder nicht – es herrscht Gefahr im Verzug!
LG Mark
PS: Du solltest nicht allein gehen.
PPS: Ich hoffe, es geht mir gut.

»Idiot!« Tesic knallte den Zettel auf den Tisch. Sofort rief sie Struve an – er sagte, er sei in zwanzig Minuten bei Fehrenbach.

***

Niemand öffnete.

»Es kann aber auch eine Finte sein«, warnte Struve.

»Daran habe ich auch schon gedacht«, entgegnete Tesic. »Panther spielt uns nur etwas vor, damit wir Fehrenbachs Haus ohne Durchsuchungsbeschluss kontrollieren.«

»Erscheint aber eher unwahrscheinlich.«

»Meine ich auch. Und wenn nicht, ist es Panthers Problem.« Tesic winkte dem Mann vom Schlüsseldienst. »Außerdem will ich selbst wissen, was Fehrenbach in seinem Keller so treibt.«

Die Stahltür war angelehnt, davor eine Blutlache.

Die beiden Polizisten zogen ihre Waffen. Tesic schickte den Mann vom Schlüsseldienst nach oben. Verhalten rief sie Panthers Namen, dann drückte sie gegen die Tür. Im Kellergewölbe brannte Licht, eine Blutspur führte zu einer weiteren Tür, die verriegelt war. Struve sicherte, Tesic öffnete. Ein saugendes Geräusch, ein unangenehmer Geruch. Beide unterdrückten den Brechreiz. Der Raum war dunkel, außen gab es einen Lichtschalter, den Struve betätigte. Eine Neonröhre sprang an und gab den Blick auf ein Bett frei. Darauf lag eine Gestalt, sie war zugedeckt. Decke und Boden waren blutgetränkt. Die Polizisten betraten den Raum. Tesics Gesicht war versteinert. Sie gab Struve ein Zeichen. Der schlug die Decke nach hinten. Darunter lag Anja Fehrenbach – ihr Schädel war eingeschlagen.

Auf der Straße ein Lärmen und Singen. Verkleidete Narren strömten Richtung Romäusturm, wo der Kater befreit werden sollte. Tesic stand vor Fehrenbachs Haus und atmete tief durch.

Drinnen hing Struve am Telefon und traf die erforderlichen Maßnahmen: Anforderung der Tatort- und Spurensicherung, Fahndung nach Fehrenbach und Panther, Ortung ihrer Handys, Kontrolle von Catarius' Hütte bei Linach durch die örtliche Polizei. Nachdem eine Verbindung Fehrenbachs zu Alator offensichtlich geworden war, schien die Hütte ein ideales Versteck zu sein.

Fehrenbachs Haus hatten die beiden bereits durchsucht: ein biederer Haushalt mit einem schrecklichen Geheimnis. Die Kellerräume hatten als Gefängnis gedient, vielleicht war dort auch Jens eingekerkert worden. Ein fürchterlicher Gedanke – die Spurensicherung würde für Klarheit sorgen. Tesic fragte sich, ob Jens noch lebte. Ob er dort unten gewesen war, als sie und Mark zum ersten Mal in diesem Haus waren und die Fehrenbach befragt hatten? Ob Mark noch lebte? Die Tragweite dieser Fragen erschütterte sie zutiefst, und eine Mischung aus Verzweiflung und Versagensangst lähmte ihren Verstand.

Tesic brauchte eine kurze Pause. Sie massierte ihre Schläfen und atmete bewusst ein und aus, bis sie wieder ruhiger wurde. Dann zwang sie sich, ihren Dialog mit sich selbst fortzuführen. Die zentrale Frage war tatsächlich: Lebten die beiden noch? Mark wahrscheinlich schon. Warum hätte Fehrenbach ihn sonst wegbringen sollen, während er die Leiche seiner Frau zurückließ?

Bei Jens war sie sich nicht sicher, zu abenteuerlich schien ihr der Gedanke. Seit Jens' Verschwinden war über ein halbes Jahr verstrichen. Welchen Grund sollte es geben, ihn so lange gefangen zu halten? Darauf fand sie keine Antwort. Deshalb konzentrierte sie sich auf das Naheliegende: Was wollte Fehrenbach mit Mark? Sollte er als Geisel dienen, oder wollte Fehrenbach Rache für Nichnevens Tod üben? Die Art von Rache, die die Kelten für Schwerverbrecher vorsahen und die von der

Alator-Gruppe praktiziert wurde? Tesic seufzte, der Gedanke erschien ihr äußerst wahrscheinlich.

Dass Fehrenbach zu Alator gehörte, war eindeutig, die gefundenen Kleidungsstücke mit dem eingenähten Keltenkreuz ließen keinen anderen Schluss zu. Wie konnte er aber so lange unentdeckt agieren? Hatten sie bei den Ermittlungen etwas falsch gemacht, etwas übersehen? Das würde sich noch zeigen. Fakt war, dass Fehrenbach überstürzt geflüchtet war und dass zurückgelassene Akten und der Computer noch wichtige Hinweise auf weitere Mitglieder und mögliche Aufenthaltsorte liefern konnten.

Blieb noch der Mord an Anja Fehrenbach. Wie war es dazu gekommen? Entweder hatte ihr Mann komplett die Kontrolle verloren und sie im Streit erschlagen, oder sie hatte ihn überrascht, als er Mark wegbringen wollte. In beiden Fällen hatte er ein Problem: Er musste zwei Menschen fortschaffen, eine Leiche und einen Gefangenen. Mark kam als Erster dran, für Fehrenbachs Frau hatte es offensichtlich nicht mehr gereicht, sei es aus Zeit- oder Platzgründen. Doch wie hatte er Mark aus dem Haus geschafft? In einem Müllsack oder etwas Ähnlichem? Von seiner Haustür zu seinem Wagen? Und das ungesehen? Kaum vorstellbar. Es musste Augenzeugen geben.

Tesic wandte sich dem gegenüberliegenden Haus zu. Ein typisches Altstadthaus. Dreistöckig, mit windschiefem Dach und weinroter Fassade. Die Eingangstür schmal, die Erdgeschossfenster auf Augenhöhe. Dort würde sie mit der Suche beginnen. Sie informierte Struve. Nach dem Eintreffen der Tatortsicherung sollte er sie unterstützen. Die Zeit drängte.

»Klingeln Sie bei Herrn Sigwardt, dem entgeht nichts«, sagte ein junger Mann, der zum Teil noch geschminkt war und beträchtlich nach Alkohol roch. »Bin gerade erst ins Bett gefallen und kann mich kaum an letzte Nacht erinnern, geschweige an verdächtige Personen. Wenn Sie mich fragen, sind an Fastnacht sowieso alle verdächtig.«

Ein alter, übergewichtiger Herr um die achtzig öffnete. Er stützte sich auf einen Stock, sein Hemd hing zum Teil aus der Hose, die Wohnung roch muffig.

»Sind Sie Anton Sigwardt?«

»Ja. Steht doch auch auf dem Türschild, oder?«

»Richtig.« Tesic zeigte ihren Ausweis. »Ich bin Hauptkommissarin Marion Tesic. Kann ich Ihnen ein paar Fragen stellen?«

»Wenn's sein muss. Einen Augenblick.« Sigwardt stopfte umständlich mit einer Hand das Hemd in die Hose, in der anderen behielt er den Stock. Sein rechtes Bein zitterte leicht. »So, jetzt«, sagte er und trat einen Schritt zurück. »Kommen Sie rein.«

Der Gang war schmal und dunkel, das Wohnzimmer auch. Eiche rustikal erdrückte den Raum, Tesic versank in einem breiten Sessel.

»Wollen Sie etwas trinken?«

»Nein, danke. Ich bin sehr in Eile.«

»Gut. Hätte sowieso nur Wasser gehabt. Vielleicht auch einen Kaffee, aber der schmeckt nicht. Wissen Sie, meine Frau ist schon lange tot.«

»Das tut mir leid.«

»Essen bekomme ich von der AWO. Ist immer schön heiß. Am Abend gibt es Landjäger und Brot. Manchmal auch Käse, der hält aber nicht so lang. Einen Apfel esse ich immer dazu – ist gesund. Und natürlich Gurken. Die kaufe ich im Zwei-Kilo-Glas – muss ja lange halten, oft gehe ich nicht aus dem Haus.«

»Sie scheinen gut zurechtzukommen, Herr Sigwardt. Darf ich Ihnen jetzt ein paar Fragen stellen? Es ist wirklich dringend.«

»Ja, ja. Fragen Sie nur. Mein Sohn hat auch nie Zeit. Lebt in Osnabrück. Hat keine Kinder. Das ist nicht gut. Wer soll denn dann die Renten zahlen? Für mich reicht's noch. Wenn ihr aber mal dran seid, dann wird's eng.«

»Sie haben ja recht. Dennoch muss ich meine Arbeit machen. Also, ist Ihnen gestern oder heute Morgen etwas Ungewöhnliches in der Straße oder bei der Familie Fehrenbach aufgefallen?«

»Haben Sie Kinder?«

»Nein. Können Sie jetzt bitte auf meine Frage antworten?«

»Ich habe auch noch eine Tochter, die hat Kinder, zwei, glaube ich. Hab die Kinder noch nie gesehen, meine Tochter spricht nicht mehr mit mir.«

»Das ist sehr schade, Herr Sigwardt.«

»Hab da vieles falsch gemacht, in der Erziehung, meine ich – ich war sehr streng. Und dann wird sie schwanger, von einem Ausländer! Wollte, dass sie es wegmacht. Na ja. War ziemlich dumm von mir.«

»Herr Sigwardt, wenn Sie mir nichts zu sagen haben, muss ich jetzt gehen.«

»Der Fehrenbach war kein Guter. Der ging mit meinem Oliver in eine Klasse. Fehrenbach war ein Einzelgänger, er hat Tiere gequält. Wenn der 'ne Katze gesehen hat, hat er sie getreten. Einmal, auf einem Schulausflug, hat er mit der Faust auf einen Frosch eingeschlagen, der ist geplatzt wie 'ne reife Frucht. Mein Oliver hat es gesehen, er saß direkt daneben. Und dann war da noch die Sache mit der Brandstiftung. In der Villinger Umgebung brannten immer wieder mal Scheunen und Heuschober ab. Es gab viele Gerüchte, doch gefasst wurde niemand. Seltsam war nur, dass die Serie abriss, als Fehrenbach ins Internat musste. Seine Eltern waren reiche Leute, seine Mutter ist erst vor Kurzem gestorben, sie hat auch in der Innenstadt gelebt. Die alten Fehrenbachs hatten viele Häuser in Villingen. Der feine Sohn hat alles geerbt – dem Drecksack gehört die halbe Innenstadt.«

»Wie ist Fehrenbachs Ehe?«

»Schlimm. Schlagen tut er sie, seine Frau. Hab's manchmal gesehen, wenn Licht im Schlafzimmer war und der Vorhang nicht zugezogen. Das passt zu Fehrenbach. Schwächere hat er schon immer terrorisiert – fragen Sie meinen Oliver. Aber wenn's gegen Stärkere ging, hat er den Schwanz eingezogen. Ein Großkotz und ein Feigling ist er, der Herr Fehrenbach.«

»Haben Sie sonst noch irgendwelche Sachen beobachtet?«

»Oh ja, das hab ich. Aber halt …«, Sigwardt schaute auf seine

Uhr, »… jetzt geht es gleich los.« Ächzend stemmte er sich aus dem Sessel.

»Was geht gleich los?«

Zielstrebig humpelte Sigwardt in den rückwärtigen Teil seiner Wohnung. »Kommen Sie«, sagte er und öffnete die Tür zu einer Art Jugendzimmer. An den Wänden hingen Poster vergangener Rock- und Pop-Größen, auf einem Schreibtisch stand ein Globus, daneben ein Lexikon und ein Duden. Das Bett war nicht bezogen. Sigwardt öffnete das Fenster, das Ende eines Fastnachtsliedes war zu hören, dann folgten deutliche Rufe: »Miau, Miau, Miau, isren Kater, wen mer hau!«

»Jetzt wird der Kater befreit, hab ich noch nie verpasst. Leider kann ich nicht mehr hingehen, und von hier aus sieht man nichts, es reicht nur noch zum Hören.«

»Sie wollten mir von Herrn Fehrenbach berichten«, sagte Tesic ungeduldig.

»Ich gehe Ihnen ganz schön auf die Nerven, nicht wahr?«

Tesic antwortete nicht, dafür schloss sie energisch das Fenster. Sigwardt setzte sich aufs Bett, das Getöse war nur noch dumpf zu vernehmen.

»Also, heute Morgen, so um sechs, da stand wieder dieser Transporter vor Fehrenbachs Haus.«

»Was für ein Transporter?«

»Ein Mercedes, glaube ich. Die Dinger sehen heutzutage ja alle gleich aus.«

»Und weiter?«

»Um sechs muss ich immer aufs Klo, um zwei auch – das ist so im Alter.«

Tesic seufzte. »Hören Sie, Herr Sigwardt. Es ist ein schlimmes Verbrechen geschehen, und um noch Schlimmeres zu verhindern, brauche ich Ihre Hilfe. Sagen Sie mir also bitte, was Sie beobachtet haben.«

»Hat Fehrenbach seiner Frau was angetan?«

»Wenn der Fall abgeschlossen ist, werde ich es Ihnen erzählen.«

»Sicher?«

»Ja, ich werde Sie besuchen und Ihnen berichten, aber nur, wenn Sie jetzt zur Sache kommen.«

»Gut. Das Auto stand schon oft vor Fehrenbachs Haus. Ist eine Art Spedition. Der Fahrer war immer derselbe Typ. Brachte immer große Kisten, manchmal hat er auch was geholt. Ich dachte immer, die seien für die Apotheke – so eine Art Lager. Die Kisten waren schwer, Fehrenbach musste helfen.«

»Hatte das Auto einen Schriftzug? Erinnern Sie sich an das Kennzeichen?«

»›Seller-Umzug-Service‹ stand an beiden Seiten – in Rot. Das Kennzeichen war von hier. Die Nummer weiß ich nicht mehr.«

Tesic zückte sofort ihr Handy. »Hallo, Viktor. Ein Umzugsunternehmen war heute Morgen bei Fehrenbach. Der Name lautet ›Seller-Umzug-Service‹. Muss aus der Gegend sein. Finde die Adresse heraus, ich bin gleich bei dir.«

Tesic legte auf. »Wie sah der Fahrer aus?«

»Deutsch, groß, blond. Konnte ordentlich zupacken.«

»Danke, Herr Sigwardt. Das war sehr hilfreich.«

»Und Sie werden mich besuchen?«

»Versprochen ist versprochen.« Tesic eilte zur Tür.

***

Das Blaulicht verschaffte den nötigen Platz, die Reifen quietschten, als Struve in den Kreisverkehr einfuhr. »Ist schneller über den Nordring«, sagte er. »In Schwenningen ist heute Fastnachtsumzug, deshalb sollte man die Innenstadt meiden. Sellers Firma befindet sich im Industriegebiet Ost. Er ist ein Einzelunternehmer und macht Transporte aller Art – also nicht nur Umzüge.«

Tesic nickte. Gerade hatte sie Struve über Sigwardts Aussage und ihre Theorie zum Tathergang in Fehrenbachs Haus informiert.

»Einmal den richtigen Nachbarn befragt und schon eine Spur. Das hätten wir auch früher haben können«, klagte sie.

»Mach dir keine Vorwürfe, Marion. Du weißt, wie heikel

unsere Nachforschungen waren. Ohne konkreten Verdacht direkt bei den Leuten zu klingeln, hätte für zu viel Aufsehen gesorgt.«

»Ja, schon klar«, seufzte Tesic. »Dennoch nagt es an einem.« Das Ortsschild Schwenningens flog vorbei – Struve fuhr wirklich sehr schnell. Tesic straffte sich. »Wie kommt die Spurensicherung voran?«, fragte sie.

»Die machen ihre Arbeit. Ein Schnellabgleich der Fingerabdrücke liegt bald vor, dann werden wir wohl Gewissheit haben, was Mark und Jens Haller betrifft.«

»Was ist mit Linach?«

»Eine Streife hat die Hütte kontrolliert. Es ist niemand dort oben. Zur Sicherheit erfolgen später weitere Überprüfungen.«

In der Straße zu Sellers Haus holte Struve das Blaulicht vom Dach und parkte am Straßenrand. Schräg gegenüber war ein heruntergekommenes einstöckiges Gebäude mit Flachdach zu sehen, an der Seite eine Verladerampe. Sellers Transporter parkte davor.

»Die sind noch da«, sagte Struve.

»Meinst du? Vielleicht haben sie ja nur das Auto getauscht«, antwortete Tesic.

»Dennoch sollten wir Verstärkung anfordern.«

»Nein, zu viel Aufsehen.« Tesic kontrollierte ihre Waffe. »Und falls du recht hast und sie sind noch hier, dürfen wir ohnehin keine Zeit verlieren.«

Die Eingangstür war unverschlossen und führte direkt in ein schäbiges Büro: ein Tisch, ein Laptop, ein Aktenschrank. An der Wand hing ein Pin-up-Kalender, am Fenster stand ein übervoller Aschenbecher. Zwei Türen. Die Polizisten hatten ihre Waffen im Anschlag und öffneten die erste. Dahinter ein großes Lager. Es war so gut wie leer, nur in einer Ecke stapelten sich Kisten und Kartons unterschiedlicher Größe. Von den Gesuchten keine Spur.

Zurück im Büro, nahmen sie die zweite Tür. Hier schien

Seller zu wohnen. Das Bett war ungemacht, die Kochnische mit verschmutztem Geschirr vollgestellt. Auf dem Bett eine gepackte Reisetasche.

Ein weiterer, sehr weitläufiger Raum grenzte an. Er war mit Tierfellen ausgelegt, es roch wie im Zoo. Künstliche Fackeln spendeten diffuses Licht, an den Wänden hingen Schwerter und Schilde. In der Mitte stand ein Podest, gefertigt aus massivem Holz. Darauf lag ein Mensch. Es war ein blutüberströmter Mann.

Augen und Mund waren weit aufgerissen, eine Schlinge schnitt in seinen Hals. Gesicht und Körper wiesen unzählige Hämatome auf. Der Mann war schwer misshandelt worden. Die Hände waren das Schlimmste, sie waren nur noch Klumpen – man hatte ihm alle Finger gebrochen.

Struve atmete flach, er rang um Beherrschung. »Das ist Seller«, sagte er leise. »Ich habe sein Bild bei der Suche nach seiner Adresse im Internet gesehen.«

Tesic blieb äußerlich unberührt. »Was hat das zu bedeuten?«, fragte sie. »Warum wurde Seller gefoltert? Wo ist Fehrenbach? Hat er das getan?«

Struve wandte sich ab. »Ich muss hier erst einmal raus. Zwei Leichen und ein entführter Kollege, und das alles an einem Tag – das ist mir zu viel.«

Struve rauchte, Tesic telefonierte.

»Wir brauchen Ergebnisse, und zwar so schnell wie möglich!« Ihr Gesprächspartner antwortete, sie schüttelte den Kopf. »Das ist mir egal, dann müssen Sie eben alles andere hintenanstellen. Es geht hier um einen Kollegen. Wenn Sie jetzt nicht in die Gänge kommen, wende ich mich an Ihren Vorgesetzten.« Genervt legte sie auf und verstaute ihr Handy. »Am wenigsten kann ich jetzt jemanden gebrauchen, der mich über den Dienstweg aufklärt«, sagte sie zu Struve. Der hob nur ratlos die Schultern.

Tesic fuhr fort: »Der sogenannte Schnellabgleich der Fingerabdrücke dauert, anscheinend gibt es Fälle mit gleicher Priorität. Außerdem kann die Spurensicherung erst morgen kommen, noch sind sie am Villinger Tatort beschäftigt. Immerhin sind Fehrenbachs schriftliche Unterlagen ins Präsidium unterwegs. Ich habe veranlasst, dass sie nach einer Immobilie, die als Versteck dienen könnte, untersucht werden. Ferner ist eine Streife unterwegs, die uns hier ablöst.«

»Und was ist mit Marks und Fehrenbachs Handys?«

»Beide konnten nicht geortet werden. Vermutlich wurden sie zerstört.«

»Dann haben wir im Moment nichts?«

»Ja, es ist eine Katastrophe. Wir rennen nur hinterher.«

Struve zündete sich eine weitere Zigarette an. »Kannst du dir einen Reim auf Sellers Ermordung machen?«

»Nein. In Frage käme Fehrenbach, aber warum sollte er das tun? Erst braucht er Sellers Hilfe, dann bringt er ihn um. Das ergibt keinen Sinn.«

»Vielleicht wollte er einen Mitwisser loswerden. Vielleicht hat Seller kalte Füße bekommen und wollte zur Polizei gehen.«

»Und wozu die Folter? Wenn jemand gefoltert wird, will man etwas in Erfahrung bringen – mit allen Mitteln. Was könnte Fehrenbach so wichtig sein, was könnte er von Seller gewollt haben?«

»Versuchen wir uns doch in Fehrenbachs Lage zu versetzen: Er hat alles verloren, er ist auf der Flucht, er hat eine Geisel. Was benötigt er?«

»Einen Unterschlupf, eine Perspektive, Geld«, antwortete Tesic nach kurzem Zögern.

»Ja. Vielleicht ging es um Geld. Geld, das Seller hatte und von dem Fehrenbach wusste.«

»Und das fällt ihm gerade jetzt ein? Hier in Sellers Haus, wo Fehrenbach doch mit unserem Erscheinen rechnen konnte?«

»Nun, wenn Seller aussteigen wollte, blieb Fehrenbach nichts anderes übrig. Denk an die gepackte Reisetasche auf dem Bett, sie könnte ein Hinweis auf Sellers Pläne sein.«

»Nein, das passt nicht. Die Tasche könnte er genauso gut gebraucht haben, um sich mit Fehrenbach abzusetzen. Und schau dich doch nur mal um. Seller ist garantiert nicht vermögend.«

»Dann hat er das Geld eben verwaltet.«

»Für Alator meinst du?«

»Wer weiß?«

Tesic schüttelte den Kopf. »Ich glaube, das bringt jetzt nichts. Wir müssen gezielter vorgehen. Im Moment gilt die oberste Priorität dem Auffinden von Mark und Fehrenbach.« Sie überlegte. »Fehrenbach muss irgendwie mobil sein. Das Kraftfahrzeugbundesamt soll prüfen, ob auf Seller weitere Fahrzeuge zugelassen sind. Wenn ja, nehmen wir diese in die Fahndung auf. Außerdem will ich, dass der Chef informiert wird. Er hat zwar Urlaub, aber hier liegen besondere Umstände vor. Du erreichst ihn über seine Sekretärin, sie leitet dringende Angelegenheiten weiter.« Struve nahm sein Handy.

»Und dann schauen wir uns noch einmal genauer im Haus um«, ergänzte sie.

Auf Seller war tatsächlich noch ein weiterer Transporter zugelassen – Struve leitete die Fahndung ein. In Sellers Reisetasche fand Tesic eine Axt und eine Art Mönchskutte. Gegenstände für ein weiteres Ritual? Die Befürchtung lag nahe. Der Laptop war mit einem Passwort gesichert, hier musste die Auswertung der IT-Spezialisten abgewartet werden. Auch die Akten und Unterlagen verlangten nach einer eingehenderen Überprüfung. Auf die Schnelle brachten sie keinen Erkenntnisgewinn. Dafür boten die Anrufliste und das Adressbuch des Telefons einen bemerkenswerten Hinweis: Der Archäologe Dr. Ernst Reuther stand mit Seller in Kontakt. Zuletzt hatte er vor zwei Tagen mit ihm gesprochen.

Sofort rief Tesic Reuther an. Er war im Franziskanermuseum. Ohne genaue Gründe zu nennen, vereinbarte sie ein Treffen für die nächste Stunde. Nachdem die Polizeistreife zur Absicherung des Tatorts eingetroffen war, brachen die beiden

Polizisten auf. Reuther war ins Zentrum der Ermittlungen gerückt. Diesmal würde Tesic Druck machen.

***

Villingen, Franziskanermuseum

Das Museum war bereits geschlossen, der Hausmeister öffnete.

»Dr. Reuther ist in der Abteilung Keltisches Fürstengrab Magdalenenberg«, sagte er. »Gehen Sie mir einfach nach.«

Der Weg führte durch ein großzügiges Glasfoyer, das Museumscafé und Stadtmauer einschloss und den Blick auf den Komödiengarten des ehemaligen Klosters freigab. Am Ende des Weges grenzte eine getönte Glastür einen großen, leicht abgedunkelten Raum ab. In seiner Mitte befand sich, von beleuchteten Sichtkästen umrahmt, eine der bedeutendsten Attraktionen des Museums – die hölzerne Grabkammer des Keltenfürsten.

Etwas abseits der Grabkammer stand Dr. Reuther. Er war über ein Modell des Grabhügels gebeugt. Leuchtpunkte, die die Lage der Gräber kennzeichneten, spiegelten sich in seiner Brille. Reuther hob den Kopf. Seine von unten angestrahlten Gesichtszüge verliehen ihm eine ungewohnte Härte.

»Sie sind aber schnell«, stellte er fest. »Wo ist Ihr Kollege Herr Panther?«

»Wissen Sie das nicht?«, fragte Tesic.

»Sollte ich?«

»Das war eine einfache Frage, Dr. Reuther. Also, wissen Sie es?«

»Warum sind Sie denn so aggressiv? Ist etwas vorgefallen?«

»Die Fragen stellen wir.«

»Natürlich, aber Sie könnten sich im Ton etwas zurücknehmen.«

Struve drängte dazwischen. »Kennen Sie einen Herrn Seller?«, fragte er schroff.

Reuther wandte sich Struve zu. Ärger über den ruppigen Umgang färbte seine Stimme. »Ja. Ist das ein Verbrechen?«

»Können Sie mir sagen, was Sie mit Herrn Seller zu tun haben?«

»Zu tun eigentlich gar nichts. Herr Seller hat mich öfters um meinen Rat gefragt, mehr nicht.«

»Und was wollte er?«

»Ihn hat besonders meine Theorie zur Stangensetzung auf dem Magdalenenberg interessiert. Er wollte wissen, wie man die Mondwenden ermittelt und welche astronomischen Erkenntnisse dahinterstecken.«

»Gab es noch etwas?«

»Nun ja. Die Kelten hatten es ihm sehr angetan. Besonders Kleidung und Bewaffnung der Krieger fanden sein Interesse.«

Mit wachsendem Unmut vernahm Tesic die Antworten des Archäologen. »Dr. Reuther, so geht das nicht«, sagte sie. »Haben wir Sie nicht eindeutig darauf hingewiesen, dass Sie uns jede Person nennen sollen, die in Verbindung mit den Ereignissen am Magdalenenberg gebracht werden kann? Zumal Seller in Schwenningen wohnt! Verdächtiger geht es kaum.«

»Herr Seller ist von hier? Das wusste ich nicht.«

»Ach, erzählen Sie doch keinen Mist. Sie haben uns schon so viele Informationen vorenthalten. Ich glaube Ihnen nicht. Also: Warum haben Sie Seller gedeckt?«

»Ich habe ihn nicht gedeckt. Seller ist ein armer Hund und von einfachem Gemüt. Die wissenschaftlichen Grundlagen zur Stangensetzung hat er nie richtig verstanden. Dennoch hat er immer nachgefragt. Für ihn ist alles, was mit den Kelten zu tun hat, ein Faszinosum, ja fast heilig. Ich wollte ihm einfach Ärger mit der Polizei ersparen.«

»Sie sind ein richtiger Wohltäter, Dr. Reuther. Immer im Dienste der Wissenschaft und Menschlichkeit. Aber das nehme ich Ihnen nicht länger ab. Ihre Argumente sind fadenscheinig. So war es bei Rudolf Habt und bei Alan Catarius. Und so ist es bei Andreas Seller. Im Zuge der Keltenritual-Ermittlungen taucht immer wieder Ihr Name auf, Sie kennen die meisten Verdächtigen. Halten Sie das nicht für fragwürdig?«

»Sie sind also tatsächlich davon überzeugt, dass ich mit diesen Verbrechen etwas zu tun habe? Sie können sich gar nicht vorstellen, wie sehr mich das kränkt.« Reuther schüttelte den Kopf. »Dieser Mummenschanz. Diese Menschenverachtung. Ich bin Wissenschaftler, ich bin Humanist. Jegliche Gewalt ist mir fremd.«

»Das klingt sehr beeindruckend, Dr. Reuther.« Ein spöttisches Grinsen huschte über Tesics Gesicht. »Kennen Sie Tanno Fehrenbach?«

»Ah, Sie bringen eine weitere Person ins Spiel. Vielleicht kriegt man ja damit den verschrobenen Herrn Doktor zu fassen.«

»Bitte beantworten Sie meine Frage.«

»Sie meinen den Apotheker?«

»Ja.«

»Fehrenbach ist mir nur als Villinger Geschäftsmann bekannt, nichts weiter.«

»Sein Name wurde auch nicht im Umfeld der Keltengruppen erwähnt?«

»Nein, zu Fehrenbach habe ich nichts zu sagen.«

»Gut. Wo waren Sie heute zwischen fünf und vierzehn Uhr?«

Reuther zögerte und schaute von einem Polizisten zum anderen. »Heute Morgen ist etwas Schlimmes passiert, nicht wahr? Deshalb die Frage nach Herrn Panther.« Tesic und Struve zeigten keine Reaktion. »Darf ich wissen, was ihm zugestoßen ist?«

»Wenn Sie es nicht wissen, kann ich es Ihnen nicht sagen«, antwortete Tesic.

»Lassen Sie doch diese einfältigen Spielchen.«

»Wo waren Sie?«

»Wenn Sie meinen«, seufzte Reuther. »Bis circa halb neun zu Hause – dafür habe ich keinen Zeugen, ich lebe allein. Und danach hier im Museum, dafür gibt es Zeugen genug. War's das?«

»Nein. Noch mal zurück zu Seller. Hat er Ihnen gegenüber irgendwelche Versammlungsorte oder Namen von Mitstreitern erwähnt?«

»Sofern es um seine keltische Identität ging, war Sellers Sprache immer sehr nebulös. Ich vermute, er wollte sich eine geheimnisvolle Aura verleihen, was auf mich aber eher lächerlich wirkte. Dessen ungeachtet sprach er oft von den Hallstättern und einem wichtigen Treffen.«

»Wo sollte dieses Treffen stattfinden?«

»Ich weiß von einer Jagdhütte, mehr nicht. Aber der Name Asgeir Rolund fiel einmal. Ich kann mich deshalb gut daran erinnern, weil Seller auf diesen Mann nicht sehr gut zu sprechen war. Offensichtlich hatte er mit ihm eine Rechnung zu begleichen.«

Wieder Rolund, dachte Tesic. Jetzt wird es eng für ihn – wir müssen ihn verhören, am besten heute noch. Struve schien Ähnliches zu denken, sein Blick verriet es.

Tesic wandte sich erneut an Reuther: »Können Sie mir sagen, ob in den nächsten Tagen eine Art keltischer Feiertag oder ein sonstiges für die Kelten wichtiges Ereignis ansteht?«

»Jetzt wollen Sie meine Hilfe. Halten Sie das nicht für ein bisschen unverschämt?«, entgegnete Reuther.

»Sie können damit etwas zu Ihrer Entlastung beitragen.«

»Entlastung? Das ist einfach absurd. Aber gut. In der Nacht von Dienstag auf Mittwoch ist Neumond, der Beginn eines neuen keltischen Monats. Es ist die dunkelste Nacht, es ist die Zeit von Cerridwen, der Göttin des Neumondes und des Todes.« Reuther fixierte die beiden Polizisten. »Wenn jemand einen Ritus durchführen will, ist das ein guter Zeitpunkt.«

Tesic nickte und versuchte in Reuthers Gesicht zu lesen. Er zeigte keine Unsicherheit. Wenn er mit der Sache etwas zu tun hatte, war er ein verdammt guter Schauspieler.

»Ihr Alibi lassen wir überprüfen, und halten Sie sich bitte für uns zur Verfügung«, sagte sie.

»Ich hatte nicht vor, das Land zu verlassen, Frau Hauptkommissarin«, ätzte Reuther.

Die Glastür schloss sich, Reuther war wieder allein. Er wandte sich dem Grab des Fürsten zu. Zweitausendsechshundert Jahre alte Holzstämme, Zeugen einer längst vergangenen Zeit. Reuther nahm seine Brille ab und starrte ins Leere.

Auf dem Osianderplatz vor dem Museum wählte Tesic die Nummer, unter der Steck mit ihr Kontakt aufzunehmen pflegte. Lärmend zog eine Guggenmusik-Gruppe vorbei, sie war auf dem Weg zur Fasnetsuche am Bickentor. Tesic musste sich das Ohr zuhalten, um das Freizeichen zu hören. Eine Stimme, die sie dem jungen Helfer Stecks zuordnete, meldete sich. Tesic erfuhr, dass Steck nicht zu erreichen und sein Aufenthaltsort unbekannt sei. Auch die Androhung von Konsequenzen änderte daran nichts. Sie musste sich damit begnügen, zurückgerufen zu werden, sobald Steck wieder auftauchen würde.

Umgehend rief sie die Polizeidienststelle in Sigmaringen an. Der diensthabende Beamte sprach von Überlastung. Erst nach der Aufnahme des Unfalls an der B 313 und der Schlichtung eines Familienstreits könne eine Streife Stecks Wohnung und das Vereinsheim der Hallstätter prüfen. Auch Tesics massive Einwände und der Hinweis auf einen Mordfall änderten nichts an dem Vorgehen des Schichtführers. Er könne nun mal nur mit dem Personal arbeiten, das ihm zur Verfügung stehe – sie könne sich ja gerne bei seinem Vorgesetzten beschweren. Ärgerlich und mit der Anweisung, sie beim Auffinden Stecks sofort zu benachrichtigen, legte Tesic auf. In kurzen Worten setzte sie Struve in Kenntnis.

»Wir könnten Steck auch zur Fahndung ausschreiben, dann hätten wir mehr Möglichkeiten«, sagte dieser.

»Dafür haben wir zu wenig in der Hand. Nur eine Verbindung zum Mordopfer ist nicht ausreichend.«

»Und wenn wir selbst nach Steck suchen?«

»Bis wir bei den Hallstättern sind, dauert es mindestens eine Stunde. Bis dahin sind vielleicht auch die Sigmaringer Kollegen so weit. Außerdem ist Steck jetzt vorgewarnt. Wenn er uns nicht sprechen will, wird es schwer sein, ihn zu finden.«

»Wir hätten vielleicht einfach nach Sigmaringen fahren sollen, ohne Steck anzurufen.«

»Steck führt ein unstetes Leben, ihn anzutreffen ist schwierig. Ich denke, der Anruf war richtig – zumal gegen ihn nichts vorliegt. Durch wilden Aktionismus hätten wir auch nicht mehr Zeit gewonnen.«

Struve zuckte mit den Schultern. Der Betrieb auf der Straße nahm zu. Unzählige Narren strömten zum anderen Ende der Altstadt, verschiedene Musikgruppen sorgten für ausgelassene Stimmung. Irgendwo krachten Feuerwerkskörper. Die Stimme gegen die Geräuschkulisse hebend, sagte Struve: »Wir verlieren zu viel Zeit, und wir haben nichts. In Panthers Situation zählt jede Minute.«

»Ich weiß«, entgegnete Tesic. »Vielleicht hilft uns ja morgen die Spurensicherung weiter.«

»Morgen? Wenn das mit dem keltischen Feiertag zutrifft, haben wir nur noch achtundvierzig Stunden.«

»Ja.« Tesic wirkte niedergeschlagen. »Aber es ist ja nur eine Vermutung.«

»Und was ist mit Reuther?«

»Den sollten wir überwachen. Kannst du noch?«

»Es war ein langer Tag, aber wir könnten uns abwechseln.«

»Gut«, stimmte Tesic zu. »Hat der Wagen eine Standheizung?«

»Ja. Außerdem einen Laptop für unsere Berichte – wäre vielleicht eine gute Gelegenheit. Und die beste Nachricht zuletzt«, Struve lächelte, »die Imbissstände haben noch auf.«

***

Ein Ruckeln, ein schabendes Geräusch. Holz auf Metall. Panther erwachte aus einer Art Dämmerzustand. Noch immer lag er in dieser Kiste – oder war es ein Sarg? Es herrschte totale Dunkelheit, seine Arme waren über der Brust gekreuzt und gefesselt, seine Bewegungsfreiheit minimal – zu wenig für ein lautes Klopfen. Ein hilfloses Schaben gelang ihm, mehr nicht. Hilflos wie sein Jammern. Klebeband verschloss seinen Mund und schränkte das Atmen ein. Das ständige Gefühl zu ersticken ließ ihn kaum einen klaren Gedanken fassen. Regelmäßiges Atmen verlangte seine ganze Konzentration – nur nicht in Panik geraten!

Das Geräusch hielt an, die Kiste wurde ruckartig bewegt. Panther spürte die Stöße und hörte ein Keuchen – Fehrenbach! Es konnte nur Fehrenbach sein. Panther stemmte sich gegen sein Gefängnis, hämmerte mit dem Hinterkopf gegen den Boden und versuchte gleichzeitig, sich zu beruhigen. Bringt doch nichts, sagte er sich. Spar deine Kräfte.

Die Kiste wurde aufgestellt, Panther rutschte ein paar Zentimeter nach unten und spürte den Druck auf seinen Beinen. Schwindel erfasste ihn. Wie lange war er schon gefangen? Wieder ein Ruckeln, dann kippte die Kiste schräg nach hinten und rumpelte über unebenen Boden, begleitet von angestrengtem Atmen und unterbrochen von Flüchen. Dann eine Pause, dann das Geräusch eines Schlosses, dann das Zerren über eine Stufe, dann das Knarren von Dielen, dann das Aufstellen und danach das Abkippen. Panther lag wieder auf dem Rücken. Verschiedene Laute, die er nicht deuten konnte, drangen in sein Gefängnis, daraufhin ging die Tür, und es wurde still. Komplett still. Angestrengt lauschte Panther, doch da war nichts, nichts außer einem leisen Surren in seinen Ohren. Bitte lass mich nicht allein, schoss es durch seinen Kopf. Lass mich hier nicht zurück.

Minuten verstrichen, Panther verharrte regungslos. Kein Lebenszeichen war zu vernehmen. Angst und Verzweiflung kehrten zurück, der Klebestreifen auf seinem Mund blähte sich. Wenn er nur mit den Fingern bis zum Mund käme! Panther streckte die Hand, zerrte an den Fesseln – es war aussichtslos. Wieder der Kampf gegen das Erstickungsgefühl, wieder das Ringen um einen regelmäßigen Atem. Wenn Fehrenbach dich verrecken lassen will, hätte er es schon längst getan, sagte er sich. Die Kiste lässt genug Luft durch, du wirst jetzt nicht sterben.

Panther gewann die Kontrolle zurück, er überdachte seine Situation. Was wollte Fehrenbach von ihm? Drohte ihm das

Gleiche wie Jens? Musste er das Gleiche durchleiden, um dessen Schicksal zu kennen? War das der Preis?

Eine ähnliche Geschichte drängte sich Panther auf, dargestellt in einem niederländischen Film: Eine Frau wird auf einer Autobahnraststätte entführt. Ihr Mann sucht sie jahrelang. Die Suche wird zu seinem Lebensinhalt. Irgendwann tritt der Entführer mit ihm in Kontakt. Seine Forderung: Um die Wahrheit zu erfahren, muss der Mann sich ihm ausliefern. Sich der Gefahr bewusst, aber unfähig, loszulassen, kommt der Mann der Forderung nach. Er wird betäubt und erwacht in einem Sarg. Was ihm bleibt, sind ein Feuerzeug, das langsam erlischt, und eine grausame Gewissheit: Er wird sterben wie seine Frau. Lebendig begraben.

DREIZEHN

Fastnachtsmontag, acht Uhr, Polizeidirektion Villingen-Schwenningen, Besprechungsraum

Ein klarer, frostiger Morgen. Der Himmel wolkenlos, die Sonne noch ein Versprechen. Dumpfes Getöse drang aus der Innenstadt, die Narrozunft startete ihren historischen Umzug. Marion Tesic zog die Schultern hoch und legte ihren Kopf in den Nacken. Außer Verspannungen hatte die Überwachung Reuthers nichts gebracht. Der Archäologe war vom Museum direkt in seine Wohnung gegangen und hatte diese auch nicht mehr verlassen. Um halb sechs ließen sich Tesic und Struve von Kollegen ablösen. Die Besprechung musste vorbereitet und neueste Erkenntnisse mussten verarbeitet werden. Die IT hatte bereits gute Arbeit geleistet – unter anderem wusste man nun, welche Rollen Fehrenbach und Seller bei Alator gespielt hatten: Fehrenbach war der Druide Ian, Seller Carney die Axt. Nach dieser Vorarbeit hatte Tesic gerade noch Zeit für eine Dusche und ein schnelles Frühstück gefunden. Auch Struve hatte die Pause genutzt, er wirkte frisch.

Acht Beamte saßen in dem länglichen Raum mit Blick auf die Brigach. Unter ihnen auch die junge Polizeimeisterin Silvia Ursprung. Ihr Haar war blau-weiß gefärbt, ihre Fingernägel glänzten in den gleichen Farben. Man hatte sie wohl direkt dem Fastnachtstreiben entrissen. Vor den Beamten waren Leitz-Ordner und verkabelte Laptops aufgereiht. Hinter Tesic hing eine Leinwand, die das Logo der Polizei Baden-Württemberg zeigte. Daneben die große Schautafel mit den Zusammenhängen der Keltenritual-Ermittlungen.

Polizeidirektor Gerd Soreck betrat den Raum. Sein Gesicht war leicht gebräunt, er war mit der ersten Maschine aus seinem Urlaub zurückgekehrt. Tesic und Struve standen auf und begrüßten ihn. Sie hatten bereits telefoniert. Noch im Flugzeug hatte Soreck sich einen ersten Überblick verschafft und Maßnahmen getroffen: Zusätzliche Beamte wurden von anderen Dienststellen abgezogen und weitere aus dem Urlaub geholt. Soreck setzte sich und nickte Tesic zu.

»Guten Morgen«, sagte sie. »Wenn ich um Ihre Aufmerksamkeit bitten dürfte.« Sie nahm die Fernbedienung für die Präsentation in die Hand. »Für alle, die mich nicht kennen: Ich bin Hauptkommissarin Marion Tesic und leite die Ermittlungen. Das ist mein Kollege Kriminalkommissar Viktor Struve. Ich werde Sie in groben Zügen über den Stand unserer Ermittlungen informieren. Details können Sie dem Intranet unter dem Suchbegriff ›Keltenritual‹ und der Schautafel entnehmen. Die aktuellen Berichte wurden von uns unter großer Zeitnot verfasst und werden im Laufe des Tages noch ergänzt. Falls es Fragen gibt, können Sie sich jederzeit an Herrn Struve oder mich wenden.«

Tesic betätigte die Fernbedienung. In einer Reihe erschienen Bilder von Panther, Fehrenbach, dessen Frau und Seller, jeweils versehen mit Namen und weiteren Informationen. Der Laserpointer zeigte auf Panther.

»Das ist Hauptkommissar Mark Panther. Er wurde am Sonntagmorgen gegen sechs Uhr im Zuge von Ermittlungsarbeiten im Haus von Tanno Fehrenbach überwältigt und entführt. Tanno Fehrenbach«, der rote Punkt fiel auf sein Bild, »gehört zur Keltengruppe Alator, wie die Auswertung der Spuren in seinem Haus ergab. Er ist somit Mitglied einer Gruppe, die für mehrere Morde verantwortlich ist und nach der wir, wie Sie sicher wissen, schon lange fahnden. Fehrenbachs Rolle ist die des Druiden Ian, er scheint der Kopf Alators zu sein. Fehrenbachs Frau«, Tesic umkreiste ihr Foto, »Anja Fehrenbach, wurde bei der Hausdurchsuchung im Keller tot aufgefunden. Sie wurde Opfer eines Gewaltverbrechens. Den genauen Grund hierfür kennen wir nicht. Hauptverdächtiger ist ihr Mann, dessen Haus nicht nur als Wohnung diente. Der Keller war ausgebaut, ein Teil davon zu einem Gefängnis. Wir müssen davon ausgehen, dass hier Oberkommissar Jens Keller, der schon über ein halbes Jahr vermisst wird, eine Zeit lang gefangen gehalten worden ist.«

Tesic blickte in betroffene Gesichter und zeigte auf Sellers Bild.

»Das ist Andreas Seller. Er gehört auch zur Alator-Gruppe und wird Carney die Axt genannt. Er half Fehrenbach beim Fortschaffen Panthers, der vermutlich in einer Holzkiste transportiert wurde. Fehrenbach und Seller fuhren zu Sellers Haus in Schwenningen, dort tauschte Fehrenbach das Auto. Er ist momentan in einem weißen VW Caddy flüchtig – nach ihm wird gefahndet. Seller hingegen, und jetzt wird es mysteriös, wurde, nachdem er gefoltert worden war, ebenfalls ermordet. Wir haben ihn in seinem Haus gefunden. Warum Fehrenbach Seller gefoltert und getötet hat, wissen wir nicht. Wir schließen deshalb auch eine dritte Person nicht aus. Aufschluss könnte uns in beiden Fällen die Spurensicherung liefern. An der Auswertung wird mit Hochdruck gearbeitet.«

Tesic nippte an dem bereitgestellten Mineralwasser und fuhr fort: »Hingegen haben wir bereits Ergebnisse bei den gesicherten Computern vorzuweisen. Es ist gelungen, das Passwort Sellers zu knacken. Ferner konnten weite Teile von Fehrenbachs Festplatte wiederhergestellt werden – sie wurde nur unzureichend gelöscht. Wir verfügen nun über eine große Menge an Texten, E-Mails, Videos und Bildern. Diese gilt es zu sichten und einzuordnen. Hier kommt unsere Runde ins Spiel. Die IT hat die Daten aufgesplittet und jedem Einzelnen von uns einen Teil zugewiesen. Was wir suchen, ist ein Ort, wohin sich Fehrenbach zurückziehen kann. Sei es eine Wohnung, ein Haus oder eine Hütte. Bevorzugt zu behandeln sind abgelegene Immobilien, ähnlich der Unterkunft von Alan Catarius bei Linach. Genaue Angaben finden Sie wie erwähnt im Intranet. Diese Aufgabe hat Priorität eins. Die vor Ihnen stehenden Ordner sind private Unterlagen von Fehrenbach und Seller. Der größte Teil gehört Fehrenbach. Die Unterlagen wurden bereits einer schnellen Prüfung in Bezug auf Immobilien unterzogen, allerdings ohne Ergebnis. Dennoch könnte hier aufgrund des Zeitdrucks etwas übersehen worden sein. Deshalb sollten die Ordner nach Kontrolle der Daten abermals zurate gezogen werden.«

Die Folie wechselte, Bilder von Steck und Reuther erschienen auf der Leinwand. »Prio zwei gilt den Herren Roland Steck und Ernst Reuther. Beide tauchen öfters in unseren Ermittlungen auf, und beide werden von uns verdächtigt. Der eine, Dr. Ernst Reuther, wird überwacht, der andere, Roland Steck, ist im Moment nicht aufzufinden. Kollegen der Dienststelle Sigmaringen, Stecks Wohnort, suchen weiter nach ihm. Deshalb sollte Ihr Augenmerk auch diesen beiden Verdächtigen gelten, vielleicht gibt es ja verwertbare Hinweise.«

Tesic nahm einen weiteren Schluck und goss sich nach. Es wurde leise geflüstert, die Konzentration war ungebrochen. »Kommen wir zu Prio drei: Alan Catarius.« Ein Fahndungsfoto Catarius' wurde eingeblendet. »Catarius gehört ebenfalls zu Alator. Er wird seit sechs Monaten intensiv gesucht. Deshalb können wir fast ausschließen, dass er sich hier aufhält und mit den aktuellen Ereignissen zu tun hat. Dennoch sollten wir ihn nicht außer Acht lassen. Zu guter Letzt sollte noch der ›Fürst‹ erwähnt werden. Er ist ein Phantom – der große Unbekannte. Von ihm existieren keine Bilder. Einzig in der Aussage Stecks und in den bisher gesichteten Unterlagen Fehrenbachs wird er erwähnt. Wir kennen also die Bedeutung dieser Person nicht, doch allein schon wegen seines Titels dürfte er ein wichtiger Akteur sein, und deshalb sollte seine Nennung nicht vernachlässigt werden.«

Tesic schloss ihre Ausführungen und bedankte sich. Die Ermittler nahmen ihre Arbeit auf.

Während sie zusammenpackte, wandte Soreck sich an sie. »Unsere Pressesprecherin, Frau Dahms, ist jetzt im Haus. In einer halben Stunde findet eine Pressekonferenz statt. Es gibt schon Klagen, dass wir unserer Informationspflicht zu spät nachkommen – unsere Einsätze sind nicht verborgen geblieben. Was unsere Ermittlungen betrifft, soll sich Frau Dahms bedeckt halten. Panthers Entführung werden wir nicht bekannt geben. Das Presseecho bei Jens Haller war schon verheerend.

Ich hoffe, wir finden Panther, bevor wir an die Öffentlichkeit müssen.«

»Das hoffe ich auch«, entgegnete Tesic.

***

Frauke Dahms gab ihr Bestes. Sie hatte diese Nacht kaum geschlafen, wie die Vertreter der örtlichen Presse offensichtlich auch. Einer hatte ein Bündel Stroh im Kragen – er war wohl einem Wuescht, einer Villinger Fastnachtsfigur, begegnet. Überregionale Zeitungen waren nicht erschienen, noch waren die Ereignisse zu unbedeutend, noch wusste niemand, was dahintersteckte.

Dahms war angespannt. Normalerweise berichtete sie in diesen Tagen von Ausschreitungen an Fastnacht und der Fasnet-Button-Aktion ihrer Kollegen, die damit Geld für einen sozialen Zweck sammelten. Jetzt musste sie zwei Morde und die Verwicklung eines bekannten Apothekers darin erklären, ohne dabei den derzeitigen Ermittlungsstand offenzulegen. An den erkennbaren Fakten kam sie nicht vorbei: Da waren die gewaltsamen Tode von Anja Fehrenbach und Andreas Seller, und da war das Abtauchen von Anja Fehrenbachs Ehemann, Tanno Fehrenbach. Zu seiner Rolle wie auch zu einem eventuellen Zusammenhang zwischen den beiden Morden blieb sie im Ungewissen: Ja, Tanno Fehrenbach gehöre zum Kreis der Verdächtigen. Nein, man wisse nichts von einer Ehetragödie. Nein, Fehrenbach sei zuvor nicht aufgefallen – bis auf eine Anzeige wegen häuslicher Gewalt, die aber zurückgezogen wurde. Ja, zwei Morde an einem Tag ließen durchaus eine Verbindung vermuten. Nein, konkrete Beweise gebe es dafür nicht. Ja, es könne ein Zusammenhang zu dem Keltenritual-Fall existieren …

Die Aufregung unter den Journalisten war groß. Handys wurden gezückt, Vorgesetzte informiert, Fotografen und weitere Reporter zu den Tatorten geschickt. Dahms wurde kritisiert. Sie musste sich für den späten Zeitpunkt der Verlautbarung entschuldigen. Sie erklärte die Verzögerung mit der

Flut der Ereignisse und dem hohen Personalaufwand, den die Fastnacht erforderte. Personal, das an anderer Stelle fehlte. Verständnis erntete sie dafür nicht.

***

Ein weiteres Bild. Irgendein Wald mit irgendwelchen Gestalten, die wohl Kelten darstellen sollten. Tesic beugte den Kopf nach vorne, bis ihr Kinn fast den Brustkorb berührte. Ihre Nackenmuskeln schmerzten, die Verspannungen wurden schlimmer. Sie prüfte Sellers Daten. Der hatte wohl von jedem Tag seines Lebens Fotos gemacht. Sie waren unzählig, der Fluch der digitalen Fotografie. Und Seller war oft unterwegs gewesen – bevorzugt in der Natur, bevorzugt auf Keltentreffen. Und da gab es viele Hütten, sehr viele.

Tesic musste jede einzelne überprüfen, was nicht leicht war. Zu den Bildern hatte sie das Erstellungsdatum und den Ordnernamen, der zugleich Name des Treffens war. Im Internet fand sie den Veranstalter und den Ort des Geschehens. Die Verantwortlichen waren gut organisiert. Wo es möglich war, nahm sie mit ihnen Kontakt auf. Wo nicht, bemühte sie die örtliche Polizei. Die meisten Unterkünfte konnten aufgrund deren Ortskenntnis ausgeschlossen werden. Die anderen wurden durch Polizeistreifen überprüft, was natürlich dauern konnte.

Zu jedem Vorgang erstellte Tesic ein Memo, geordnet nach Dringlichkeit. Nähe zu Villingen-Schwenningen und dennoch abgelegen, das waren die wichtigsten Kriterien. Geprüfte Objekte wurden in einem gemeinsamen Ordner gesammelt, um eine Mehrfachbearbeitung zu vermeiden.

Gegen dreizehn Uhr trafen die ersten Auswertungen der Spurensicherung ein. Anhand der Fingerabdrücke in Fehrenbachs Haus konnte eindeutig nachgewiesen werden, dass dort Jens Haller festgehalten worden war. Daraufhin musste Tesic eine Pause einlegen. Mark hatte in jeder Hinsicht recht gehabt. Wenn sie auf ihn gehört hätte, wäre er nicht entführt worden, und vielleicht hätte man Jens sogar befreien können. Das Ganze war ein Alptraum.

Um vierzehn Uhr kamen die Vorabergebnisse aus Sellers Haus. In seiner Wohnung und an seiner Leiche hatte man unterschiedliche Fingerabdrücke gefunden. Die einen waren wie erwartet von Fehrenbach, die anderen von Alan Catarius.

Tesic trank ihren Kaffee in kleinen Schlucken. Sie hatte sich in ihr Büro zurückgezogen. Ihr gegenüber saß Struve.

»Mit Catarius habe ich als Letztes gerechnet«, sagte sie.

»So schnell rutscht man in der Prioritätenliste nach oben«, entgegnete Struve.

Tesic überging seinen Kommentar. »Sind die Kollegen informiert?«, fragte sie.

»Ja.«

»Jetzt brauchen wir noch eine Erklärung. Angenommen, Catarius war der Täter. Warum sollte er Seller foltern und töten?«

»Es ist die gleiche Frage wie bei Fehrenbach, und wie bei Fehrenbach habe ich keine plausible Antwort.«

»Dann lass es mich versuchen.« Tesic stellte ihren Kaffee ab. »Alle Indizien weisen darauf hin, dass Catarius vor einem halben Jahr auf dem Magdalenenberg Mark gerettet und Olaf Borkmann getötet hat. Auch wenn sein Motiv unklar ist, gilt die Schlussfolgerung von damals auch heute noch: Catarius bekämpft Alator und schützt Mark. Das erklärt sein jetziges Vorgehen. Mit Seller tötet er ein weiteres Alator-Mitglied, doch zuvor foltert er ihn, um Marks und Fehrenbachs Aufenthaltsort zu erfahren.«

»Klingt einigermaßen plausibel. Nur was Mark betrifft, habe ich so meine Zweifel. Ich sehe keinen Grund, warum Catarius ihm helfen sollte. Aber unabhängig davon haben wir es jetzt vermutlich mit zwei skrupellosen Mördern zu tun, was die Situation nicht unbedingt besser macht.«

VIERZEHN

Fastnachtsdienstag, sechs Uhr

Struve fuhr schnell und missachtete jegliche Verkehrsregeln. Wenn nötig, schaltete er das Blaulicht an. Neben ihm saß Tesic, einen Laptop auf dem Schoß. Die Strecke war kurvig, nicht nur deshalb fiel es ihr schwer, sich auf ihre Arbeit zu konzentrieren. In der Nacht hatte sie einen Anruf erhalten: Stecks Helfer. Der Meister der sieben Feuer sei zurück, hatte er gesagt, und der Meister sei bereit, mit ihr zu reden, aber nur im Domizil der Hallstätter. Tesic hatte darauf bestanden, sofort mit Steck zu sprechen, doch selbst die Drohung mit Haft brachte ihn nicht ans Telefon, geschweige denn auf die Polizeidienststelle in der Waldstraße.

»Der Idiot hat nichts, der will sich nur wichtigmachen«, sagte Struve nicht zum ersten Mal.

»Wir haben auch nichts«, entgegnete Tesic. »Der ganze Aufwand hat bisher nichts gebracht.«

»Wir sind noch lange nicht durch. Ich bin überzeugt, dass wir was finden.«

»Schon möglich, dennoch müssen wir jeder Spur nachgehen, und so lange muss man eben auf uns verzichten.«

»Das sehe ich vollkommen anders. Die Spur taugt nichts. Wir lassen alles stehen und liegen und nehmen frühmorgens eine längere Fahrt auf uns, nur um den ›Meister der sieben Feuer‹ zu verhören. Das ist Zeitverschwendung. Allein der Name, was für ein Schwachsinn!«

»Es sollte ein Treffen zwischen Seller und den Hallstättern beziehungsweise Steck stattfinden. Der Ort ihres Treffens könnte Fehrenbach als Versteck dienen, außerdem waren Seller und Steck offensichtlich Feinde. Schon deshalb macht eine Vernehmung Sinn.«

»Ich kenne Reuthers Aussage, ich war dabei. Dennoch erhoffe ich mir nichts. Hätte Steck etwas zu sagen, hätte er es am Telefon getan.«

Die Sonne ging auf, es war eisig kalt. Ein weiterer herrlicher Wintertag kündigte sich an. Tesic und Struve warteten an dem Holztor, der Grenze zum Grundstück der Hallstätter. Der junge Mann, den Tesic von ihrem letzten Besuch und vom Telefon kannte, öffnete. Seine Bartfusseln waren länger, aber nicht dichter geworden. Er trug Fellschuhe und Felljacke und noch immer das Schwert auf dem Rücken. Wieder wollte er die Polizeiausweise sehen.

»Hatten wir das nicht schon?«, fragte Tesic, während sie ihren Ausweis zeigte.

»Bei uns gibt es Regeln«, antwortete er und trat beiseite.

Der Weg zum Hauptgebäude war schmal. Tesic folgte dem jungen Mann in geringem Abstand, hinter ihr ging Struve. Es war auffallend ruhig, keine Menschenseele war zu sehen. Gebäude und Hecken waren mit Raureif überzogen. Eine dünne Schneeschicht bedeckte Wiese und Hof. Unzählige Fußspuren führten zu der Feuerstelle neben dem Brunnen. Dort war frisches Holz meterhoch aufgeschichtet. Der quaderförmige Stein war vom Schnee freigeräumt, ebenso eine große Fläche um den Stein. In einem Hackstock steckte eine Axt, daneben stand ein verschmutzter Eimer.

Tesic fühlte sich unbehaglich. Auf Alan Catarius' Grundstück bei Linach hatte es ähnlich ausgesehen. Dort waren Panther und sie auf zwei Tote gestoßen, beide Opfer von Ritualmorden. Verhielt es sich hier gleich, war der Platz auch eine Opferstätte, oder sollte er eine werden? Waren womöglich Struve und sie in Gefahr? Tesics Misstrauen war geweckt. Tatsache war, dass man es mit skrupellosen Verbrechern zu tun hatte, und Steck gehörte zu den Verdächtigen. Er hatte sie hierhergelockt. Und er hatte genug Zeit gehabt, sich auf ihren Besuch vorzubereiten. Ihre Bedenken waren also nicht unbegründet. Unvermittelt drehte sie sich zu Struve um. Der hielt sein Smartphone in den Händen und schaute sie überrascht an.

»Alles in Ordnung?«, stammelte er und verstaute es eilig.

Tesic blieb stehen, der Hallstätter ging weiter. Struve wirkte auf sie, als sei er bei etwas ertappt worden. Was war mit ihm? So gelassen wie möglich fragte sie: »Gibt es etwas Neues?«

»Nein, leider nicht.« Seine Stimme hatte wieder einen festen Klang. Tesic versuchte in seinem Gesicht zu lesen, offensichtlich zu lange. »Sonst noch was?«, fragte Struve und deutete nach vorne. »Ansonsten sollten wir weitergehen, unser Krieger wartet schon.«

»Nein, alles gut«, entgegnete Tesic und setzte ihren Weg fort. Jetzt verdächtigte sie schon Struve. Ihre Ängste nahmen eindeutig überhand, sie musste sie unterdrücken. Deshalb beschloss sie, ihre Bedenken für sich zu behalten. Beide waren sie gut ausgebildete Polizisten, und man wusste, wo sie waren. Was sollte da schon geschehen?

Tesic hatte den Hallstätter inzwischen eingeholt. Beiläufig fragte sie: »Sind noch weitere Personen auf dem Hof?« Der junge Mann schüttelte bloß den Kopf und stapfte weiter Richtung Haupthaus.

Der Raum war nur spärlich beleuchtet, die Wände waren mit Tierfellen ausgekleidet, ein offener Kamin sorgte für angenehme Wärme. Roland Steck saß an einem ovalen Tisch rechts vom Kamin. Kerzenschein erhellte sein scharf geschnittenes Gesicht. Er trug eine ärmellose Weste, die seinen kräftigen Oberkörper betonte. Seine Haut und seine Glatze glänzten, als wären sie eingeölt.

»So sieht man sich wieder«, sagte er und deutete auf zwei Stühle am Tisch. Tesic und Struve setzten sich.

»Wir haben Sie gesucht, Steck«, eröffnete Tesic.

»Um eines klarzustellen«, entgegnete dieser, »du wirst mich Asgeir Rolund nennen. Ansonsten könnt ihr gleich wieder abziehen.«

»Sie sind nicht in der Position, Forderungen zu stellen«, mischte sich Struve ein.

»Ist das der Komiker von Fastnacht?«, fragte Rolund, ohne

seinen Blick von Tesic zu nehmen. »Er soll sein Katzenkostüm anziehen und sich trollen.«

»Wir können Sie wegen Behinderung der Ermittlungsarbeiten drankriegen«, sagte Struve.

»Ihr könnt mir gar nichts«, entgegnete Rolund, immer noch Tesic fixierend. »Gegen mich liegt nichts vor.«

Wachs tropfte auf den Tisch. Unbewusst griff Tesic danach. »Wo waren Sie die letzten zwei Tage?«, fragte sie.

Rolund lehnte sich zurück und wartete. Tesic wusste, worauf. Bedächtig zerrieb sie das Wachs zwischen ihren Fingern und fügte langsam »Herr Rolund« an.

Rolund beugte sich wieder vor und lächelte. »Schön, dass wir uns einig sind, Marion. Jetzt solltest du mich auch noch duzen. Das ist bei uns so üblich.«

Tesic senkte kurz ihren Blick und schaute dann wieder auf. »Gut, Asgeir. Also, wo warst du?«

Struve verschränkte die Arme und zog scharf die Luft ein.

»Ich war bei Freunden in Österreich.«

»Gibt es Zeugen?«

»Jede Menge, und auch Bilder.« Rolund nahm sein Smartphone und rief Fotos auf. Sie zeigten ihn mit verschiedenen Leuten. Alle mit Skiausrüstung, im Hintergrund Berge und Schnee.

Struve lachte auf. »Ich glaub's nicht. Ein Smartphone und Ski fahren! Für einen Krieger ziemlich armselig. Gibt es auch Selfies?«

Rolund schenkte Struve keine Beachtung. Seine Aufmerksamkeit galt allein Tesic. »Du bekommst eine Liste mit den Leuten, Marion. Und auch die Fotos. Alles wasserdicht.«

Tesic nickte. »Sagt dir der Name Andreas Seller alias Carney die Axt etwas?«

»Carney, natürlich. Er gehört zu Alator und ist ein Vollidiot.«

»Ihr wart keine Freunde?«

»Hallstätter und Alator können niemals Freunde sein. Wir sind feindliche Clans, die sich zur Not mal verbünden. Aber selbst dann sollte Carney mir nicht unter die Augen kommen.«

»Das wird er auch nicht mehr. Carney ist tot.«

Rolund verzog keine Miene. »Starb er im Kampf?«

»Du scheinst nicht überrascht zu sein.«

»Ich wundere mich, dass er so lange überlebt hat. Also, wie kam er um?«

»Er ist ermordet worden.«

»Von wem?«

»Deshalb sind wir hier. Und weil wir den Druiden Ian suchen. Wir kennen inzwischen seinen bürgerlichen Namen. Er heißt Tanno Fehrenbach. Es ist äußerst wichtig, dass wir ihn finden. Gibt es einen Ort, wohin er sich zurückziehen könnte? Es sollte ein abgelegener Ort sein, ein Ort, den er für einen Opferritus nutzen könnte.«

»Hat er jemanden in seiner Gewalt?«

»Ja«, gab Tesic zu. »Wir haben wenig Zeit.«

»So ist es.« Ein Lächeln huschte über Rolunds Gesicht. »Heute Nacht ist eine besondere Nacht. Es ist Neumond. Ceridwen herrscht. Göttin der Weissagung und des Todes. Der ideale Zeitpunkt, um den Ritus zu vollziehen.«

»Höre ich da so etwas wie Bewunderung heraus?«, fragte Struve scharf.

»Der Ritus ist ein heiliger Akt.«

»Mir reicht's.« Struve sprang auf. Rolund zuckte nicht einmal.

»Bitte setz dich wieder, Viktor«, sagte Tesic. Struve kam ihrer Aufforderung widerwillig nach.

»Wir brauchen einen Hinweis. Wo kann Fehrenbach den Ritus vollziehen?«

»Damit verrate ich einen Stammesbruder.«

»Du ersparst dir aber eine mögliche Haftstrafe.«

»Das kümmert mich nicht.« Rolund starrte Tesic an. »Dennoch gibt es etwas, wofür ich das Tabu brechen würde. Etwas sehr Kostbares.«

Tesic schaute auf ihre Hände, dann zu Struve, dann erwiderte sie Rolunds Blick. Bis zu einem gewissen Punkt würde sie mitspielen. Ein weiteres Lächeln huschte über Rolunds Gesicht. In seinen Augen spiegelte sich unverhohlenes Verlangen. Er zeigte auf Struve. »Der Clown soll den Raum verlassen.«

»Der Clown wird dir gleich den Spaß verderben!« Struve wurde laut.

»Beruhige dich, Viktor. Tu bitte, was Asgeir sagt.«

»Das ist nicht dein Ernst. Der Typ ist nicht zurechnungsfähig.«

»Mir wird nichts passieren. Ich bin bewaffnet, und du kannst jederzeit reinkommen.«

»Ich halte das für eine ganz schlechte Idee, Marion.«

»Ich weiß, aber bitte geh jetzt.«

Struve zögerte, blickte zwischen Tesic und Rolund hin und her. Dann sagte er resignierend. »Gut. Es ist deine Entscheidung.«

Nachdem die Tür ins Schloss gefallen war, legte Rolund Holz nach. Im Feuerschein wirkte er noch kräftiger, gefährlicher.

»Wie kann ich mir sicher sein, dass deine Angaben stimmen?«, fragte Tesic.

»Berufsrisiko.« Rolund grinste und setzte sich wieder.

»Ich brauche eine Sicherheit, bevor …« Tesic brach ab.

»Bevor was?« Rolunds Grinsen wurde breiter.

Bevor ich dir die Eier abschneide, dachte Tesic. Sie sagte aber: »Bevor ich entscheide, ob ich auf deine Forderungen eingehe.«

Jetzt lachte Rolund. »Nett formuliert, aber so läuft das nicht. Erst die Bezahlung, dann die Ware. Als Sicherheit nur so viel: Es handelt sich um eine Jagdhütte, die Alator gehört. Sie liegt mitten im Wald und ist kaum zugänglich – zu der jetzigen Jahreszeit braucht man schon einen Geländewagen. In der Hütte sollte ein Treffen zwischen uns und Alator stattfinden. Es gab einiges zu klären.«

»Was gab es zu klären?«

»Ende der Fragestunde. Kommen wir zu meiner Forderung, die eigentlich gar keine ist. Dass wir beide in diesem Raum sind, ist Bestimmung. Epona, die Göttin der Fruchtbarkeit, verlangt nach einem Opfer. Du wirst sehen, es wird dir gefallen, denn dafür bist du gemacht. Anschließend werde ich dir sagen, wo die Jagdhütte liegt – falls es dir dann noch wichtig ist.« Rolund beugte sich vor. »Und jetzt will ich, dass du dich ausziehst.«

Unweigerlich hielt Tesic ihre Jacke zusammen. Was hatte sie sich nur gedacht? Es war ja klar gewesen, worauf Rolund hinauswollte. Die Hoffnung, nur mit Andeutungen und einem adretten Augenaufschlag an brauchbare Hinweise zu kommen, zeigte den Grad ihrer Verzweiflung. Bis zu Panthers Tod blieben nur noch wenige Stunden, da war sie sich sicher. Sie brauchte Ergebnisse, und zwar jetzt. Aber wie weit sollte sie dafür gehen? Wie weit war sie bereit zu gehen?

Das Leben von Mark stand auf dem Spiel. Musste sie dafür nicht alles tun? Aber was, wenn alles umsonst war? Wenn Rolund sein Wissen nur vortäuschte, wie schon so oft? Dagegen sprach, dass sich seine Angaben mit denen von Reuther deckten. Reuther hatte auch von einem Treffen und einer Jagdhütte gesprochen. Das bedeutete aber auch, dass die angestellten Ermittlungen in die richtige Richtung zielten.

Vielleicht sollte sie einfach noch warten, ihren Kollegen mehr Zeit geben. Vielleicht sollte sie aber auch Rolund mit vorgehaltener Waffe zur Aussage zwingen – immer noch besser, als sich zu erniedrigen. Nur eines durfte sie nicht: ohnmächtig auf Panthers Tod warten. Dem Vorwurf, nicht alles getan zu haben, wollte und konnte sie sich nicht aussetzen.

Rolund war seine Erregung deutlich anzumerken. »Was ist jetzt?«, fragte er ungeduldig. Seine Augen ließen nicht mehr von ihr ab. Waren das Schweißperlen auf seiner Stirn? Fieberhaft suchte Tesic nach Alternativen.

»Ich könnte auch deinen Helfer fragen.«

»Das könntest du sicherlich tun. Nur: Der weiß nichts, der ist dumm wie Stroh. Und du würdest diesen Moment zerstören. Das wäre nicht klug. Also los, mach jetzt. Sonst war's das.«

Bluffte Rolund? Eher nicht. Tesic schob ihren Stuhl zurück,

sie hatte eine Entscheidung getroffen. Genau in diesem Augenblick flog die Tür auf.

»Wir wissen, wo Fehrenbach ist«, rief Struve mit dem Smartphone in der Hand.

***

Wieder eine Höllenfahrt, in einer Rechtskurve drohte das Auto auszubrechen. Struve raste auf der B 311 Richtung Meßkirch.

»Wo geht es hin?«, fragte Tesic.

»Zurück in den Schwarzwald, nach Hinterzarten. Und dann noch ein paar Meter höher. Unser Ziel ist die Rinkenhütte. Sie gehört Fehrenbach, hat er geerbt. Sein Vater war Jäger.«

»Hoffentlich liegen wir richtig.«

»Die Hütte erfüllt alle Voraussetzungen. Sie ist abgelegen und in Fehrenbachs Besitz. Eine Streife ist schon unterwegs. Falls nötig, wird das SEK hinzugezogen.«

»Hätten wir jetzt noch Rolunds Aussage, wäre mir wohler.«

»Der weiß gar nichts. Und falls doch, hätte er einen hohen Preis dafür verlangt.« Struve zögerte. »Wie weit wärst du gegangen?«

Tesic musterte Struve lange. Der konnte bei der Geschwindigkeit nicht den Blick von der Fahrbahn nehmen. »So weit, wie es zulässig ist. Was dachtest du denn?«

»Nichts anderes natürlich.«

FÜNFZEHN

In der Nacht zuvor, Rinkenhütte

Zurück aus dem Dämmerzustand. Panthers Kopf dröhnte. Wieder das schleifende Geräusch. Ruckartig wurde er über eine Unebenheit gezogen. Danach Stillstand, schwere Schritte auf einem Holzboden. Dann ein Hantieren an der Kiste, ein Lichtspalt – der Deckel wurde weggeschoben. Grelles Licht blendete Panther, er schloss die Augen, öffnete sie wieder und sah eine Gestalt, die sich abwendete – Fehrenbach! Panther wollte sich aufrichten, wurde aber von einem Gurt zurückgehalten. Er konnte nur den Kopf heben, stechende Kopfschmerzen waren die Antwort.

Mit zusammengekniffenen Augen versuchte er, sich zu orientieren. Er befand sich in einem kargen Raum mit Stuhl, Tisch und einem offenen Kamin, in dem Feuer brannte. An den Wänden hingen Hirschgeweihe und andere Jagdtrophäen. Fehrenbach schob sich ins Bild. Er trug eine weiße Kutte. Seine Hand befingerte Panthers Gesicht und riss das Klebeband von seinen Lippen. Gierig atmete Panther ein. »Ich habe Durst«, stöhnte er. »Ich muss etwas trinken.«

Fehrenbach verschwand, kam zurück, in der Hand einen Krug. Er führte ihn an Panthers Lippen. Es war ein süßlicher Wein, lauwarm, köstlich. Das Schlucken fiel ihm schwer, die Flüssigkeit rann über seine Kinnwinkel. Panther trank bis zum letzten Tropfen und sank zurück. Fehrenbach nahm sich einen Stuhl und starrte auf Panther herab.

»So hast du dir das nicht vorgestellt, oder? Gefesselt, komplett hilflos. Was für ein erhebender Anblick. Eine Scheißangst hast du, ich sehe es genau. Zu Recht. Denn du bist zum Tode verurteilt.«

Panther senkte den Blick. Jetzt war er dort angelangt, wohin es ihn seit Jens' Verschwinden eigentlich immer gedrängt hatte. Doch mehr als ein dümmliches »Warum?« fiel ihm nicht ein.

»Warum?« Fehrenbach trat gegen die Kiste, Panther zuckte zusammen. »Du hast Nichneven auf dem Gewissen. Dafür wirst du büßen. Du wirst deinen Tod noch herbeisehnen, glaube mir.«

Wieder trat Fehrenbach gegen die Kiste, Panthers Kopfschmerzen wurden unerträglich – es fiel ihm schwer, klar zu denken. »Machen Sie es doch nicht noch schlimmer, als es ohnehin schon ist«, stammelte er. »Man wird Sie sicher kriegen. Meine Kollegen sind informiert, sie suchen längst nach Ihnen. Geben Sie doch einfach auf.«

»Was für ein Schwachkopf.« Fehrenbach schüttelte den Kopf. »Er versteht es nicht. Ich habe den entscheidenden Schritt getan. Es gibt kein Zurück mehr. Meine Aufgabe ist es, die Dinge zurechtzurücken. Es geht um Rache, und es geht um meine Hinterlassenschaft. Ich will und werde den Menschen durch meine Taten in Erinnerung bleiben.«

Anscheinend hatte Fehrenbach mit allem abgeschlossen – Panther musste ihn hinhalten. »Treibt Sie das an? Rache und Ihr Andenken? Ich dachte, Sie würden einem keltischen Ideal folgen.«

»Scheiß auf die Ideale. Ideale sind was für Schwächlinge. Nichneven und das Ausleben meiner Phantasien sind mein einziger Antrieb. Die Figur des Druiden, dieser ganze Mummenschanz, das habe ich nur wegen Nichneven getan. Sie war das einzige Wesen, das mich verstanden hat, meine Sehnsüchte, meine Leidenschaft. Jetzt ist sie tot. Was bleibt, ist ihren Tod zu sühnen und in einem Inferno abzutreten.«

»Ein Inferno? Was haben Sie vor?«

»Das geht dich einen Scheiß an!« In Fehrenbachs Gesicht arbeitete es, er schien sich zu besinnen. »Aber ich will dir einen Anhaltspunkt geben. Kennst du Ernst August Wagner?

»Nein.«

»Warum wundert mich das nicht?«, sagte Fehrenbach verächtlich. »Der Mann war ein Visionär. Er hatte die Verkommenheit der Menschheit erkannt. Ihre Verweichlichung, ihre Entmännlichung. Wagner lebte in einem Dorf bei Stuttgart.

Dort arbeitete er als Lehrer und Autor. Eines Morgens, es war der 4. September 1913, stand er auf und brachte zuerst seine Frau und dann seine vier Kinder um. Danach besuchte er seine Schwägerin und ließ sich von seinem Neffen die Kaninchenställe zeigen. Daraufhin gab er mehrere Briefe auf und fuhr nach Mühlhausen an der Enz, wo er eine Zeit lang gelebt hatte. Dort zündete er nachts vier Häuser an und wartete. Mit seinen eigens mitgenommenen Pistolen schoss er dann auf die Fliehenden. Neun Menschen starben, elf wurden verletzt. Wagner wurde überwältigt. In einem aufsehenerregenden Prozess wurde er für unzurechnungsfähig erklärt und in eine Heilanstalt eingewiesen. Es stellte sich heraus, dass er seine Familie vor den Folgen seiner Tat und der verdorbenen Welt hatte schützen wollen. An den Menschen in Mühlhausen hatte er sich gerächt, weil sie ihn gedemütigt und ihm seine Karriere verbaut hatten. Wagner war ein Mann des Geistes. Er hatte ein Drama über Kaiser Nero verfasst und mehrere Gedichte geschrieben. Außerdem hatte er in den Briefen, die er am Tag seiner Tat verschickte, in eindeutiger Klarheit das Elend der Menschheit dargestellt. Allein die Sorge um die Menschheit war die Ursache seines Handelns.«

»Und was wollen Sie mir damit sagen?«

»Wenn man so ist wie ich, dann sucht man nach Gründen. Worin liegt der Sinn meiner Existenz, was ist meine Aufgabe? Schon als Kind war ich ein Einzelgänger, die anderen langweilten mich, sie waren so dumm. Früh habe ich über Darwin gelesen, über die Evolution, darüber, dass sich das Stärkere durchsetzt und das Schwache zugrunde geht. Auch Nietzsche hat mich geprägt – der Wille zur Macht. Aber darüber konnte ich mich mit niemandem unterhalten, ausgelacht haben sie mich – ich hatte viele Kämpfe zu überstehen. Geholfen hat mir meine Wut, diese unendliche Wut, die mich zu einem gefürchteten Gegner werden ließ. Oft drohte sie mich zu zerfressen, bis heute beherrscht sie mich. Manchmal musste ich sie an niedrigen Wesen auslassen – und manchmal konnte mich nur Feuer beruhigen. Ich habe Heuschober und Hütten angezündet. Feuer ist mächtig, Feuer ist stark. Deshalb hat man mich weggesteckt – in ein Internat. Dort hat man jeglichen Widerstand aus mir herausgeprügelt, mich uniformiert, dort hat man verhindert, dass ich Großes leisten konnte. Spät erst habe ich Wagner entdeckt: einen Bruder im Geiste, einen Zwilling. Er war mir Trost und Stütze in meinem angepassten, verpfuschten Leben.«

Fehrenbach war ins Erzählen gekommen, sein Blick ging ins Leere. Panther war sich sicher, dass er der Erste war, dem Fehrenbach sich öffnete.

»Wagner und ich haben vieles gemeinsam. Wir sind Menschen, deren Genialität verkannt wird, wir sind zu Größerem berufen und müssen uns mit Idioten abgeben. Wir leiden unter der Mittelmäßigkeit, die uns umgibt. Wagner hat damit aufgeräumt, ich bewundere seine Konsequenz. Und jetzt, wo ich von allen gesellschaftlichen Zwängen befreit bin, kann ich ihm nachfolgen, mit ihm gleichziehen. Dazu bedarf es aber etwas Großem, größer als das Ritual, größer als der Keltenzauber – das waren nur Kindereien. Ein Feuer wie bei Wagner soll es sein, nur gewaltiger: ein alles verzehrendes Feuer, ein Feuer, das eine ganze Stadt hinwegrafft, ein Feuer, das meine Demütigungen rächt. Das wäre eine Botschaft für die Ewigkeit.«

»Ein Feuer? Etwa in Villingen?«

Die Starre fiel von Fehrenbach ab. Verächtlich schaute er auf Panther herab und schwieg. Panther war alarmiert, der Mann hatte jegliche Kontrolle verloren. Konnte man ihn noch aufhalten?

»Wagner war in psychiatrischer Behandlung«, versuchte er es. »Sie sollten Hilfe in Anspruch nehmen.«

»Du denkst, ich bin verrückt? Eine übliche Reaktion. Was man nicht versteht, ist verrückt. Wagner brauchte keine Hilfe, er benötigte nur jemanden, der seine Genialität erkannte und akzeptierte.«

»Und den hatte er gefunden?«

»Ja, in der Person von Dr. Robert Gaupp. Er war ein berühmter Psychiater und Neurologe.«

»Ein Psychiater hilft Menschen mit psychischen Problemen. Nicht umsonst wird er Wagners Bezugsperson gewesen sein. Sehen Sie da keine Übereinstimmung?«

»Ich sagte, ich bin nicht verrückt.« Fehrenbachs Augen verengten sich zu Schlitzen, Wut verzerrte sein Gesicht. *»Nicht verrückt!«*, schrie er und trat gegen die Kiste. Einmal, mehrmals. Jeder Tritt eine Explosion.

Panthers hölzernes Gefängnis rutschte zentimeterweise über den Boden – es näherte sich dem Kamin. Panther spürte die Hitze, über ihm pendelte, im Rhythmus der Tritte, das Antlitz eines Wahnsinnigen. Fehrenbach schnappte nach Luft – ein weiterer Tritt und die Kiste würde Feuer fangen.

»Auch ein angemessener Tod«, stöhnte er. »Aber dann könnte die ganze Hütte abbrennen.« Er bückte sich, seine Hände fassten die Kiste am Kopfende. Schweißtropfen lösten sich von seiner Nase und fielen Panther ins Gesicht. »Und das wollen wir doch nicht.«

Wie ein lästiges Stück Möbel schob er sein Opfer an die vorherige Stelle zurück und setzte sich. Ohne Umschweife begann er wieder zu referieren: »Wagners Erkenntnisse sind heute aktueller denn je: Unserem Volk fehlt die Härte, die Konsequenz. Die Institutionen ersticken an Vorschriften und Rücksichtnahme. Die Polizei ist handlungsunfähig. Dein Verhalten ist das beste Beispiel. Obwohl du dir sicher warst, dass Haller von mir gefangen gehalten wurde, lässt du etliche Zeit vergehen, bis du eingreifst – und das dann in einem lächerlichen Alleingang. Was folgt daraus? Die Gesetze schränken zu sehr ein, das Individuum genießt zu hohen Schutz. Wie soll man da die Ordnung aufrechterhalten? Dieses System ist krank, es gehört beseitigt.«

»Sie wollen etwas abschaffen, von dem Sie profitiert haben? Sie wollen einen Polizeistaat?«

»Warum nicht? Die Nachwelt wird es mir danken.«

»Was ist mit Jens?«

»Dein Kollege bedeutet dir offensichtlich sehr viel. Deshalb hast du die Regeln gebrochen, deshalb bist du dieses Risiko eingegangen, deshalb liegst du jetzt vor mir. Du willst es also wissen, du willst es wirklich wissen?«

»Ja.«

Fehrenbach stand auf und beugte sich über Panther. Er kam ihm ganz nah, Panther konnte seine Ausdünstungen riechen.

»Was ich mit Oberkommissar Jens Haller angestellt habe«, Fehrenbach lächelte, »das wirst du niemals erfahren.«

Panther verlor die Kontrolle. Er zerrte an seinen Fesseln. Wenn er nur eine Hand frei hätte! Fehrenbach lachte laut.

»Ist das nicht wunderbar? Opfert sein Leben für nichts. Gibt es eine schlimmere Niederlage, eine größere Strafe?«

Um Fassung ringend, schloss Panther seine Augen. Er wollte keine Schwäche zeigen.

Fehrenbach setzte sich wieder und klopfte mit seinem Fuß beständig gegen die Kiste. Bei jedem Stoß zuckten Panthers Augenlider.

»Wie dumm kann man eigentlich sein«, höhnte Fehrenbach. Panther schwieg.

Irgendwann hörte das Klopfen auf, die Dielen knarrten, Fehrenbach ging auf und ab. »Wo Carney nur bleibt«, hörte Panther ihn sagen. »Ohne ihn wird es schwierig.« Fehrenbach erschien wieder in seinem Blickfeld und blieb stehen. Er hielt ein Smartphone an sein Ohr, was angesichts seines archaischen Aussehens befremdlich wirkte. Bald legte er genervt auf und sagte: »Dann muss es eben so gehen.«

Fehrenbachs Hände erschienen vor Panthers Gesicht. In der einen zwei Kapseln, in der anderen ein Messer. »Die Kapseln wirst du jetzt schlucken«, befahl er. »Wenn nicht, zerstückle ich dein Gesicht. Klar?«

Panther nickte. »Ich brauche aber was zu trinken.«

Wortlos zwängte Fehrenbach die Kapseln zwischen Panthers Lippen und gab ihm von dem süßlichen Wein.

Was auch immer Panther zu sich genommen hatte, es zeigte Wirkung. Zuerst trübte sich sein Blick, dann schlug sein Herz schneller, dann wurde ihm schlecht. Wollte Fehrenbach ihn vergiften? Aber warum? Panther versuchte, die Symptome zu ignorieren, denn sie deuteten sich nur an, sie verschlimmerten sich nicht. Vielleicht bildete er sie sich ja nur ein. Die Zeit verstrich. Fehrenbach hatte sich seinen Blicken entzogen, Panther hörte ihn nur.

»Ich werde heute einen Tabubruch begehen. Eigentlich dürfte ich dich erst morgen opfern – Cerridwen will es so. Aber jetzt haben sich die Dinge verschoben. Carney ist überfällig, und ich kann ihn nicht erreichen – das ist kein gutes Zeichen. Ich werde also die Regeln brechen. Und das ist gut so, denn es ist konsequent. Wer alles hinter sich gelassen hat, ist frei. Frei in seinem Denken und frei in seinem Handeln.«

Fehrenbach zeigte sich wieder, ein teuflisches Grinsen lag auf seinem Gesicht. »Heute ist dein großer Tag. Du wirst ja nichts dagegen haben, oder?«

In diesem Moment flog eine Tür auf, kalte Luft strömte in den Raum. Fehrenbach schaute auf. Seine Selbstsicherheit wich nackter Angst. »Alan!«, stöhnte er.

Ein Handgemenge. Panther sah nichts, er hörte nur. Gegenstände fielen um, Verwünschungen wurden ausgestoßen, ein dumpfes Geräusch ertönte. Schweres Atmen. Danach Ruhe. Danach Schritte. Sie näherten sich Panther.

Im ersten Moment erkannte er Alan Catarius nicht. Catarius hatte eine Glatze und einen Vollbart. Sein Gesicht war leicht gerötet, sei es vom Kampf oder von der Winterkälte. In der Hand trug er ein Messer. Damit zerschnitt er Panthers Fesseln.

»Du musst diesen Ort verlassen, er ist verflucht.«

Panther richtete sich auf, augenblicklich wurde ihm schwindlig. Er hielt sich den Kopf und stützte sich am Rand der Kiste ab. Im Augenwinkel sah er Fehrenbach liegen. Der regte sich nicht, aus einer Wunde an seiner Stirn tropfte Blut.

»Wir müssen meine Kollegen rufen«, presste Panther hervor.

Catarius packte ihn unter den Armen und half ihm auf. Panthers Beine sackten weg, er musste sich an Catarius festhalten.

»Hören Sie, wir müssen die Polizei holen, ich lege ein gutes Wort für Sie ein.«

»Du bist der Jäger, du sollst leben. Folge meiner Spur, sie führt zu einem Bauernhof, die Menschen dort werden dir helfen.«

»Beenden Sie diesen Wahnsinn, Catarius! Es sind genug gestorben.«

Catarius entzog sich Panther, der sich nicht aufrecht halten konnte und in die Knie ging. »Verschwinde! Dies ist deine letzte Chance.«

Panther kauerte eine Weile auf dem Boden und schleppte sich dann auf allen vieren zur Tür. Er musste sich jetzt um sein Leben kümmern, was sollte er sonst tun? An der Tür angelangt, zog er sich hoch – sein Kreislauf machte einigermaßen mit.

»Nimm dir Mantel, Handschuhe und Mütze, es ist kalt«, sagte Catarius und deutete auf einen Haken an der Wand.

***

Dunkle Nacht, Neumond. Der Himmel war bedeckt, die Sicht schlecht. Es ging ein eisiger, böiger Wind, der Schneewehen vor sich hertrieb. Panther steckte sich den Finger in den Hals – was auch immer er genommen hatte, hoffentlich war es nicht zu spät.

Die Hütte lag mitten im Wald, Fußstapfen führten in zwei entgegengesetzten Richtungen von ihr weg. Die einen Fußstapfen waren zum Teil von Schleifspuren verwischt. Sie mussten von Fehrenbach stammen. Wohin sollte Panther sich wenden? In Fehrenbachs Richtung lagen die Straße und dessen Wagen, doch ohne Schlüssel war dieser wertlos. In Catarius' Richtung der Bauernhof.

Panther folgte Catarius' Spuren. Der Schnee war tief, Panthers Verfassung nicht die beste, er kam nur langsam voran. Anfänglich war es recht eben, jetzt ging es steil bergab. Oft kam er ins Rutschen und musste sich an Bäumen und Sträuchern festhalten.

Danach hatte er sich neu zu orientieren, Catarius' Spur zu suchen. Hatte er die richtige Entscheidung getroffen? Panthers Blick ging nach oben. Ein Rauschen kündigte eine Windböe an, unter deren Druck sich die Bäume bogen. Daraufhin folgte absolute Stille. Panther hörte in sich hinein: Sein Mund war trocken, und er hatte Probleme mit dem Gleichgewicht. Eine weitere Windböe, besonders heftig, wirbelte Schnee auf, bedeckte Körper und Gesicht. Panther fluchte und wischte sich über seine Augen.

Genau in diesem Moment veränderte sich etwas. Panther hielt inne. Er konnte plötzlich besser sehen. War es heller geworden? Nein, der Grund war ein anderer. Farbe drängte in das Schwarz-Weiß der Nacht. Der Schnee begann in einem kalten Blau zu leuchten, der Himmel wechselte in ein schmutziges Orange, und die Sträucher klumpten zu einer dunkelgrünen Masse zusammen, nur die Bäume hatten keine Farbe. Sie schluckten jedes Licht, sie zerschnitten die Landschaft wie matte Fenster. Was war hier los?

Beunruhigt ließ Panther sich in eine Senke hinabgleiten. An deren tiefstem Punkt stand ein Baum. Vorsichtig legte er seine Hand auf dessen Rinde. Er spürte die Rinde nicht, seine Hand verschwand. »Ich phantasiere«, stellte er fest. Fehrenbach hatte ihm eine Droge verabreicht. LSD oder etwas Ähnliches. Er durfte jetzt nicht die Kontrolle verlieren, sich nicht von dem Zeug vereinnahmen lassen. Panther zog einen Handschuh aus und betrachtete seine Hand. Die Adern zeichneten sich deutlich ab. Sie pulsierten, sie durchzogen seine Haut wie ein Geflecht, das immer dichter wurde. Ein schwarzes Geflecht. Erschrocken ballte er eine Faust, das Geflecht verschwand nicht. Panther zog den Handschuh wieder an und klemmte seine Hand unter die Achsel, als ob er damit den Vorgang aufhalten könnte.

Der rätselhafte Baum beschäftigte ihn weiterhin. Dessen Stamm war mächtig. Panthers Blick wanderte nach oben. Der Baum war endlos. Sein Wipfel bohrte sich in den Himmel. Er erzeugte einen Strudel, der alles verschluckte. Wolken, ja selbst die Sterne verschwanden darin. Panther wurde Zeuge eines ungeheuren Schauspiels. Er hatte das Tor zu einer anderen Welt entdeckt. Unter seinen Füßen begann der Boden zu wanken, und ein gefährlicher Gedanke bemächtigte sich seiner: Wie es wohl wäre, durch das Tor hindurchzuschreiten? Bedächtig, aber ohne Angst beugte er sich vor, seine Haut brannte, er spürte den Sog, er ließ sich fallen.

Feuchte Kälte holte ihn zurück. Panther lag mit dem Gesicht im Schnee, er zitterte. Sein Zustand war bedenklich, er musste zu dem Bauernhof. Panther stand auf. Wo war Catarius' Spur? Beunruhigt suchte er den Boden ab, sah aber nur seine. Wie konnte das geschehen? Er musste zurück, seiner Spur folgen, nur so würde er hier herauskommen. Panther mühte sich bergauf. Seine Beine waren Fremdkörper, sie gehorchten ihm kaum. Ständig fiel er hin, immer wieder rutschte er zurück. Die Senke wollte ihn nicht gehen lassen. Doch Panther gab nicht auf. Auf allen vieren kroch er voran. Stück für Stück befreite er sich. Aber als er schon triumphieren wollte, packte ihn etwas am Fuß, Sträucher krallten sich in seiner Hose fest, unzählige Tentakel griffen nach ihm.

Eine weitere Windböe, gewaltiger als alles Vorangegangene, verursachte einen Schneesturm. Der Schnee bedeckte die Sträucher, verscheuchte die Tentakel und dämpfte alle Geräusche. Ruhe kehrte ein. Panther lag ausgestreckt unter einer Schneehaube. Mit der Zunge kostete er die weißen Kristalle. Sie schmeckten süßlich, ganz wie der Wein, den Fehrenbach ihm verabreicht hatte. Fehrenbach! Panther musste weiter.

Er schaute sich um, die Ruhe war verdächtig, das Blau des Schnees wurde intensiver. In einiger Entfernung registrierte er eine Bewegung, ein Hasten von einem Baum zum anderen. Der Bewegung folgte ein Luftzug, kaum wahrnehmbar. Eine weitere Bewegung, rechts von ihm. Panther fuhr herum, sah aber nichts. Dann hinter ihm das Gleiche, wieder gefolgt von einem Luftzug. Was war das? Sein Verstand arbeitete langsam, doch plötzlich traf ihn die Erkenntnis wie ein Schlag: Man wollte ihn umzingeln!

Jegliche Vorsicht vergessend, rannte er los, dabei wurde er zu schnell, er überschlug sich, er rutschte haltlos den Hang hinab. Ein Baum rettete ihn. Der Baum legte erst einen, dann einen zweiten Ast um seine Hüften. Die Zweige glitten unter seine Kleidung, berührten ihn, drangen in ihn ein, nahmen Besitz von seinem Körper. Es war ein unheimliches, ein berauschendes Gefühl. Panther sah, wie seine Haut zur Rinde wurde, eine Stimme redete beruhigend auf ihn ein. Sie war nah an seinem Ohr, sie gehörte dem Baum. Der Baum hatte ein Gesicht. Das Gesicht einer Frau. Einer Frau, die Panther kannte.

»Jetzt gehörst du mir«, hauchte Nichneven. Sie war überall, Panther war aufs Höchste erregt. »Es gibt kein Zurück.«

Nichneven nahm Panthers Kopf zwischen ihre Hände. Sie übte einen leichten Druck aus, der ständig zunahm. Ihre Finger wurden länger, sie bohrten sich in seinen Kopf. Panther stammelte. Ihr Gesicht näherte sich dem seinigen. Sie öffnete ihren Mund, der immer weiter wurde, kein Ende zu kennen schien. Dann biss sie zu.

***

Der Jäger war in Sicherheit, er hatte seine Chance ergriffen. Ein weiterer Schritt, die Ordnung wiederherzustellen, war getan. Alan Catarius sah zu dem Druiden hinab. Der lehnte an einer Truhe. Blut tropfte auf seine Kutte. Ratlosigkeit und Angst zeichneten seine Züge.

»Warum jetzt auch noch Carney?«, fragte er, nachdem Catarius ihm von dessen Ermordung berichtet hatte.

»Es herrscht Chaos. Die Ursachen müssen beseitigt werden. Alator ist ein Teil davon.«

»Aber auch du gehörst zu Alator. Du bist der erste Krieger.«

»Meine Schuld ist groß. Viel zu lange habe ich euch gewähren lassen. Jetzt bereinige ich meine Schuld.«

»Carney hat dich bewundert, und er war loyal.«

»Ja, er war loyal, aber nicht mir, sondern dir gegenüber. Er hat sich als sehr tapfer erwiesen. Es war nicht leicht, dein Versteck von ihm zu erfahren.«

»Du hast ihn gefoltert?«

Catarius starrte ins Leere. »Es war auch für mich nicht leicht.«

»Und jetzt? Wirst du mich auch töten?«

»Du und Nichneven, ihr wart die Quelle des Übels. Dein Tod ist eine Notwendigkeit.«

»Und dann?«

Catarius zögerte. Unzählige Stimmen riefen seinen Namen, gaben ihm Befehle. Die Zeichen waren überdeutlich, er musste handeln, doch seine Skrupel wogen schwer. »Meine Aufgabe ist größer als ich selbst«, sagte er schwerfällig. Wieder ging sein Blick ins Leere, der Druide schob seine Hand hinter den Rücken.

»Was ist deine Aufgabe?«

»Die Siedlung ist der Schlüssel zu allem. Ihre Ruinen liegen unter den Bauten der Stadt. Sie muss wiedererrichtet werden.«

»Villingen wurde auf den Trümmern der Siedlung erbaut?«

»Ja.«

»Beides kann nicht nebeneinander bestehen.«

»So ist es. Das Neue muss dem Alten weichen.«

»Die Stadt muss weichen, sagst du. Wie willst du das bewerkstelligen?«

»Es ist schwierig – die vielen Menschen. Die Entscheidung ist noch nicht gefallen. Feuer vielleicht.«

»Feuer?« Der Druide kicherte.

Catarius bemerkte es nicht. Die Stimmen verlangten nach Gehör. Taumelnd hielt er sich die Ohren zu. Wieder diese Zweifel, wieder diese Widersprüche. Die Stimmen schrien durcheinander, sie bekämpften sich, der Lärm wurde unerträglich. Catarius stöhnte.

Doch dann die Erlösung: Breitbeinig stand er da. Er trug Schwert und Schild. Schnee lag auf seinem Fellmantel. Der

Fürst war gekommen. Augenblicklich herrschte Ruhe. Catarius senkte seinen Kopf.

Fehrenbach sah, wie Catarius eine unterwürfige Haltung einnahm, wie er es nicht wagte, seinen Blick zu heben. Fehrenbach hörte, wie Catarius kaum Verständliches stammelte, wie er Befehle entgegenzunehmen schien. Nur konnte Fehrenbach es nicht verstehen, denn da war niemand! Was war mit Catarius los? Trafen die Gerüchte doch zu? Litt er tatsächlich an Wahnvorstellungen? Wie auch immer, Fehrenbach nutzte den Augenblick. Vorsichtig öffnete er die Schublade hinter seinem Rücken. Seine Hand umschloss den Hammer. Im Normalfall war er Catarius hoffnungslos unterlegen. Doch jetzt sah er eine Chance.

Im Augenwinkel nahm Catarius eine Bewegung wahr. Instinktiv drehte er sich zur Seite. Der Schlag traf ihn an der Schulter, das Schlüsselbein brach, ein ungeheurer Schmerz durchzuckte ihn. Der Schmerz sorgte für Klarheit, der Fürst trat zurück. Kein Laut kam über Catarius' Lippen, sein linker Arm war unbrauchbar, er erwartete den zweiten Schlag. Der Hammer fuhr auf ihn nieder, Catarius packte den Druiden am Handgelenk, nahm dessen Schwung in einer fließenden Bewegung auf, riss ihn zu sich her und rammte ihm den Ellbogen ins Gesicht. Der Druide sank auf die Knie, Blut strömte aus seiner Nase. Catarius umklammerte immer noch sein Handgelenk, scheinbar mühelos drehte er ihm den Arm auf den Rücken, der Druide schrie, bettelte um Gnade.

»Du bist so erbärmlich«, sagte Catarius und bog den Arm nach oben. Hilflos kauerte der Druide vor ihm. Catarius schaute auf, Schmerzen pochten in seiner Schulter, sie waren kaum zu ertragen. Der Fürst stand noch immer an derselben Stelle, er rührte sich nicht.

»Warum sagst du nichts?«, wagte Catarius zu fragen.

Der Fürst setzte zu einer Antwort an, doch es kam nichts, wie in Stein gemeißelt stand er da.

»Sprich mit mir, du musst mit mir sprechen!« Das Holz im Kamin knackte, der Raum war überhitzt. Der Schnee auf den Schultern des Fürsten schmolz aber nicht. Warum schmolz der Schnee nicht? Catarius' Blick wanderte zu den Füßen des Fürsten. Seine Stiefel waren trocken, es war kein Schmelzwasser zu sehen. Ein gefährlicher Gedanke drängte sich Catarius auf – er brauchte Gewissheit. Deshalb sagte er: »Der Druide muss gerichtet werden. Wirst du es tun?«

Der Fürst zeigte keine Reaktion, seine Augen waren starr.

Die Befürchtung bestätigte sich. Sie wurde zur Wahrheit. Zur schrecklichen Wahrheit. »Du kannst es nicht.« Catarius' Stimme zitterte. »Du kannst es nicht, weil es dich nicht gibt!«

In diesem Moment geschahen mehrere Dinge gleichzeitig: Das Bild des Fürsten verschwamm, die Schmerzen in Catarius' Schulter explodierten, sein Griff um das Handgelenk des Druiden lockerte sich.

Der Druide rappelte sich auf.

Aus Catarius war jegliche Kraft gewichen, sein Leben war eine einzige Lüge. Er war ein Verbrecher, ein Mörder. Es gab kein Tor zu den Kelten, keine Wiederkehr der alten Kultur, keinen Stolz, keine Ehre, nur Niedertracht. Ergeben neigte er seinen Kopf.

»Schlag zu.«

SECHZEHN

Fastnachtsdienstag, neun Uhr zwanzig

Bei Geisingen klingelte Tesics Smartphone. Es meldete sich eine hörbar um Fassung ringende Frau: »Polizeihauptmeisterin Claudia Strand. Man hat mir gesagt, ich soll Sie anrufen, wenn wir die Rinkenhütte erreicht haben. Ich bin hier mit Polizeimeister Faller. Wir sind in der Hütte auf eine Leiche gestoßen. Ich bin schon lange im Dienst, aber so etwas habe ich noch nicht gesehen. Mein junger Kollege steht unter Schock.«

»Was genau haben Sie vorgefunden?«

»Schwer zu sagen. Es ist alles voll Blut. Die Leiche ist männlich, glaube ich. Ich habe sie nicht angerührt. Die Spurensicherung ist unterwegs.«

»Sie kennen die Fahndungsfotos. Können Sie die Leiche nicht identifizieren?«

»Wie schon gesagt, es ist alles voll Blut. Die Leiche liegt auf dem Bauch. Der Kopf ...« Die Polizistin atmete tief durch. »Ich weiß nicht, wer das ist.«

»Ist schon gut. Haben Sie weitere Personen vorgefunden?«

»Nein. Aber vor der Hütte gibt es unterschiedliche Spuren im Schnee. Es müssen sich hier mehrere Personen aufgehalten haben.«

»Gut. Sichern Sie den Tatort. Wir sind in circa vierzig Minuten bei Ihnen.«

Vom Parkplatz bis zur Hütte war es ein Fußmarsch von fünf Minuten. Der Weg führte über eine Lichtung. Struve und Tesic trugen Sonnenbrillen, die Sonne tauchte die Schneelandschaft in gleißendes Licht. Die Hütte lag im Wald. Sie war großzügig angelegt, mit Veranda und einem Grillplatz. Angegliedert waren ein Schuppen und eine Art Unterstand, wo sich Brennholz stapelte. Auf der Veranda saß ein junger, bleicher Polizist.

Er hatte seine Mütze abgenommen. Neben ihm stand Claudia Strand, die Polizeihauptmeisterin. Sie telefonierte. Als sie Struve und Tesic sah, legte sie auf.

»Für Martin kommt eine Ablösung«, sagte sie und gab ihren Kollegen die Hand. »Ich bin auch froh, wenn ich hier wegkann.«

Tesic nickte und nahm ihre Brille ab. »Wir schauen uns den Tatort an. Sie müssen nicht mit.« Strand nickte dankbar.

Es war nie angenehm, eine Leiche in Augenschein zu nehmen. Vor allen Dingen, wenn man damit rechnen musste, den Toten zu kennen. Was, wenn es Mark war? Tesic zögerte kurz und öffnete dann die Tür. Ein bekannter, süßlich-metallischer Geruch schlug ihr entgegen. Die Leiche lag in einer Blutlache auf dem Bauch. Ihre Arme waren angewinkelt, der Schädel eine unförmige Masse. Das Blut war überall, es bedeckte die Wände, Teile einer Truhe, selbst die Decke war vollgespritzt. Der Täter war mit äußerster Brutalität vorgegangen. Die Leiche war vollständig bekleidet. Sie trug einen Rollkragenpullover, eine Cordhose und Stiefel, und sie war groß, viel größer als Panther. »Es ist nicht Mark«, sagte Tesic erleichtert.

»Aber wer ist es dann?«, fragte Struve und zog sich Handschuhe an. Vorsichtig drehte er den Toten auf den Rücken. Von dem Gesicht war nicht mehr viel übrig. »Oh Mann«, stöhnte er. »Da ist einer komplett durchgedreht. Kennst du den Toten?«

»Fehrenbach ist es auf jeden Fall nicht«, erwiderte Tesic.

»Dann war er der Täter.«

»Vermutlich.« Tesic ging auf ihrem Smartphone die Fahndungsfotos durch. Trotz der Verunstaltungen kam ihr das Gesicht bekannt vor. Bei Alan Catarius blieb sie stehen und zeigte es Struve.

»Könnte passen«, sagte er.

»Ich bin mir ziemlich sicher«, entgegnete sie und durchsuchte die Taschen des Toten – sie waren leer. »Um Gewissheit zu haben, brauchen wir seine Fingerabdrücke. Hoffentlich taucht die Spurensicherung bald auf.«

»Das kann dauern. Wir sollten die Zeit nutzen.«

Mit der gebotenen Vorsicht durchsuchten sie die Hütte. Sie stießen auf eine gut gefüllte Speisekammer und im Nebenraum auf eine sargähnliche Kiste. An deren Seitenwänden waren Bänder befestigt, die sich zum Fesseln eigneten. Auf dem Kistenboden lag ein breites Klebeband.

»Darin könnte Mark transportiert worden sein«, bemerkte Tesic.

»Sieht ganz danach aus«, stimmte Struve zu. »Vielleicht hatte er ja Glück, vielleicht konnte er entkommen. Lass uns draußen weitersuchen.«

Der Unterstand beherbergte außer Brennholz und einer Menge Unrat auch einen Stromgenerator. Neben dem Generator stand ein leerer Benzinkanister. Abdrücke von vier weiteren waren im Erdboden zu erkennen. Die Abdrücke waren frisch, die Kanister mussten eben erst mitgenommen worden sein.

Die Spuren vor der Hütte konnten sie zum größten Teil zuordnen. Sie stammten von ihnen selbst, von der Streife und von dem Toten in der Hütte. Die anderen vermutlich von Fehrenbach und Mark. Eine führte in den Wald hinein. Struve und Tesic folgten ihr. Die Spur wies unterschiedliche Fußstapfen in entgegengesetzter Richtung auf. Die größeren zeigten zur Hütte, die kleineren weg von ihr.

Bald ging es steil bergab. Um nicht wegzurutschen, mussten die beiden sich festhalten. Die Spur war hier stark verwischt, ihr Vorgänger hatte offensichtlich die gleichen Schwierigkeiten gehabt.

Nur langsam kamen sie voran. Die Bäume standen dicht, der Abstieg forderte ihre ganze Aufmerksamkeit. Die Gestalt, die ihnen entgegenstolperte, bemerkten sie sehr spät. Sie trug eine Fellmütze und einen viel zu großen Mantel. Struve machte auf sich und Tesic aufmerksam. Die Gestalt hob ihren Kopf. Sie winkte verhalten und sank dann auf die Knie.

Panther sah schrecklich aus. Schwarze Ringe unter den Augen, blaue Lippen, zerkratztes Gesicht.

»Mir ist kalt«, stammelte er. Tesic umarmte ihn, drückte ihn, so fest sie konnte.

»Mein Gott, Mark. Ich bin so froh, dich zu sehen.«

»Ich habe Durst.«

Gemeinsam schleppten sie Panther zurück. Der versuchte zu erzählen, doch die Anstrengung ließ es nicht zu. So berichtete Tesic von der Leiche, die sie für Catarius hielten.

Der Heizstrahler spendete Wärme, keine zwei Meter daneben lag tatsächlich Catarius' Leiche – Panther hatte ihn identifiziert. Jetzt trank er heißen Tee, seine Hände zitterten, eine Decke hing über seinen Schultern.

»Der Krankenwagen kommt sofort«, sagte Struve.

Panther nickte kaum merklich. »Ich musste Pillen schlucken, irgend so ein Zeugs. Hab den Boden unter den Füßen verloren. Mann, geht's mir scheiße. Ich sehe Farben, ich sterbe und wache auf – die komplette Horrorshow. Keine Ahnung, wie viel Zeit vergangen ist. Steht da jemand hinter mir?«

»Nein, es ist alles gut«, sagte Tesic.

Panther trank und verschluckte sich beinahe. Tesic klopfte ihm auf den Rücken.

»Catarius hat mich befreit. Warum, weiß ich nicht. Als er mich abziehen ließ, hatte er die Oberhand. Catarius war kein schlechter Kerl, es tut mir leid um ihn.« Panther blickte sich um. »Da ist wirklich niemand?«

»Wir sind bei dir, es wird dir nichts geschehen«, beruhigte Tesic.

»Fehrenbach, dieses Arschloch, hätte nicht entkommen dürfen, der ist total durchgeknallt. Der träumt von einem großen Abgang, einem Inferno. Der will einen Brand legen, Menschen töten. Genau wie Wagner.«

»Wer?«

»Wagner, ein Psychopath. Der hat mehrere Häuser angezündet und die Flüchtenden abgeknallt.«

»Im Unterstand fehlen vier Benzinkanister«, sagte Tesic tonlos.

»Das ist schlecht, ganz schlecht.« Panther zog die Decke enger um sich. »Ihr müsst Wagner finden.«

»Du meinst Fehrenbach?«

»Ja, sagte ich doch, oder?«

»Was könnte sein Ziel sein?«

»Fehrenbach hat von einer Stadt gesprochen – ich glaube, er meint Villingen.«

Im Rückspiegel verlor sich der Krankenwagen, der Panther ins Zentralklinikum brachte. Struve fuhr, Tesic telefonierte. Polizeidirektor Sorecks Stimme überschlug sich beinahe: »Es ist Fastnachtsdienstag. Der große Umzug. Wir haben an die sechstausend Hästräger und über fünfunddreißigtausend Besucher. Wir können weder die Innenstadt sperren noch den Umzug absagen. Die Leute sind alle schon da. Wie stellen Sie sich das denn vor?«

»Wir sollten zumindest vorbereitet sein.«

»Vorbereitet? Sie wissen gar nicht, was das bedeutet. Wie sicher sind Sie denn?«

»Sie kennen die Faktenlage. Mehr kann ich dazu nicht sagen.«

»Und wie ist Ihre persönliche Meinung?«

»Fehrenbachs Situation, seine Gewaltphantasien, seine Vorgeschichte und dann noch die Kanister … Er wird einen Brandanschlag durchführen.«

»Aber warum in Villingen, warum in der Altstadt?«

»Weil er dort das größte Publikum, die größte Aufmerksamkeit hat. Er kann für den größten Schaden, für ein unglaubliches Chaos sorgen.«

Für einen Moment herrschte Schweigen in der Leitung, dann sagte Soreck gequält: »Also gut. Sicherheit geht vor. Ich werde die notwendigen Maßnahmen einleiten. Haben Sie sonst noch etwas?«

»Fehrenbach hat einige Immobilien in der Villinger Altstadt.

Wir müssen wissen, wo. Vielleicht will er dort Brandherde setzen. Außerdem sollte seine Wohnung durchsucht und überwacht werden. Und bitte warnen Sie die Kollegen, Fehrenbach schreckt vor nichts mehr zurück.«

***

Keine Wolke am Himmel, Kaiserwetter. Unzählige Menschen standen in Viererreihen am Straßenrand, ein buntes Volk in bester Feierlaune. Wer einen guten Platz hatte, wärmte sich in der Sonne. Bier und Wurst fanden rasanten Absatz, wo immer Musik ertönte, wurde geschunkelt und gesungen.

Den Umzug eröffnete die Stadtmusik, gefolgt von der Narrozunft. Ein Heer von historischen Figuren ließ die Menge jubeln und dankte es mit stolzer Geste und kleinen Aufmerksamkeiten.

Den Zuschauern stand ein dreistündiges Spektakel mit unterschiedlichen Gruppen bevor. Jeder, der mit Fastnacht etwas anfangen konnte, war »auf der Gass«: Die alte Zähringerstadt bebte, der »Fasnetgoascht« war wach.

Frauke Dahms' Sichtfeld war eingeschränkt. Die Schlitze ihrer Maske waren schmal. Fastnacht war für die Polizeisprecherin der Höhepunkt des Jahres, es gab für sie nichts Schöneres. Zum Glück hatte sie frei, man benötigte sie bei der Suche nach Mark Panther nicht. Frauke Dahms nahm am Umzug teil. Sie marschierte als Morbili, ein altes Weib in traditioneller Kleidung und mit Blumen besetztem Spitzenhäubchen. An ihrer Seite der Narro, dessen Begleiterin sie war. Die Leute riefen »Narri-Narro!« oder »Giezig, giezig!«, und Frauke Dahms verteilte an die Rufer Malzer. Wer sich besonders ins Zeug legte, bekam einen der begehrten Schnäpse.

Trotz der ausgelassenen Stimmung registrierte sie auffallend viele Polizisten. Zumindest empfand sie es so. Gab es womöglich besondere Sicherheitsmaßnahmen, von denen sie nichts wusste?

Als sie die Ehrentribüne passierte, fehlten der Oberbürgermeister und der Landrat. Das war bedenklich. Etwas Unvorhergesehenes musste passiert sein.

***

Villingen, Sitzungssaal Feuerwache

Die Drohne hob ab und schwebte über dem Rietviertel. In Echtzeit wurden die Bilder in den Sitzungssaal übertragen. Vier Drohnen waren im Einsatz, sie wurden vor Ort von geschultem Personal gesteuert und zeigten jeweils einen Teilbereich der Altstadt.

»Damit können wir ziemlich schnell mögliche Rauchentwicklungen ausmachen«, sagte der Feuerwehrkommandant. »Außerdem habe ich im Wächterturm des Münsters zwei Männer postiert. Von dort aus hat man einen ganz hervorragenden Überblick. Zusätzlich sind mehrere Streifen, jeweils zwei Feuerwehrmänner und zwei Polizisten, unterwegs. Die umliegenden Feuerwehren sind informiert, ebenso der Kreisbrandmeister im Landratsamt, der die technische Einsatzleitung koordinieren wird, wenn nötig. Der Umzug läuft jetzt noch circa eine Stunde. Einen Abbruch halten wir nicht für sinnvoll, da die Gruppen sonst umkehren müssten, was mit Sicherheit für große Verwirrung sorgen würde. Im Brandfall hoffen wir, die Leute geordnet aus der Stadt bringen zu können – ein schrecklicher Gedanke, hoffentlich bleibt alles ruhig.«

Der Oberbürgermeister nickte, neben ihm stand der Landrat. Beide waren direkt vom Umzug gekommen, beiden stand tiefe Besorgnis ins Gesicht geschrieben. An einem anderen Tisch im Hintergrund sprach Polizeidirektor Soreck mit Tesic und Struve.

»Fehrenbach besitzt vier Häuser und drei Eigentumswohnungen. Die Immobilien werden von unseren Leuten in Begleitung von Feuerwehrmännern kontrolliert. Wo niemand angetroffen wird, verschaffen wir uns Zugang – Gefahr im Verzug. In der

Stadt sind zwei Hundertschaften unterwegs, mehr war nicht zu bekommen, heute sind viele Kräfte gebunden. Alle Beteiligten sind mit Fehrenbachs Fahndungsfoto vertraut. Dennoch ist die Chance, ihn zu finden, gering – er kann sich als alles Mögliche verkleiden. Mehr können wir momentan nicht tun, jetzt können wir nur noch hoffen.«

Tesic stimmte zu und nahm sich ihre Jacke. »Ich denke, Sie können hier auf Struve und mich verzichten. Wir werden auf der Straße eher gebraucht.«

Die Sonne blendete, Tesic kniff ihre Augen zusammen. Im Gegenlicht schwamm ein riesiger Fisch über die Köpfe der Zuschauer hinweg. Unmengen von Schokolade, von emsigen Narren geworfen, ergossen sich über die Menge. Die Menschen lachten, die Kinder kamen mit dem Einsammeln und Naschen nicht hinterher. Alle waren so ausgelassen – es durfte nichts passieren!

Tesic und Struve kontrollierten jeden, der Fehrenbachs Statur ähnelte. Ein aufwendiges und unangenehmes Vorgehen – wer ließ sich schon gerne und scheinbar ohne triftigen Grund von der Polizei überprüfen, und das an Fastnacht? Währenddessen galt Tesics Blick immer wieder ihrem Smartphone, doch Soreck meldete sich nicht, genauso wenig waren Martinshörner oder Sirenen zu hören. Hatten sie sich geirrt? Verfolgte Fehrenbach andere Pläne? Wohin konnte er sich sonst zurückziehen?

Tesic ging die letzten Tage gedanklich noch einmal durch und blieb bei einem alten Mann hängen. Kurz entschlossen lotste sie Struve in die Straße, wo Fehrenbachs Haus stand. Eine Idee hatte sie noch.

Die Klingel von Anton Sigwardt, Fehrenbachs Nachbar, war laut. Dumpf drangen Fastnachtslieder aus der Wohnung.

»Und was wollen wir hier?«, fragte Struve.

»Herr Sigwardt weiß einiges über Fehrenbach. Vielleicht kann er uns weiterhelfen.«

Nach geraumer Zeit war durch den Türspion eine Bewegung

zu erkennen, dann öffnete Sigwardt. Die Musik plärrte, Sigwardt trug eine Narrenkappe und ein halblanges blaues Hemd. Darunter Knickerbocker mit roten Strümpfen. Er roch nach Alkohol und stützte sich schwer auf seinen Stock.

»Sie kommen mich tatsächlich besuchen – und das heute. Das ist schön. Ich freue mich.«

»Es ist eigentlich kein Besuch, Herr Sigwardt. Es ist beruflich, und es ist dringend. Ich hätte gerne mehr über Fehrenbachs Immobilien in Villingen erfahren.« In Sigwardts Gesicht spiegelte sich Enttäuschung. Tesic zeigte auf Struve. »Das ist übrigens mein Kollege, Kriminalkommissar Struve.«

Sigwardt ignorierte Struves Hand, aus seiner Wohnung tönte nun ein Marsch. »Ein Schorle werden Sie aber trinken.«

»Nein, wir haben wirklich keine Zeit. Ein andermal gerne.«

Mürrisch verzog Sigwardt sein Gesicht. »Dass dem Fehrenbach die halbe Stadt gehört, habe ich Ihnen ja schon gesagt. Und dass er ein Drecksack ist, auch. Der hat doch seine Frau umgebracht, oder? Ihr wollt dazu noch nichts sagen, ich weiß. Aber mir müsst ihr nichts vormachen.«

»Wenn alles überstanden ist, werde ich Ihnen berichten, Sie erfahren dann alles aus erster Hand. Doch jetzt brauche ich Ihre Hilfe. Hier habe ich eine Liste mit Fehrenbachs Häusern und Wohnungen. Sagen Sie mir einfach, ob etwas fehlt.«

Sigwardt nahm die Liste. »Dazu brauche ich aber meine Brille«, sagte er und verschwand in seiner Wohnung.

Nun saßen sie also doch in seinen übergroßen Sesseln. Vor jedem stand ein Schorle rot-süß, im Fernseher lief tonlos ein Umzug, und ein alter Kassettenrekorder spielte weiterhin Fastnachtslieder. Struve probierte sein Schorle, verzog sein Gesicht und hob eine Luftschlange auf. Tesic beobachtete Sigwardt, der mit seiner Nase an der Liste zu kleben schien.

»Hätte ruhig größer geschrieben sein können«, beklagte er sich.

»Ich kann es Ihnen auch vorlesen«, entgegnete Tesic.

»Nein, nein. Geht schon.« Sigwardt trank sein Schorle leer

und sagte: »Also, eine Wohnung fehlt noch. Und zwar die von seiner Tante, der Schwester seines Vaters. Ob sie Fehrenbach gehört, weiß ich nicht, aber seine Frau hat da immer nach dem Rechten gesehen – die Tante ist ziemlich klapprig und auch etwas verschroben. Sie soll aus Berlin kommen und früher mal Schauspielerin gewesen sein.«

»Kennen Sie Namen und Adresse?«

»Aber sicher doch. Ist in der Nähe vom Kaiserturm. Die Frau heißt Konstanze von Achtenhagen.«

Die Wohnung befand sich im obersten Stockwerk eines renovierungsbedürftigen Hauses. Neben der Tür standen vertrocknete Blumen, ein goldgerahmtes Schild zeigte Namen und Beruf. Tesic klingelte, Struve sicherte. Ein Stockwerk tiefer warteten zwei Feuerwehrleute und der Mann vom Schlüsseldienst, der ihnen schon Zutritt zu Fehrenbachs Haus verschafft hatte.

Nach mehreren Versuchen öffnete Tesic mit einem Dietrich des Schlüsseldienstes. Die Tür schwang geräuschlos auf und gab den Blick auf einen langen, schmalen Gang frei, der mit Plakaten gepflastert war. Die beiden Polizisten betraten mit gezogenen Waffen die Wohnung.

Fast alle Plakate waren aus den jungen Jahren der Bundesrepublik und zeigten Konstanze von Achtenhagen in verschiedenen Rollen. Auffallend oft wurde sie als Josephine Baker in einem Stück, das die wilden Zwanziger in Berlin zum Thema hatte, angepriesen. Josephine Baker war eine Legende. Eine afroamerikanische Sängerin und Tänzerin, deren freizügige Auftritte für Skandale gesorgt und den Striptease zur Kunstform erhoben hatten.

Die Polizisten tasteten sich langsam voran, mehrere Zimmer säumten den Gang. Als Struve eines betreten wollte, erstarrte er. Musik hatte eingesetzt. Es war eine alte Aufnahme, die klang, als würde sie von einem Grammophon kommen. Ihre Quelle lag am Ende des Ganges, der in eine Tür mündete. In stillem Einverständnis näherten sie sich der Tür.

Struve öffnete vorsichtig. Die Musik wurde lauter: ein Scheppern und ein Rauschen, die hohen Töne leicht verzerrt, die Tiefen kaum vorhanden. Es war eine alte Melodie, die an Varieté und an Tanzsäle erinnerte – und sie kam tatsächlich von einem Grammophon. Der Raum war groß, prunkvoll, und in der Mitte tanzte selbstvergessen eine zierliche alte Dame.

Über ihr strahlte ein mächtiger Kronleuchter. Bistro-Tische standen an der Seite, schwere rote Vorhänge verbannten den Tag. Die Dame trug ein langes weißes Kleid und darüber einen vollkommen unpassenden Rock aus Bananen. Ihr Haar war kurz und schwarz und schien an ihrem dürren Schädel zu kleben. Es war seitlich gescheitelt und an den Ansätzen grau. Überdimensional große Ohrringe und ein glitzerndes Diadem waren ihr Schmuck. Das Gesicht war von Falten durchzogen, die Augen groß. Sie schwang dezent ihre Hüften, hob leicht das linke, dann das rechte Bein, und dann fing sie an zu singen. Ihre Stimme füllte den Raum. Sie klang klar, ja geradezu jugendlich, es war verblüffend. Den Eindringlingen schenkte sie keine Beachtung.

Ratlos, aber auch auf eine gewisse Art berührt, verfolgten die Polizisten die Aufführung, bis Tesic das Grammophon abstellte. Auf dem Teller lag eine Schellackplatte: Josephine Baker, »Blue Skies«.

Die alte Dame hielt in ihrem Tanz inne, wirkte wie erstarrt. Nach einem kurzen Moment löste sich die Starre, und sie strich sich über ihr Kleid. In ihrer Stimme lag eine gewisse Arroganz, als sie sagte: »Um diese Uhrzeit empfange ich niemanden.«

Struve entgegnete: »Entschuldigen Sie unser Eindringen. Wir sind von der Polizei, Sie haben auf unser Klingeln nicht reagiert.«

»Und da brechen Sie die Tür auf?«

»Wir befinden uns in einer Notsituation. Es ist wichtig. Wir suchen Ihren Neffen Tanno Fehrenbach. Ist er hier?«

Abfällig wischte Konstanze von Achtenhagen die Frage weg. »Dafür habe ich keine Zeit. Ich bin mitten in einer Probe. Bitte verlassen Sie meine Wohnung.«

»Wir müssen darauf bestehen. Also, ist Ihr Neffe hier?«

»Nein.«

»Wann haben Sie ihn zuletzt gesehen?«

»Ich weiß nicht. Vor Jahren vielleicht. Tanno interessiert sich nicht für meine Kunst. Nur Anja besucht mich regelmäßig. Sie hat ein gutes Herz.«

»Dürfen wir uns in Ihrer Wohnung umsehen?«

»Nein.« Konstanze von Achtenhagen setzte sich auf einen mit grünem Stoff bezogenen Diwan, zündete sich eine mit langer Spitze versehene Zigarette an und musterte die Polizisten. Ihre Hand zitterte leicht.

Struve schaute sich um. In dem Raum gab es eine zweite Tür. Sie war schwer zu erkennen, da sie tapeziert war.

»Wohin führt diese Tür?«, fragte er.

»Nirgendwohin. Das ist nur eine Abstellkammer.«

»Das würden wir gerne überprüfen.«

»Niemand darf da rein.«

»Sie sagten aber, es sei nur eine Abstellkammer.«

»Gehen Sie jetzt!«

Struve und Tesic tauschten Blicke und schritten auf die Tür zu. Die alte Dame rappelte sich auf und stellte sich ihnen entgegen.

»Frau von Achtenhagen, bitte.« Vorsichtig schob Struve sie weg. Ihre Arme waren dünn, sie war zerbrechlich wie ein Vogel.

»Niemand darf da rein. Ich verbiete es«, kreischte sie mit sich überschlagender Stimme. In ihren Augen sammelten sich Tränen, die ihre dick aufgetragene Schminke verschmierten.

»Beruhigen Sie sich bitte. Wir wollen nur Ihr Bestes.«

Konstanze von Achtenhagen gewann ihre Fassung zurück. Mit einem bestickten Taschentuch trocknete sie ihre Tränen.

»Und jetzt verlassen Sie bitte den Raum«, fügte Struve mit einem gewissen Nachdruck an. Hilfesuchend wandte die Dame sich an Tesic.

»Mein Kollege hat recht«, entgegnete diese. »Offensichtlich haben Sie etwas zu verbergen. Wir müssen das überprüfen.«

Widerwillig zog Konstanze von Achtenhagen sich zurück. Sie verließ das Zimmer, die Tür fiel laut ins Schloss.

»Können wir sie einfach gehen lassen?«, fragte Struve.

»Sie wird ihre Wohnung nicht verlassen, da bin ich mir sicher«, entgegnete Tesic, dann schritt sie zur Abstellkammer. Seitlich stehend legte sie ihre Hand auf die Klinke. In der anderen hielt sie ihre Dienstwaffe. Struve war ihr gefolgt und sicherte von der gegenüberliegenden Seite. Falls Fehrenbach sich hier versteckte, war er längst vorgewarnt, das war beiden klar.

Tesic drückte die Klinke, Struve spähte um die Ecke. Er gab Tesic ein Zeichen, sie öffnete die Tür ganz, Struve sprang vor und zielte in den Raum, dann ließ er entgeistert seine Waffe sinken.

Ein kleines Zimmer, mehr als eine Abstellkammer. An der Wand stand ein Altar. Er war von Kerzen beschienen. Auf dem Altar lag, gebettet auf einem goldenen Kissen, ein totes Tier – eine Katze. Der Verwesungsprozess hatte schon eingesetzt, Duftkerzen verschlimmerten den Geruch nur.

Tesic holte Konstanze von Achtenhagen.

»Caruso ist vor fünf Tagen gestorben. Er war sehr musikalisch. Er liebte Verdi. Ich habe ihm noch einmal ›La donna è mobile‹ vorgespielt und ihn dann hier aufgebahrt. Seitdem warte ich auf Anja. Ich wollte Caruso mit ihr beerdigen. Ein schönes Begräbnis auf dem Tierfriedhof. Aber Anja ist nicht gekommen, dabei war sie immer so zuverlässig. Was ist mit ihr nur?«

Betroffen tauschten die Polizisten ihre Blicke. »Ich habe eine schlechte Nachricht für Sie«, eröffnete Tesic. »Frau Fehrenbach wird nicht mehr kommen. Sie ist tot.«

»Tot?« Die alte Dame starrte ins Kerzenlicht. »Anja war doch noch so jung. Was ist ihr passiert?«

»Wir wissen es nicht genau.« Tesic hüstelte. »Aber sie wurde Opfer eines Gewaltverbrechens.«

»Ein Gewaltverbrechen? Die Welt ist so schlecht. Dabei hatte es Anja nie leicht – Tanno neigt zum Jähzorn. Sie suchen ihn doch nicht deshalb?«

»Wir müssen in alle Richtungen ermitteln.«

»Und was mache ich jetzt?«, seufzte die alte Dame. »Es sind so viele gestorben, all meine Freunde, all meine Verwandten. Wissen Sie, das Leben hat es nicht immer gut mit mir gemeint – ich bin wie ein kleines Vögelchen, das immer wieder aus dem Nest fällt. Aber ich bin stark. Ich habe immer wieder ein neues Nest gefunden.« Konstanze von Achtenhagen lächelte entrückt. »Eines kann mir keiner nehmen, und das ist mein Talent. Meine Kunst hat mir stets von Neuem auf die Beine geholfen. Noch bin ich nicht am Ende. Noch kann ich auf die Bühne zurückkehren. Mein Programm zählt zu den besten – der ›Tagesspiegel‹ nannte mich eine große Entertainerin. Ach, Berlin. Dort hatte ich meine beste Zeit, dort trifft sich die Welt, dort kennt man mich, dort habe ich rauschende Erfolge gefeiert.« Die Augen der alten Dame leuchteten. »Ich glaube, ich sollte es wagen. Berlin wartet auf mich, Berlin wird mich empfangen. Was meinen Sie?«

Vorsichtig legte Tesic ihre Hand auf Konstanze von Achtenhagens Schulter. »Ich denke, Sie sollten sich erst einmal ausruhen. Wir werden jemanden vorbeischicken, der sich um Sie und Ihre Katze kümmert.«

»Ja, Sie haben recht. Man sollte nichts überstürzen. Morgen ist ja auch noch ein Tag, und ich habe noch so viel zu tun.« Die alte Dame wirkte entschlossen – sie schien mit sich im Reinen zu sein.

»Wir müssten uns dennoch in Ihrer ganzen Wohnung umsehen«, warf Struve ein.

»Machen Sie nur. Und vergessen Sie nicht den Speicher und den Keller.«

Die Suche blieb ergebnislos. Ernüchtert warteten die Polizisten, bis eine Betreuerin vom psychologischen Dienst eingetroffen war.

Sie verabschiedeten sich von Konstanze von Achtenhagen, die ihnen Freikarten für ihre kommende Show versprach.

Zurück in der fastnachtstrunkenen Stadt. Die Sonne war untergegangen, empfindliche Kälte trieb die Mehrheit der Narren in die unzähligen Kneipen, Restaurants und Stüble. Tesic und Struve durchkämmten die Gaststätten systematisch. Sie zwängten sich durch die feiernden Massen, sie waren aufs Äußerste angespannt, sie waren überreizt, sie wurden bedrängt. Mehr als einmal standen sie dicht vor einer Auseinandersetzung. Der schmale Grat zwischen grenzenloser Ausgelassenheit und nervender Distanzlosigkeit zeigte sich überdeutlich.

Eine weitere Kneipe spuckte die beiden aus. Sie querten den Münsterplatz, Tesic wischte sich Konfetti aus ihren Haaren, Struve schloss seine Jacke. Eine Gruppe Schlümpfe zog ihre Blicke an. Sie tanzten um den Münsterplatzbrunnen. Japanische Touristen eilten hinzu und schossen Fotos. Im Blitzlichtgewitter verloren die Schlümpfe ihre Harmlosigkeit. Da ertönten die Sirenen.

Ohrenbetäubend, markerschütternd.

Sofort ging Tesics Handy.

»Soreck. Feuer im Dachstuhl eines Wohnhauses an der Ecke Gerberstraße/Paradiesgasse.«

»Das ist keine Immobilie von Fehrenbach.«

»Nein. Aber unsere Einsatzkräfte waren ganz in der Nähe und sind zum Teil schon vor Ort. Die Lage ist unübersichtlich. Beeilen Sie sich.«

Die beiden Polizisten hetzten die Niedere Straße hinunter. Im Gerberviertel erhellte ein Feuerschein den dunklen Abendhimmel. Löschfahrzeuge und Mannschaftswagen der Polizei rasten zur Brandstelle. Neugierige wurden magisch angezogen. In der Paradiesgasse wurde es eng. Struve bahnte sich rücksichtslos einen Weg.

»Polizei. Gehen Sie zurück. Sie behindern die Einsatzkräfte. Es ist gefährlich.«

Ein Mann begehrte auf. Sein Handy filmte bereits. »Wir wollen auch etwas sehen.«

Struve knallte ihn gegen die Wand und zischte: »Entschuldigung.«

Die Gerberstraße war bereits beidseitig gesperrt. Mit Mühe wurden die Gaffer zurückgedrängt. Unzählige Handys waren gezückt. Tesic dachte: Wenn jetzt Fehrenbach auftaucht, filmt ihr euren eigenen Tod.

Zwei Löschfahrzeuge waren in Position, die Drehleitern ausgefahren. Die Flammen im Dachstuhl züngelten hoch und wurden gezielt bekämpft. Hustende Bewohner wurden von Feuerwehrmännern und Polizisten evakuiert.

Tesics Blick wanderte die Absperrung entlang. Rechts, nur einen Steinwurf entfernt, fiel ihr eine groß gewachsene Hexe auf. Statur und Haltung erinnerten an Fehrenbach. Tesic gab Struve ein Zeichen, beide schoben sich durch die Menge. Die Hexe wandte sich ab und strebte stadtauswärts. Die beiden wollten kein Aufsehen erregen und kamen kaum voran, der Abstand zur Hexe blieb gleich – manchmal sahen sie nur ihr wippendes Kopftuch.

Bei der Ankergasse bog die Hexe ab. Jetzt gab es kein Halten mehr. Tesic und Struve setzten ihr nach und bogen ebenfalls in die Gasse.

Keine fünf Meter vor ihnen stand die Hexe, eine Maschinenpistole im Anschlag. Tesic erstarrte, Struve griff nach seiner Waffe, die Hexe drückte ab.

Ein Wasserstrahl traf die Polizisten.

»Treffer«, rief die Hexe.

Struve brüllte: »Polizei, Maske herunter!«

Die Maske wurde gelüftet: ein pickliger Jugendlicher, Verunsicherung in seinem Blick. »Ihr, äh, Sie spielen nicht mit?«

»Bei was?«, zischte Struve.

»Moschus gegen 4711. Wir verabreden uns übers Internet. Zwei Gruppen gegeneinander. Ich bin 4711. Wer gekennzeichnet wird, der fliegt raus.«

»Gekennzeichnet?«

»Ja, mit Parfüm. Paintball darf man ja nicht.«

Die beiden Polizisten rochen an sich. Tatsächlich, Echt Kölnisch Wasser. »Oh Mann«, stöhnte Struve.

»Das war ein Versehen. 'tschuldigung.«

»Geht's dümmer?« Struves Stimme drohte zu kippen, nur mit Mühe beherrschte er sich. »Sag deinen Mitspielern, dass sie damit aufhören sollen. Sofort! Hier läuft ein Brandstifter herum. Das ist gefährlich!«

»Ja, mach ich.«

»Jetzt gleich«, befahl er.

Zurück in die Gerberstraße. Unnötige Zeit ging verloren. Struve haderte mit sich. »Beinahe hätte ich geschossen. Es hat nicht viel gefehlt.«

»Das war knapp«, bestätigte Tesic. »Wir müssen unbedingt die Nerven behalten.«

Der Dachstuhl brannte noch immer, aber die Flammen hatten nicht um sich gegriffen. Anscheinend hatte die Feuerwehr die Lage unter Kontrolle. Dennoch herrschte große Hektik. Befehle wurden erteilt, Verletzte abtransportiert. Tesic zeigte einem Verantwortlichen ihren Ausweis und betrat mit Struve den abgesperrten Bereich. Zwei Polizeibeamte kamen ihnen entgegen. Sie führten einen Mann ab. Tesic verlangte nach Informationen.

»Er hat den Brand verursacht«, sagte einer der Beamten.

Der Verhaftete, Mitte fünfzig, trug ein Nachthemd und war sichtlich betrunken. »War aus Versehen«, lallte er. »Wollte mit der Leuchtkugel für Stimmung sorgen. Landet das Scheißding auf dem Dach und zack, sofort fängt's an zu brennen. Hab auch so schnell wie möglich die Feuerwehr gerufen. Hab aber erst ein bisschen gewartet, hab gehofft, das geht von allein wieder aus.«

»Sie wissen, dass in der Innenstadt keine Feuerwerkskörper gezündet werden dürfen?«

»Ging doch früher auch. Alles wird verboten.«

»Offensichtlich zu Recht.«

»Ja, Mann. Scheiße. Was für ein Pech.«

Tesics Handy läutete. Soreck war dran. Man hatte in einem Villinger Parkhaus einen Wagen gefunden, der auf Seller angemeldet war. Im Kofferraum befanden sich vier gefüllte Benzinkanister.

»Und jetzt?«, fragte Tesic Struve, während sie sich an einen Streifenwagen lehnte, um nicht im Weg zu stehen. Ihr Blick streifte über die Gaffer hinter den Absperrbändern. Manche gingen, andere kamen nach. Darunter die Keltengruppe, der sie am frühen Sonntagmorgen begegnet war. Keiner von ihnen glich Fehrenbach. War die Gefahr vorerst gebannt?

»Man kann auch auf andere Art Feuer legen«, antwortete Struve.

»Das sagt Soreck auch. Die Einsatzkräfte bleiben in Alarmbereitschaft. Aber ich weiß nicht … Wenn Fehrenbach merkt, dass wir ihm dicht auf den Fersen sind, dass sein Wagen entdeckt wurde, dass alle seine Häuser überwacht werden – was macht er dann?«

»Sich absetzen, flüchten?«

»Das glaube ich nicht. Fehrenbach ist erledigt. Wir haben all seine Konten gesperrt, er verfügt über keine finanziellen Mittel mehr. Was ihm bleibt, ist seine Wut, ist sein Hass – und der braucht ein Ventil. Wenn der Brandanschlag ausscheidet, was ist es dann?« Tesic fixierte Struve. Sie ging die letzten Tage noch einmal durch und blieb bei den Geschehnissen auf der Rinkenhütte hängen. »Das Nächstliegende haben wir übersehen«, sagte sie konsterniert. »Ich muss in der Klinik anrufen.«

»Du denkst an Mark?«

»Ja.« Tesic nahm ihr Handy. »Wir haben niemanden zu seinem Schutz abgestellt.«

Die Verbindung wurde aufgebaut. Zu den Kelten gesellte sich ein Teufel. Seine Statur war gedrungen, es konnte nicht Fehrenbach sein, aber er starrte genau in ihre Richtung. Das Klinikum meldete sich – eine Frauenstimme, den Namen verstand sie nicht. Tesic verlangte Mark zu sprechen. Die Rezeptionistin verband sie mit seiner Station. Eine bekannte Melodie erklang. Tesic zählte die Sekunden. Der Teufel bewegte sich nicht. Auf den Schultern trug er ein Fell, seine Maske glänzte im Feuerschein. Was wollte er von ihr?

Die Rezeptionistin meldete sich wieder – auf der Station nehme niemand ab. Tesic gab sich als Polizistin zu erkennen und forderte die Frau auf, den Sicherheitsdienst auf die Station zu schicken, der sollte sie dann zurückrufen. Die Rezeptionistin wollte sich erst bei der Polizeidirektion rückversichern – da half alles Drängen nicht. Eine Menschentraube schob sich vor den Teufel.

Tesic wartete ungeduldig auf den Rückruf, Struve war mit seinem Smartphone beschäftigt. Die Menschentraube lichtete sich, der Teufel stand noch immer da. Tesic schritt auf ihn zu, ihr Handy klingelte, sie nahm ab und wurde von einem Feuerwehrmann angerempelt. Ihr Handy fiel zu Boden, der Feuerwehrmann mahnte sie, nicht im Weg zu stehen. Tesic entschuldigte sich und hob ihr Handy auf. Sie meldete sich und suchte gleichzeitig nach dem Teufel. Er war verschwunden. In der Leitung wieder das Klinikum, aber diesmal eine andere Frauenstimme: »Schwester Heidrun von der Inneren IV. Sie wollten Herrn Panther sprechen?«

»Ja.«

»Herr Panther ist nicht mehr hier. Er hat sich vor vier Stunden auf eigene Verantwortung selbst entlassen.«

»Hat jemand nach ihm gefragt?«

»Ja, ein Kollege von Ihnen.«

»Wann war das?«

»Vor ungefähr einer halben Stunde.«

Tesic eilte zurück zu Struve. Der war immer noch mit seinem Smartphone beschäftigt. »Wir müssen sofort zu Marks Wohnung. Er ist nicht mehr in der Klinik, und Fehrenbach weiß vermutlich davon.«

Struve wischte nochmals über sein Smartphone.

»Was machst du eigentlich?«, fragte sie genervt.

»Vorahnung. Ich habe Marks Adresse ausfindig gemacht.«

»Gut, aber unnötig, ich weiß, wo er wohnt. Und jetzt los!«

***

Die Tür zu öffnen war kein Problem. Donald Trump betrat die dunkle Kellerwohnung. Im Gang hob er leicht seinen Kopf und lauschte. Es war nichts zu hören. Dann legte er seine Hand ans Kinn und lüftete seine Maske. Trump zeigte sein wahres Gesicht: Er war ein Verbrecher.

Fehrenbach betrachtete die Maske und lächelte. Sein Gesicht war von den Kampfspuren mit Catarius gezeichnet. Wenn er an dessen Ende dachte, an das Gewicht des Hammers, an den Blutrausch, dann empfand er unendliche Befriedigung. Ein Gefühl, das es zu wiederholen galt.

Geräuschlos legte er die Maske auf der Anrichte ab und schaltete seine Taschenlampe an. Der Lichtkegel streifte Wände und Decke. Sie waren schreiend bunt und mit naiven Malereien versehen. Fehrenbach schüttelte den Kopf. Was war das hier? Ein Kindergarten? Ein Hindutempel? Ein Zeugnis verunglückter Selbstverwirklichung? Anscheinend war Panther ein noch größerer Versager, als er angenommen hatte – ein Grund mehr, ihn zu beseitigen.

Fehrenbach atmete tief durch und löschte die Taschenlampe wieder. Sein Vorhaben war nicht ungefährlich. Panther war weder gefesselt noch betäubt – das Ganze musste schnell gehen.

Die Schlafzimmertür war angelehnt. Fehrenbach spähte durch den Türspalt. Ziffern einer Digitaluhr leuchteten grünlich und sorgten für ausreichend Restlicht. Panther lag in seinem Bett. Sein Gesicht war Fehrenbach zugewandt. Panther schlief. Fehrenbach zog sein Messer und betrat das Zimmer.

Panther hatte Fehrenbach gehört. Innerhalb von Sekunden war er nass geschwitzt. Seine Hand umklammerte die Pistole.

Nur nicht zu früh die Augen öffnen, nur nicht den richtigen Moment verpassen. Eigentlich war es Wahnsinn. Noch immer ereilten ihn Flashbacks, verursacht durch die Droge. Noch immer sah er Jens, noch immer erschien Nichneven. Mehrmals war er knapp daran zu schießen. Doch jetzt war er sich sicher. Aber wie sicher konnte man sein, wenn die Augen geschlossen waren? Schweiß rann über sein Gesicht. Kann Fehrenbach das bemerken?, fragte er sich. Soll ich meinen Plan ändern? Atme ich zu laut?

Ein Luftzug verriet das Öffnen der Tür. Jetzt, dachte Panther und schlug die Augen auf – doch er sah nichts. Spielten ihm seine Sinne schon wieder einen Streich? Panther rührte sich nicht, fuhr nicht über seine Augen, hielt seinen Atem an. War alles umsonst, hatte er wieder versagt?

Fehrenbach erstarrte. Panther hatte die Augen geöffnet. Aber er rührte sich nicht, er sagte nichts. Vermutlich sieht er dich nicht, dachte Fehrenbach – noch nicht.

Endlich zeichnete sich Fehrenbachs Silhouette ab. Sie bewegte sich auf ihn zu. In Gedanken hatte Panther diese Szene ein Dutzend Mal durchgespielt. Jetzt war es so weit. Er warf die Decke zurück und zielte auf Fehrenbachs rechtes Bein. Ohne Vorwarnung drückte er ab. Schuss und Schrei waren eins. Fehrenbach knickte ein, aber fiel nicht. Panther schoss erneut. Jetzt klappte Fehrenbach zusammen.

Wie in Trance stand Panther auf. Fehrenbach wälzte sich auf dem Boden. Blut quoll aus den Wunden. Panther sah auf ihn hinab. Ein wohliger Schauer lief über seinen Rücken. Niemals hätte er erwartet, dass das Leid eines anderen Menschen ihm so viel Genugtuung bereiten würde.

Fehrenbach stöhnte und schob sich in den Gang zurück. Dort lehnte er sich an die rückwärtige Wand. In seiner Hand hielt er noch immer das Messer. »Was nun?«, presste er hervor.

»Jetzt will ich wissen, wo Jens ist.«

»Ach, das.« Fehrenbach versuchte ein Lächeln.

»Du verkennst deine Lage. Ich habe kein Problem, dich zu erschießen. Jeder würde mir Notwehr bescheinigen. Also, was ist?«

Fehrenbach kicherte. »Vergiss es, Schwachkopf.«

»Ich werde schießen!«

»Dümmer kann man nicht sein. Ich bin der Einzige, der die Antwort kennt. Ohne mich wird dein Freund verrecken.«

»Jens lebt?«

»Hast du in meinem Keller nicht sein Bild gefunden? Das mit der Zeitung. Man braucht immer eine Rückversicherung.«

Panther rang mit sich. Seine Knöchel traten weiß hervor. Stimmte, was Fehrenbach sagte? Wie weit sollte er gehen?

»In der Klinik habe ich über dein Vorbild, diesen Ernst August Wagner, nachgelesen«, sagte er. »Anscheinend litt er unter seiner Sexualität, unter dem Geschlechtlichen, wie er es formulierte. Er ekelte sich davor. Auf der anderen Seite war sie seine Kraftquelle, seine Waffe. Er wollte die Erde mit einem glühenden Pfahl von Pol zu Pol durchbohren. Du scheinst ähnlich geartet zu sein. Wie wäre es, wenn ich dich von diesem Leid befreien würde?« Panther zielte auf Fehrenbachs Schritt, dessen Augen flackerten – Panther hatte Fehrenbachs wunden Punkt getroffen. »So schnell verliert man seine Selbstsicherheit«, sagte er. »Ich frage zum letzten Mal: Wo ist Jens?«

Fehrenbach schüttelte kaum merklich seinen Kopf. Panther zögerte einen Augenblick, dann drückte er ab. Fehrenbach schrie. Sein Blick galt der Stelle zwischen seinen Beinen – kein Blut.

»Eigentlich wollte ich treffen.« Panther erkannte seine Stimme kaum. »Vielleicht klappt es ja beim zweiten Mal.«

In diesem Moment flog die Haustür auf. Mit vorgehaltenen Waffen betraten Tesic und Struve die Wohnung. »Mach keinen Unsinn, Mark«, warnte Tesic.

Panther schenkte ihr keine Beachtung. Er sah nur Fehrenbachs Angst, und die bereitete ihm eine diabolische Freude. Abermals setzte er zum Schuss an. »Reden oder Kastration. Es gibt nur diese zwei Möglichkeiten.«

»Tu das nicht«, warnte Tesic.

»Fehrenbach kennt keine andere Sprache«, entgegnete Panther.

Auf Fehrenbachs Stirn zeigten sich Schweißperlen. Seine Augen pendelten zwischen Panther und Tesic hin und her. Er schien nach einem Ausweg zu suchen. Plötzlich wurde sein Blick fest. Er fixierte Panther. »Es gibt noch eine dritte Möglichkeit«, keuchte er. »Sie ist bestechend logisch.« Seine messerbewehrte Hand schnellte hoch, suchte den Weg zu seinem Hals, gleichzeitig schoss Panther. Fehrenbach stöhnte auf, das Messer fiel aus seiner Hand.

»So kommst du mir nicht davon, Arschloch«, schrie Panther.

Tesic stürzte vor und stellte sich zwischen ihn und Fehrenbach. Struve schob mit seinem Fuß das Messer weg.

»Es ist vorbei, Mark«, sagte Tesic.

»Das ist es nicht. Jens lebt, und er weiß, wo er ist. Er wird es mir sagen.«

»Wir haben jetzt alles in der Hand, Mark. Wir werden herausfinden, was mit Jens geschehen ist. Gib mir deine Waffe, bitte.«

Panther sah, wie Struve sich um Fehrenbach kümmerte und den Notarzt rief. Er sah das viele Blut, er sah Fehrenbachs Ohnmacht, er sah dessen Unverständnis, er sah Tesic, die bleich und abgekämpft war. Panthers Hände begannen zu zittern, die Katastrophe der letzten Monate holte ihn ein: Jens' Verschwinden, sein Versagen, der Verlust Sus, seine Entführung, die Enge der Kiste, seine Panik, sein Grenzgang zwischen Aufgabe und Selbstjustiz. Ein Kloß saß in Panthers Kehle – er stand kurz vor dem Zusammenbruch. »Ist wohl besser so«, stammelte er.

»Ja, das ist es.« Tesic streckte ihre Hand aus. Panther gab ihr seine Waffe, Tesic atmete durch und sicherte sie. »Die muss ich der Internen überlassen, das kennst du ja. Aber ich habe keine …« Tesic unterbrach sich und schaute in Richtung des Kellerfensters. »Da ist jemand«, stellte sie entgeistert fest. Panther wandte den Kopf, konnte aber nichts erkennen. Tesic rannte nach draußen, Panther ließ sich auf den Boden sinken und hielt den Kopf zwischen den Händen.

Tesic schaute sich um. Im Garten und auf der Straße war niemand zu sehen, in den Wohnungen brannte Licht, die Schüsse waren keinem entgangen. In der Ferne hörte sie das Martinshorn. Jetzt müssen wir auch noch die Nachbarn befragen, dachte sie. Es war noch nicht zu Ende.

SIEBZEHN

Aschermittwoch, Rinkenhütte

Die Grube befand sich unter dem Schuppen – man musste nur die Dielen des Bodens entfernen. Platz bot sie für zwei Särge. Eine Stelle war frei – sie war wohl für Panther bestimmt gewesen. Gerade wurde der Sarg aus der Grube gehoben, Tesic und Struve standen daneben. Panther wartete draußen – Tesic hätte ihn nicht mitnehmen sollen. Die Nägel des Deckels wurden gelöst – Dr. Warringer, der Gerichtsmediziner, stand bereit, Tesic wusste nicht, wohin sie blicken sollte. Ein modrig-erdiger Geruch füllte den Schuppen, Tesic ging nach draußen – Struve blieb.

»Und?« In Panthers Gesicht spiegelte sich der Horror der letzten Tage.

»Es wird noch eine Weile dauern, lass uns bei der Hütte warten, dort ist Sonne.«

Der Blick über die sanften Hügel des Schwarzwalds erreichte die beiden nicht. Tesic dachte an vergangene Nacht, an die Aussage eines Mädchens, das über Panther wohnte und glaubte, einen Teufel gesehen zu haben. War es der Teufel vom Riettor oder ein anderer? Tesic verneinte ihre eigene Frage. Es musste derselbe sein, ein Zufall war unwahrscheinlich. Was hatte das zu bedeuten? Tesic versuchte sich zu konzentrieren. Sie war müde, die letzten Nächte waren kurz gewesen – sie brauchte dringend eine Pause.

Struve und Dr. Warringer verließen den Schuppen und kamen auf sie zu – ihre Mienen waren eindeutig.

»Es gibt keinen Zweifel«, sagte Warringer. »Es ist Jens Haller – eine Tätowierung und der Ehering beweisen es.«

Panther biss die Zähne zusammen, seine Wangenknochen traten vor, er sagte nichts.

»Todeszeitpunkt?« Tesic hörte ihre eigene Stimme wie aus der Ferne.

»Kann ich natürlich noch nicht genau bestimmen, aber er ist mindestens vier Monate her.«

»Und die Ursache?«

»Das gleiche Muster wie bei den anderen Toten.«

»Die Dreifachtötung?«

»Ja.«

Panther stand wortlos auf und ging.

ACHTZEHN

Drei Tage später, Zentralklinikum Villingen-Schwenningen

Zwei Beamte bewachten Fehrenbach. Er hatte die Operation gut überstanden, die Schussverletzungen in Schulter und Bein würden keine bleibenden Schäden hinterlassen. Die Verlegung in das Justizvollzugskrankenhaus Hohenasperg sollte morgen erfolgen. Tesic und Struve betraten das Zimmer. Panther war nicht dabei – eine dienstliche Anweisung des Polizeidirektors, die Tesic begrüßte. Auch sie glaubte nicht, dass Panther sich korrekt verhalten würde. Fehrenbach saß aufrecht in seinem Bett. Er wirkte groß und überheblich.

»Wo ist denn Panther?«, fragte er. »Der Hauptkommissar zieht wohl seinen Schwanz ein.«

»Herr Fehrenbach, wir sind hier, um uns ein Bild der vergangenen Ereignisse zu verschaffen. Wenn Sie kooperieren, ersparen Sie sich und uns viel Zeit.« Tesic ignorierte Fehrenbachs Bemerkung.

»Ich bin mit mir im Reinen. Ich habe nichts zu verheimlichen.«

»Umso besser.« Tesic stellte ein Gerät auf Fehrenbachs Nachttisch. »Ich werde das Verhör aufzeichnen.«

Fehrenbach nickte.

»Samstag, der 10. Februar, elf Uhr fünfzehn, Zentralklinikum Villingen-Schwenningen. Verhör von Tanno Fehrenbach durch Hauptkommissarin Marion Tesic in Anwesenheit von Kriminalkommissar Viktor Struve. Herr Fehrenbach, Sie haben Jens Haller entführt und getötet. Warum?«

»Die Geschichte lässt euch nicht los, was?« Fehrenbach grinste. »Dabei ist es ganz banal. Haller hat Catarius und mich auf einem Parkplatz bei Linach entdeckt. Zum damaligen Zeitpunkt durften wir nicht zusammen gesehen werden, zumal Haller mich kannte – er war Kunde in meiner Apotheke. Wir haben ihn überwältigt. Catarius musste daraufhin untertauchen, und ich habe Haller mit Sellers Hilfe in meinen Keller gebracht.«

»Haller war Polizist. Wieso sind Sie ein so großes Risiko eingegangen?«

»Dass er sterben musste, war klar, nur nicht, auf welche Art. An ihm das Ritual durchzuführen erschien mir äußerst reizvoll. Ich wollte ihn Nichneven schenken.« Fehrenbachs Augen blitzten – es war eine gezielte Provokation. Tesic ließ sich nichts anmerken, ebenso Struve. Die beiden hatten sich abgesprochen, bei Fehrenbach halfen nur Ruhe und Sachlichkeit.

»Und was war mit Panther?«

»Nichneven hatte den Fluch ausgesprochen, deshalb sollte Panther als Erster sterben. Wir hatten also zwei potenzielle Opfer. Das war ein großes logistisches Problem, dazu kamen noch die Spannungen in der Gruppe. Das Ganze eskalierte auf dem Magdalenenberg: Catarius drehte durch, Nichneven und Borkmann starben, Panther entkam. Übrig blieben Seller und ich.«

»Wie lange hielten Sie Haller gefangen?«

»Zwei Wochen. Anfangs war es ein erhebendes Gefühl, ihn in meinem Keller zu wissen – ein Mensch, gefangen wie ein Tier, mir komplett ausgeliefert. Doch Haller bereitete viel Arbeit, er war renitent, er wurde lästig. Deshalb musste er entsorgt werden. Seller und ich haben an ihm das Ritual durchgeführt. Es hat sich sehr lange hingezogen. Der Typ war außergewöhnlich zäh, kaum totzukriegen – schade um seine guten Anlagen.« Fehrenbach suchte Tesics Blick. Sie erwiderte ihn, ohne äußere Regung. Nur Struve knetete seine Hände. Tesic hoffte, dass er sich an ihre Absprache hielt.

»Sie hatten ein Foto von Haller gefälscht, indem Sie digital die aktuelle Zeitung einfügten. Damit wollten Sie den Anschein erwecken, dass er noch lebte. Warum?«

»Anfangs war es als Faustpfand gedacht, um Panther aus der Reserve zu locken. Später war die Aktualisierung des Fotos eine lieb gewordene Gewohnheit, die über die Zeit des Zorns hinweghalf. Es war beruhigend zu wissen, dass ich ihn treffen konnte – jederzeit.«

»Gibt es noch weitere Alator-Mitglieder?«

»Zu meinem Bedauern nein. Nur wenige sind geeignet. Aber was nicht ist, kann ja noch werden. Wir haben ein Zeichen gesetzt, viele werden uns folgen.«

»Kommen wir zu den Hallstättern um Asgeir Rolund. Waren die an den Verbrechen beteiligt?«

»Rolund und seine Pappkameraden?«, sagte Fehrenbach verächtlich. »Einmal haben wir die getroffen. Schon damals war klar, dass sie zu nichts taugten. Die sollen weiter ihre Ziegen schlachten und sich dabei gut fühlen. Mit Alator haben die nichts gemein. Das sind Trittbrettfahrer, mehr nicht.«

»Wie kam es zum Tod Ihrer Frau?«

»Anja, die gute Anja. Sie wissen gar nicht, wie schwer es ist, so lange mit einem so dummen Menschen zusammenzuleben. Die blöde Kuh hat mich und Seller überrascht, als wir Panther aus dem Haus schaffen wollten. Es blieb mir also gar nichts anderes übrig. Aber es war auch gut so, endlich war Ruhe – kein ständiges Gejammer, kein ewiges Geschwätz.« Fehrenbach besann sich kurz. »Dennoch hatte sie auch ihre gute Seiten: Sie war sehr nützlich, sie hielt alles sauber, sie war die perfekte bürgerliche Fassade. Ohne ihre dämliche Neugier würde sie heute noch leben.«

»Wir fanden Hinweise auf einen Brandanschlag. Waren die nur ein Vorwand, um uns abzulenken, oder wollten Sie den Brandanschlag tatsächlich durchführen?«

»Das Inferno und Panthers Tod, ich wollte beides. Die Gebäude waren aber zu gut bewacht, da musste ich die Reihenfolge ändern.«

»Sie hätten den Anschlag also zu einem späteren Zeitpunkt durchgeführt?«

»Ja.«

»Beide Vorhaben gelangen nicht. Wenn man Ihre Sichtweise annimmt, sind Sie gescheitert.«

»Sie irren sich. Ich habe Großes angestoßen. Wenn ich in der Psychiatrie bin, werde ich mich in meinen Memoiren erklären.«

»Warum sollten Sie in die Psychiatrie kommen?«

»Ich werde Ernst August Wagner folgen. Es braucht ein entsprechendes Umfeld, um kreativ zu sein – man braucht niveauvolle Ansprechpartner.«

Tesic versuchte in Fehrenbachs Gesicht zu lesen. Spielte er nur etwas vor, oder glaubte er an das, was er sagte? Sie fand keine Antwort, aber eigentlich war es auch egal – ihre Meinung stand fest. »Sie sind sich der Tragweite Ihrer Verbrechen bewusst, Sie kennen die Regeln der Gesellschaft. Nur weil Sie skrupellos und ein Sadist sind, gehören Sie noch lange nicht in die Psychiatrie. Für mich ist klar: Sie sind voll schuldfähig und werden im geregelten Strafvollzug landen.« In Fehrenbachs Zügen zeichnete sich Verwunderung ab. Tesic legte nach: »Und Ihre Memoiren, die können Sie dann in der Gefängnisbibliothek veröffentlichen.«

»Das können Sie gar nicht beurteilen. Sie haben ja keine Ahnung! Es stehen große Dinge an. Ich werde –«

Tesic schaute auf ihre Uhr und nahm das Aufnahmegerät. »Elf Uhr zweiundfünfzig. Beendigung des Verhörs durch KHK Tesic.« Sie schaltete das Gerät aus, während Fehrenbach sie fassungslos anstarrte.

»Was glauben Sie eigentlich! Ich war noch nicht fertig.«

»Mit Ihrer Bewerbung für die Psychiatrie können Sie andere langweilen. Für uns war es das.« Tesic nickte Struve zu, beide gingen zur Tür.

»Das lass ich mir nicht bieten«, schrie Fehrenbach. Die beiden schenkten ihm keine Beachtung und verließen das Zimmer. Selbst als sie auf dem Gang waren, hörten sie Fehrenbach noch toben. Eine Pflegerin eilte zu ihm, eine weitere folgte.

Tesic wartete. Allmählich erstarben Fehrenbachs Schreie, Ruhe trat ein. Tesic ging weiter. Genugtuung lag in ihren Zügen.

NEUNZEHN

Vier Monate später, auf dem Keltenpfad

Eine Exklusivführung für Tesic und Panther, um die Geschichte abzurunden, wie Ernst Reuther sich ausgedrückt hatte. Reuther schritt vorneweg, er war in seinem Element. Gerade hatte er noch über die Entstehung des Pfades, die Kennzeichnung durch den Bronzevogel auf grünem Grund, die Verknüpfung von Ausstellung und Fundort und über die Aktualität durch eine begleitende App referiert, als er anhielt: Das Keltengrab mit den spitz in den Himmel ragenden Stangen zeigte sich. Ein böiger Wind trieb Wolken vor sich her – Licht und Schatten wechselten in schneller Folge. Reuther nannte den Grabhügel ein Monument, einen Zeugen der Geschichte, ein Symbol der hoch entwickelten keltischen Kultur und ein Lehrbeispiel einer wissenschaftlichen Debatte. Mehr denn je wurden Reuthers Theorien in Frage gestellt, doch das sei gut so. Hier zeige sich, wie unterschiedlich Zeugnisse der Vergangenheit interpretiert werden könnten, wie unsicher sicher geglaubte Erkenntnisse seien.

Tesic betrachtete den geradezu euphorischen Archäologen, der seine Worte mit ausladenden Gesten unterstrich, und sie betrachtete Panther, der mit verschränkten Armen und hochgestelltem Kragen aussah, als ob er frieren würde. Panther schien aufmerksam zuzuhören, Tesics Gedanken schweiften jedoch ab.

Vier Tote hatte der Grabhügel jüngst gesehen, wenn man in seinen Maßstäben dachte. Zwei davon hatte er für eine gewisse Zeit beherbergt. Die Gesamtbilanz des Keltenritual-Falls betrug zehn Tote. Das war das verheerende Ergebnis einer Gemengelage aus Irrglaube, Hörigkeit, Sadismus und Rache. Alan Catarius war Täter und Opfer – beherrscht von seinen eigenen Dämonen. Auch Tanno Fehrenbach hatte seine Dämonen. Aber er war sich seiner Taten voll bewusst und damit auch schuldfähig, das hatte das Gericht ebenfalls bestätigt: lebenslange Haft mit anschließender Sicherungsverwahrung, so lautete das Urteil. Fehrenbachs Strategie, auf Unzurechnungsfähigkeit zu plädieren, war gescheitert, da konnte er wirres Zeugs von sich geben, so lange er wollte. Der Grat zwischen Wahnsinn und Normalität war schmal, es würde immer eine Grauzone geben.

Inzwischen war wieder so etwas wie Alltagsroutine eingekehrt, die Ermittlungen bewegten sich im üblichen Rahmen. Der Keltenritual-Fall war weitestgehend abgeschlossen. Ungeklärt blieb die Rolle des Teufels, nach dem man erfolglos gesucht hatte. Gehörte er zu Alator? Hatte Fehrenbach gelogen? Gab es noch weitere Mitglieder? Oder galt die Anwesenheit des Teufels ihr? Wurde sie verfolgt?

Die bekannten Ängste holten Tesic ein. Denn auch Struve bereitete ihr Sorge. Sie wollte es sich kaum eingestehen, aber sie misstraute ihm, sie fühlte sich von ihm beobachtet. Einmal hatte sie ihn eiligst von ihrem Schreibtisch weggehen sehen, er wirkte verunsichert. Es fehlte nichts, doch sie war sich sicher, dass er in den Schubladen gekramt hatte. Vielleicht lag sie aber auch vollkommen falsch, vielleicht sollte sie sich mehr um sich sorgen, sich ihrer Paranoia stellen: Struve zu verdächtigen war lächerlich, er war fast wie ein Freund. Der Teufel, der sie verfolgte, war vermutlich ihr eigener.

Reuthers mahnender Blick war Tesic aufgefallen. Er hatte ihre Unaufmerksamkeit bemerkt. Tesic lächelte. Mit dem Archäologen hatte sie längere Gespräche geführt. Er hatte Einblick in all seine Notizen und seinen Terminkalender ermöglicht. Reuther war in jeder Hinsicht entlastet. Seine Verwicklung in den Keltenritual-Fall bestand letztlich in seinem bedingungslosen Engagement für Erforschung und Veranschaulichung der keltischen Kultur und in einer gewissen Weltfremdheit gegenüber der Polizeiarbeit.

Panther hatte eine neue Fähigkeit an sich entdeckt: Er konnte perfekt Aufmerksamkeit vortäuschen. Das war auch nötig, seitdem ihn ein Verrückter in eine Kiste eingesperrt hatte und ihn allein der Gedanke daran in Panik versetzte. Gut war, dass er Fehrenbach durchschaut und überwältigt hatte. Ein Akt der Befreiung und ein Rettungsanker, wenn die Panik ihn zu überrollen drohte. Gut war auch Fehrenbachs Verurteilung, die den Verbrecher sichtlich getroffen hatte – das vorgebliche Genie wurde zum gewöhnlichen Mörder degradiert.

Doch dieser Triumph war schal und half nicht über den Verlust seines Freundes hinweg. Jeden Donnerstagvormittag – da arbeitete Jens' Frau – war Panther an Jens' Grab. Er wollte ihr nicht begegnen. Eine Verdrängung, die den Polizeipsychologen Dr. Straub sicher interessiert hätte, doch der wusste nichts davon. Mit ihm spielte Panther Verstecken und nahm alle Therapieangebote an. Straub schien ihn zu durchschauen, schrieb ihn aber dennoch nicht dienstuntauglich, was Panther ihm mit absoluter Zuverlässigkeit und großem Engagement dankte. Was hätte er auch sonst tun sollen, er hatte ja nichts. Er hatte weder Frau noch Kinder noch Haus. Er lebte in einer Kellerwohnung. Nachts wurde er von Nichneven verfolgt, und tagsüber träumte er von Su, und über allem schwebte sein hölzernes Gefängnis, das ihm die Luft zum Atmen nahm.

Su hatte ihm geschrieben, sie schwärmte von ihrem neuen Projekt: eine autarke Kommune in Schottland. Sie hatte ihn eingeladen. Wenn Panther nicht mehr weiterwusste, half ihm ein zuckersüßes Bild: Er sah sich Unkraut jätend mit irgendwelchen Gurus unterhalten. Im Gesicht ein seliges Lächeln und an seiner Seite Su. Aus diesem Bild zog er so viel Kraft, dass er sogar schon die Verbindungen nach Schottland herausgesucht hatte, obwohl klar war, dass er niemals fahren würde, sein Ego stand ihm im Weg.

Ein weiterer Trost war Insulin. Panther hatte es sich auf illegalem Weg besorgt. Es hieß, man könne sich mit einer Überdosis einen angenehmen Tod bereiten. Dazu ein guter Rotwein und entspannte Musik, vielleicht »Suzanne« – kein schlechter Abgang, wenn sich in seinem Leben nichts änderte.

Die letzte Station des Keltenpfads war erreicht. Die drei standen auf der Kuppe des Grabhügels, keiner sagte ein Wort. Ihr Blick ging weit, die Sonne brach durch. Angenehme Wärme legte sich auf Haut und Seele. Panther schaute zu Tesic. Sie lächelte ihn an. Für einen Moment war alles gut.

Der Sound zum Buch

»Birth, School, Work, Death« (Godfathers, 1988)
»Thirteen« (Johnny Cash, 1994)
»Polizisten« (Extrabreit, 1981)
»Hurt« (Johnny Cash, 2002/Original von Nine Inch Nails)
»Suzanne« (Leonard Cohen, 1967)
»Villinger Schunkellied« (Text: Franz Kornwachs, Musik: Karl Kornwachs, 1950)
»Hät denn kon kon Kamm« (Spittelsänger, 1976/Coverversion Rolling Eggs)
»Blue Skies« (Josephine Baker, 1927)

Nachtrag

Die Eingangsszene, in der der Archäologe Dr. Reuther die Stangen auf dem Magdalenenberg setzt, habe ich 2013 geschrieben. Interessanterweise wurde diese Stangensetzung in ähnlicher Form 2014 verwirklicht, was nicht ganz so schwierig vorherzusehen war, mich aber, da Fiktion zu Realität wurde, dennoch erfreut.

Die Diskussion, ob der Grabhügel eine Sternenkarte darstellt und ob die Stangensetzungen die Mondwenden kennzeichnen, hält an. In dieser komplexen Streitfrage maße ich mir kein Urteil an. Wer sich selbst eine Meinung bilden will, findet in »Neue Forschungen zum Magdalenenberg«, herausgegeben vom Landesamt für Denkmalpflege Baden-Württemberg, Material dazu. Ans Herz gelegt sei auch der Besuch des Franziskanermuseums mit anschließendem Gang über den Keltenpfad.

Danksagung

Der Autor dankt Tom Hutt, Moni Peperoni, Tina, Jan und Mario für Lob und Kritik.

Ein spezieller Dank geht an Christof B. und Frank the Tank für die Beseitigung der gröbsten Fehler und dringend benötigte Motivation.

Ein großer Dank geht an die Lektoren Stefanie Rahnfeld und Carlos Westerkamp für die gute Zusammenarbeit, den intensiven Austausch und die wertvollen Anregungen.

Dank an Leonard, Johnny und Extrabreit.

Mein größter Dank gilt Sabine.